FOLIO POLICIER

Georges Flipo

La commissaire n'a point l'esprit club

Une enquête
de la commissaire Viviane Lancier

La Table Ronde

Georges Flipo s'est fait connaître en écrivant pour l'émission « Les petits polars » de France Bleu. Depuis *La Diablada* en 2004, il a publié plusieurs livres dont *Qui comme Ulysse, Le film va faire un malheur, Tous ensemble, mais sans plus. La commissaire n'a point l'esprit club* est la deuxième enquête de Viviane Lancier à paraître en Folio Policier, après *La commissaire n'aime point les vers*.

À Hugo, dont la fraternité va plus loin que les mots.

CHAPITRE 1

— Attendez, brigadier, vous êtes en train de me dire que vous avez tous passé la soirée du 14 juillet à danser autour du cadavre pendu, en tapant dessus à coups de bâton ?

— Oui, mais c'était juste pour se marrer, on ne pensait pas à mal.

Il y avait dans le regard candide du policier un étrange appel à la complicité. La commissaire Viviane Lancier y répondit par un haussement d'épaules et plongea dans ses notes.

— Je reprends vos déclarations. Cette soirée était la dernière que vous passiez en qualité de simple touriste dans ce club de vacances de l'île de Rhodes. En sortant de table, vous êtes parti, comme les autres estivants, vers l'amphithéâtre où avait lieu le spectacle, c'est bien ça ?

— Affirmatif. On était tous bien remontés : pour la fête nationale, ils nous avaient servi le mousseux à volonté, du bon, hein, de l'italien, pas du grec.

— Quand vous êtes arrivés, il faisait déjà nuit. Les organisateurs avaient allumé des feux de Bengale qui voilaient la piste et la scène. Une fois les fumées dissipées, le projecteur a été allumé, et vous avez tous découvert le cadavre pendu du chef du village-club…

— Oui, commissaire, il était accroché au grand mât, à cinq mètres de haut. Il se balançait doucement au-dessus de la piste. Faut reconnaître qu'il était impressionnant, en tenue royale, avec sa tunique dorée et sa couronne. On l'a applaudi en croyant que c'était un faux cadavre, vous comprenez ?

— Jusque-là, oui. Mais ensuite, j'ai plus de mal.

— Je sais bien. Même nous, au début, on était un peu gênés quand on a vu arriver, au pied du pendu, le clown qui se bidonnait, déguisé en sans-culotte. Déchaîné, il sortait des vannes pas possibles en montrant le cadavre du doigt. Puis les animateurs du club nous ont dit de descendre autour de la potence. Ils ont lancé la musique et ils nous ont fait faire une grande farandole républicaine.

— Elle a bon dos, la républiquc. Ils vous ont alors distribué des longues cannes en bambou et ils vous ont encouragés à taper sur le pendu. Et vous, qui êtes gradé de la police, vous avez obéi comme les autres, sans vous poser de questions ?

— On n'avait pas l'esprit à ça, commissaire. Je peux même dire que c'est là que l'ambiance, la grosse ambiance, a vraiment démarré.

La commissaire préféra éviter l'œil rigolard du brigadier. Elle se tourna à droite, à gauche, vers le ministre de l'Intérieur puis vers le tout-puissant directeur de la police judiciaire qui lui adressa un petit signe de la main, pour l'inciter à conclure. Elle ne demandait pas mieux.

— Vous n'avez rien à ajouter, brigadier ?

— Avec du recul, on peut critiquer, évidemment. On pensera ce qu'on voudra, c'est quand même fou que j'aie dû aller dans une île grecque pour si bien fêter un 14 juillet. Vous me direz, c'est fou aussi de l'avoir fêté comme ça, mais nous, on n'a fait que suivre le mouvement…

— Taisez-vous, lui ordonna la commissaire. Vous m'écœurez.

La commissaire Viviane Lancier n'était nullement écœurée. Dans son métier, elle en avait entendu de pires. Elle vivait simplement une belle soirée, et ne voulait pas qu'on vînt la lui gâcher avec ces histoires de pendaison et de bastonnade.

Oui, c'était vraiment une belle soirée.

Elle avait failli mal commencer : cette peste de Priscilla Smet, la directrice de communication du ministre de l'Intérieur, avait appelé Viviane vers 16 heures.

— Je n'arrive pas à joindre le lieutenant Augustin Monot. Il ne serait pas chez vous, par hasard ?

— Que voulez-vous qu'il fasse chez moi ? Sa convalescence ne se termine que ce soir, avec la remise de la médaille.

— Je pensais qu'il pouvait traîner dans vos murs, histoire de voir ses copains.

— Traîner dans mes murs, avec le travail qu'on a ? Personne n'oserait. Et si le lieutenant Monot était chez nous, il aurait commencé par venir me saluer. La commissaire de la 3e DPJ, c'est moi, jusqu'à nouvel ordre.

Viviane se mordit les lèvres. Ce « jusqu'à nouvel ordre » lui avait échappé : elle était sur la sellette depuis sa précédente enquête[1], inutile d'en rajouter. Cette chipie de dircom n'allait pas manquer de rapporter le lapsus au directeur de la police judiciaire, celui que tout le monde appelait le Tout-Puissant. Il était encore temps de corriger le tir.

— Qu'est-ce que vous lui vouliez, à mon lieutenant ?

— Je veux qu'il me soumette le texte du discours qu'il prononcera ce soir en réponse à celui du ministre, quand on lui aura remis l'Ordre du Mérite. C'est juste pour validation.

Viviane respira longuement. Elle devait rester zen : Priscilla Smet faisait la pluie et le beau temps place Beauvau, il ne fallait pas se la mettre à dos. La commissaire ouvrit son tiroir, en sortit une barre de Kinder Bueno qu'elle déballa et mâcha très lentement.

— Vous oubliez que le lieutenant Monot est un littéraire ; s'il s'agit de *répondre* au ministre, je ne vois pas comment il pourrait préparer une intervention. Il va se faire une joie d'improviser.

Objection imparable. Viviane imaginait le visage chafouin de la dircom, son nez qui plissait, sa bouche qui se crispait pour répondre posément, en cherchant ses vilenies.

— Parfait, commissaire. Ça vous amuse, hein, de

1. Voir *La commissaire n'aime point les vers*, Folio Policier n° 661.

les protéger, vos hommes, ça vous amuse de jouer à la maman avec eux ? Très bien, amusez-vous ! Mais ne vous faites pas d'illusions, tout homme normal finit un jour par quitter sa mère.

La commissaire Viviane Lancier mâcha plus nerveusement son Kinder Bueno. *Ses hommes*. Était-ce sa faute, si elle n'avait que des hommes sous ses ordres ? Bon, d'accord, c'était sa faute : elle n'avait jamais supporté de présence féminine dans son équipe, elle avait fait craquer et démissionner chaque intruse.

Tout était si simple : elle était la femme, ils étaient les hommes. Pourquoi ne comprenait-on pas cela à l'extérieur ? Certes, elle les aimait d'un amour possessif, elle les menait à la baguette, mais était-elle leur maman ? Bon, oui, un peu. Et même un peu plus dans le cas d'Augustin Monot, sa dernière recrue. Était-ce à lui que cette garce de Priscilla Smet faisait allusion en parlant d'un homme *normal* qui devait quitter sa mère ? C'était absurde. Tous ses hommes étaient normaux, le lieutenant Monot comme les autres : ils tenaient normalement à elle, comme elle tenait à eux. Surtout à Monot.

— Ah, j'y pense, ajouta très vite la dircom, essayez de faire un effort question look pour le cocktail. Il y aura la presse, les photographes. Puisque vous êtes la seule femme de la 3ᵉ DPJ, essayez de vous montrer à la hauteur.

Essayer ? À la hauteur de qui ? Des femmes de la PJ ? La 3ᵉ division était sous le contrôle de la police judiciaire — une *succursale* parisienne de la PJ, disaient ses hommes –, était-ce une raison pour que les femmes y soient moins élégantes ?

— C'est mon affaire, grogna Viviane en raccrochant.

Elle se leva, et contempla son reflet dans la vitre : *son affaire* n'était guère brillante. Un pantalon gris informe, une chemisette blanche à manches courtes que la chaleur de la mi-juillet décorait d'une zone sombre sous les bras, et des mocassins avachis. Le contenu était tout aussi chagrinant que l'emballage : un corps qui paraissait encore plus petit que son mètre soixante et un, plus vieux que ses trente-sept ans, et surtout trop lourd : elle avait repris presque tous les kilos qu'elle avait réussi à perdre lors de l'affaire du sonnet, trois mois plus tôt. Quant à son visage fatigué où languissaient des yeux gris, il semblait dessiné à la hâte : trop rond, un peu bouffi. Elle avait des cheveux châtains coupés court, mais pas de coiffure. Elle ne se plaisait pas ; à qui aurait-elle pu plaire ? Et le lieutenant Augustin Monot, qu'allait-il penser, en la retrouvant après ces mois d'éloignement ?

La dircom n'avait pas complètement tort, il lui fallait se montrer à la hauteur. Pas question de filer chez elle chercher son ensemble rose bonbon : il était trop voyant, on l'avait donc trop vu. Elle alla se rafraîchir, lança à ses hommes, en traversant l'open space : « On se retrouve à 18 heures au ministère pour la médaille de Monot, je file, j'ai un rendez-vous important », et courut chez Caroll.

Elle y entra sans joie. Les soldes étant presque finis, il ne restait que les rogatons, ou la nouvelle collection bien trop chère pour son traitement de commissaire. Une jeune vendeuse rousse la reconnut et l'alpagua : « Vous, j'ai ce qu'il vous faut. » Comme Viviane n'avait aucune idée de ce qu'il lui fallait, elle se laissa guider. La vendeuse lui apporta une veste saharienne d'un austère olive clair, et la robe à bretelles assortie. « C'est le modèle qui a été présenté dans l'article d'*Avantages*, "Le glamour des rondes", on dirait qu'il a été créé pour vous. Je vous donne le 44 ? »

La jeune rousse la mena à la cabine d'essayage. Viviane se changea, honteuse de sa soumission. Elle n'osait pas contredire cette fille, c'était chaque fois pareil ; elle revint se présenter. « Oh, vous êtes mignonne là-dedans, et ça vous mincit. Vous ne pouviez pas trouver mieux. Prenez aussi le pantalon. » La commissaire n'avala pas ce *mignonne*, grotesque, presque injurieux. Mignonne ! L'avait-elle jamais été ? Mais la vendeuse avait raison, impossible de trouver mieux, surtout à moins 50 %, elle n'en avait plus le temps.

Viviane garda l'ensemble sur elle, et traversa la rue pour acheter une paire d'escarpins gris mi-saison. Au moment de régler, elle découvrit que c'étaient les pistache qui étaient soldés, pas les gris. Pistache et olive, le mélange était indigeste : elle emporta les gris et s'enfuit, furieuse de son achat. C'était idiot, le cocktail allait durer longtemps, elle aurait mal aux pieds. Des pieds que les hommes ne regardaient d'ailleurs jamais.

Comme chaque année, elle avait tout choisi trop vite, sans réflexion et sans plaisir. Comment d'autres femmes pouvaient-elles profiter des soldes pour refaire leur garde-robe avec tant d'allégresse ? Ces femmes-là devaient avoir de gros problèmes personnels. Ou un rapport maladif avec leur corps, un besoin de s'aimer. Oui, c'était sûrement ça.

Il faisait chaud et lourd au ministère, le buffet était alléchant et frais, mais personne n'osait y toucher avant le ministre. En l'attendant, on papotait, on s'interpellait en essayant de garder les bonnes places, près de la grosse langouste prédécoupée qui trônait au centre de la table principale. Les hommes de Viviane y avaient pris pied, solides comme une mêlée, et ils s'écartèrent pour laisser leur commissaire les rejoindre : elle les avait quittés une heure plus tôt, mais ils semblèrent ne plus la reconnaître et la couvrirent de « Comme ça vous va bien », « Ça vous mincit ». Le capitaine De Bussche osa un « Ça vous allonge ». « C'est chic, le gris, ça vous fait de beaux pieds », renchérit le GPX[1] Kossowski. Ils en faisaient trop, tout le monde se retournait pour scruter la commissaire, c'était insupportable.

Et soudain, elle le vit arriver.

Le lieutenant Monot avançait, pâle, fragile. Il marchait précautionneusement, comme les malades sortant d'un long alitement. Elle lui fit un signe de la main, mais il n'osa pas fendre la foule. Ce fut elle qui alla à sa rencontre.

« Oh, c'est joli, ce vert olive, vous êtes mignonne là-dedans », dit-il timidement. Il n'y avait que lui

1. GPX : abréviation pour « gardien de la paix ».

pour trouver des mots pareils, elle l'aurait embrassé. Mais ce n'était pas le moment : le ministre venait d'entrer, escorté de Priscilla Smet, radieuse, vêtue d'un insolent tailleur rouge vif. La dircom harponna au passage Augustin Monot sans un regard pour Viviane. La cérémonie allait commencer.

La petite Smet ouvrit un classeur pour tendre deux feuillets au ministre : avait-elle préparé le discours ?

Oui, c'était elle, Viviane en eut vite la certitude : le ministre butait sur les mots et semblait dérouté par la tonalité de certains passages. L'orateur couvrait Augustin Monot d'éloges, Priscilla avait pillé son dictionnaire des synonymes : le rôle décisif, déterminant, du lieutenant dans l'affaire du sonnet, sa perspicacité, sa clairvoyance, puis sa lucidité, et son discernement, et enfin sa bravoure, sa vaillance. Et cela malgré les… inconstances, les errements, d'un encadrement hiérarchique… — là, le ministre tiqua, il tenta d'improviser une version édulcorée, mais, ne trouvant rien, se contenta d'avaler les mots. Le lieutenant Monot était promis à une éblouissante, étincelante carrière, il allait, dès qu'il le voudrait, pouvoir donner sa pleine mesure en passant de la DPJ à la PJ où l'attendaient des dossiers à la hauteur de son talent, de ses capacités — Viviane croisa l'œillade meurtrière et triomphale de Priscilla, cette greluche était au bord de l'orgasme. Le ministre en avait fini, il conclut sur les banalités d'usage, décora le lieutenant Monot et le gratifia d'une molle accolade.

Celui-ci sourit à peine. Il semblait se concentrer

pour préparer sa réponse. Il s'offrit une longue inspiration, puis commença d'une voix douce : « Merci, monsieur le ministre, pour l'honneur que me fait la République. Mais, au risque de manquer à la déférence, je me dois d'apporter certaines précisions, voire quelques rectifications. »

Il était lancé, le cher ange. Debout sur son nuage, il psalmodiait son action de grâces, il ne lui manquait qu'une harpe. Et, entrée en lévitation, planant sur le petit nuage d'en face, Viviane l'écoutait, bienheureuse.

Non, ce n'était pas lui qu'il fallait complimenter, affirmait le lieutenant, c'était sa commissaire, la patronne de la 3e DPJ. Il avait été fier de l'accompagner dans cette enquête, et son seul regret était cet accident dû à sa propre impétuosité : il aurait tant aimé la seconder jusqu'au bout. La commissaire lui avait tout appris dans l'art d'interroger un témoin, de compiler les indices, de faire craquer un suspect — là, il était gentil, mais il en faisait trop, le brave petit Monot — et le nez de Priscilla se fronçait de plus en plus. L'orateur poursuivait, tout en délicatesse, parlait d'une certaine amitié, d'un plaisir de travailler ensemble. Il ne lui restait plus qu'à conclure : « Vous me proposez, monsieur le ministre, de passer quand je le souhaiterai de la DPJ à la PJ, et j'y suis très sensible. Mais je ne le souhaite pas. J'ai encore beaucoup à apprendre à la 3e DPJ, conclut-il en se tournant vers Viviane : la commissaire Lancier et son équipe n'ont pas fini de me supporter ! »

Les applaudissements fusèrent autour de la langouste : c'était l'équipe de la DPJ. Et l'assistance s'empressa de faire chorus.

Le ministre de l'Intérieur s'approcha, écarta les importuns, avala d'un trait une coupe de champagne, fit glisser sur son assiette toutes les rondelles de langouste en claironnant qu'il adorait ça, et attrapa le Tout-Puissant par le bras : « Nous avons du travail, nous deux, notre ami attend là-haut. » Avant de sortir, il héla sa dircom : « Et vous, ma petite Priscilla, allez préparer votre truc avec Monot. »

L'épisode finissait en queue de poisson, mais peu importait. Entourée de ses hommes qui la congratulaient, Viviane posa pour les photographes sans quitter le buffet, s'y fit servir quelques macarons salés, quelques canapés de foie gras, puis tout ce qui passait à sa portée. Le champagne qu'elle avalait sans modération rendait chaque bouchée plus légère, délicieuse. Monot, docile, avait suivi la dircom, et n'allait plus tarder à revenir, c'était une belle soirée.

Il ne revint pas. Un peu plus tard, un huissier s'approcha d'elle : « Veuillez m'accompagner chez monsieur le ministre. » Elle le suivit, d'un pas tanguant ; c'était fâcheux d'être pompette pour une première rencontre au sommet, mais tout était permis ce soir-là.

Le bureau ministériel était presque aussi grand que la salle du cocktail. Tout au bout, assis derrière son bureau, le maître des lieux picorait dans son assiette les ultimes fragments de langouste.

Debout, deux hommes l'encadraient : un jeune bellâtre latino aux allures d'Antonio Banderas, et un gros quadragénaire rougeaud aux allures de pandore.

On frappa, une porte au fond de la pièce s'ouvrit, et le Tout-Puissant entra, suivi d'un quinquagénaire sans âge, un homme triste et élégant qui fleurait l'arbre généalogique, les prébendes et les pouvoirs. Tous deux s'assirent ; il ne restait aucun siège.

Le ministre essuya la mayonnaise à la commissure de sa lèvre et susurra « C'est elle », en désignant Viviane avec une moue. L'homme triste parut encore plus triste. Il hocha lentement la tête et regarda Viviane comme si l'on eût tenté de lui fourguer une esclave nue un peu défraîchie.

— Vous avez déjà entendu parler de L'Esprit Club ? demanda-t-il, doucereux.

— « À L'Esprit Club, vos vacances ont l'esprit club » ? Oui, j'en ai entendu parler, ils nous matraquent ça sur toutes les radios.

— Ça vous dirait d'y passer quelques jours ?

Des vacances dans un club, il n'en était évidemment pas question, et Viviane allait le lui signifier. Mais l'homme triste s'était fait plus avenant pour préciser :

— Quelques jours, dans une île grecque, celle de Rhodes. Avec le décoré de ce soir, votre lieutenant Monot.

— Je dois vous préciser, ajouta le Tout-Puissant, l'œil fripon, qu'il s'agit d'une enquête complexe, que vous mènerez dans des conditions inhabituelles : vous partirez tous deux incognito. L'idéal serait d'ailleurs que vous passiez pour un couple. Pour la crédibilité de la chose, il faudrait que vous partagiez la même chambre, avec lits séparés, je vous rassure. Cela vous paraît-il envisageable ?

Viviane ne répondit pas. Elle *envisageait*. Oh, c'était si doux, Monot et elle dans la même chambre… Quelle tenue allait-elle choisir pour la nuit ? Un pyjama, façon copain-copain. Noir pour l'amincir. Et puis non, une nuisette, ce serait plus naturel : elle était femme, après tout. Rose et à mi-cuisse. Jusqu'à mi-cuisse, elle avait de belles jambes. Et lui, le cher ange, que porterait-il ? Un pyjashort en coton, vert pâle, assorti à ses yeux ? Et quand il ferait très chaud ? Ah, sous les draps, quand il ferait très chaud… Elle envisageait aussi la petite salle de bains qu'ils partageraient. Les frôlements exquis quand ils s'y croiseraient. La porte qu'elle laisserait distraitement mi-close quand elle prendrait sa douche, le petit courant d'air qui ferait bien les choses, oh, excusez-moi… Et le soir, après la plage. Il devait avoir la peau fragile, ce bêta, il allait rentrer avec des coups de soleil. Augustin, dans quel état vous êtes-vous mis… Ôtez-moi ce tee-shirt et allongez-vous sur le ventre, que je vous passe de la crème hydratante, n'ayez pas peur, je ne vous mangerai pas, là, vous voyez comme ça fait du bien, décontractez-vous, je ne fais que vous effleurer, comme ça, tout doucement… Et maintenant, tournez-vous, que je vous en mette aussi sur le devant des épaules. Oooh, quel gamin vous faites…

— Cela vous pose-t-il un problème ? relança le Tout-Puissant. Je l'ai proposé parce que j'ai cru percevoir une certaine… proximité entre le lieutenant Monot et vous.

— Aucun problème, monsieur le directeur, que ce soit avec le lieutenant ou tout autre collaborateur.

Nous avons passé l'âge des gamineries : il n'y a pas de proximité qui tienne, je suis officier de police, donc tenue à l'obéissance. Lui aussi, bien entendu.

Le ministre sourit au Tout-Puissant qui lui sourit : il était si bon d'entendre leurs fonctionnaires affirmer cette vibrante servitude.

Le quinquagénaire triste pianota sur le bureau ; on sentait chez lui l'homme d'action. Ou plus exactement l'homme habitué à voir ses subalternes passer à l'action. Il tendit une pochette à Viviane.

— Parfait. Votre charter pour Rhodes part demain samedi à 6 heures. Soyez à Orly-Sud à 4 heures, on vous y remettra les billets. En attendant, voici une note confidentielle sur le village-club, que mes gens ont rédigée pour vous. Une voiture passera vous prendre à 3 h 30.

Ses gens. Il semblait en avoir eu, pour tout, depuis qu'il était enfant. Il se leva. Comme il n'avait pas de gens pour serrer les mains, il serra lui-même celle du ministre et celle du Tout-Puissant, ignora celles que lui tendaient le gros type et le play-boy latino parce qu'il ne fallait quand même pas abuser, adressa à la commissaire un bref mouvement de menton qu'il accompagna d'un « Eh bien, voilà » et se retira.

Viviane soupira, heureuse. On ne lui avait pas proposé de siège, ses escarpins lui faisaient mal aux pieds, les miettes de macaron grattaient sa gorge, le champagne lui donnait un léger hoquet, le foie gras remontait avec un goût aigre, mais c'était vraiment une belle soirée.

CHAPITRE 2

— Qui c'est, ce type ? demanda Viviane

Le ministre répondit d'un chuchotis glacial tendant vers le décibel zéro :

— Ce type, madame, est un *monsieur*, et plus précisément le président fondateur de L'Esprit Club, Alexandre Mpfmpf…

Il avait si respectueusement baissé la voix que la commissaire n'était pas sûre d'avoir bien entendu.

— Comme l'ancien ministre ? Il est de sa famille ?

— C'est son frère. Le capital de L'Esprit Club appartient presque entièrement à leur famille, et il faut que nous leur rendions service.

— Mais… il est dans l'opposition.

— Justement !

Comme Viviane le regardait, les yeux ronds, le ministre se tourna, consterné, vers le Tout-Puissant : « Faites quelque chose, mon ami, elle est à vous, elle est trop bête pour moi. » Il ne l'avait pas dit, mais son geste de la main l'avait distinctement articulé.

— Quand nous rendons service à un membre

de la majorité, traduisit le Tout-Puissant, c'est simplement à lui que nous rendons service. Quand c'est à une personnalité de l'opposition, c'est aussi à nous-mêmes : plus le service est discrètement rendu, plus il se paie cher, comprenez-vous, commissaire ?

Viviane comprenait, un peu déçue. Elle s'était toujours plu à imaginer au-dessus d'elle un Olympe peuplé de puissances supérieures et de grands esprits, et voilà qu'elle découvrait le genre de dossiers traités dans les ors et les cuirs des bureaux ministériels.

— Mais si l'enquête doit se dérouler à Rhodes, pourquoi m'envoie-t-on, moi ? Il y a une police, là-bas.

Le Tout-Puissant lâcha un « Ttt, ttt » professoral, et expliqua que le village de vacances était construit sur un magnifique terrain, dans une petite baie à cinq minutes de la vieille ville de Lindos, Lindos la Blanche, la perle de l'île. Ce terrain était loué à L'Esprit Club, aux termes d'un bail emphytéotique qui lui en assurait la jouissance jusqu'en 2079. Or le propriétaire mourait d'envie de le récupérer pour une opération immobilière de grande ampleur : Lindos 2, une ville nouvelle à l'ancienne, copiée-collée de l'originale, mais où les rues seraient bien plus larges, les maisons bien plus confortables. Les loyers aussi.

En écoutant ces mots, le ministre hochait la tête et roulait un œil gourmand ; on était là dans des problèmes dont il était plus familier, de vrais problèmes pleins de souffle et d'argent.

— Et alors ? Je ne vais pas enquêter sur un bail.

— Sur un bail, non, commissaire, mais sur un crime. *Peut-être* un crime. Et c'est bien ennuyeux, car le bail comporte une clause de rupture en cas de trouble à l'ordre public. Or, au début du mois, un adjoint au maire de Lindos qui croisait en vedette au large du club, avec toute sa famille, a aperçu un couple nu, debout en haut d'une falaise située dans l'enceinte du club. Vous imaginez le scandale. Puis, pas plus tard qu'avant-hier, le soir du 14 juillet, on retrouve le chef du village pendu. Deux troubles en deux semaines, ça commence à faire beaucoup pour l'ordre public. Le brigadier Vermeulen, du commissariat central de Tourcoing, était en vacances là-bas. Il va vous raconter la chose.

Le gros homme qui n'avait encore pipé mot fit donc le récit de ce lamentable 14 juillet. Il racontait ça tout piteux. Plus encore en entendant Viviane conclure :

— Taisez-vous ! Vous m'écœurez.

Le sémillant latino écoutait, fasciné.

— Et vous aussi, vous étiez là en touriste ? Vous dansiez la carmagnole autour du mort ? lui demanda la commissaire.

Le ministre l'apostropha, outragé :

— Enfin, commissaire, vous n'avez pas reconnu le lieutenant Creuillif ? C'est l'un des meilleurs athlètes de la police, il est vice-champion de France de décathlon.

Avait-il dit Creuillif ? Viviane ne connaissait pas ce nom, cette tête non plus. Elle ne lisait jamais *L'Équipe*. Le lieutenant semblait avoir bloqué sa respiration pour mieux bomber ses pectoraux, où se croyait-il, sur un podium ? Et il empestait le vétiver.

— Excusez-moi, monsieur le ministre, mais quel est le rapport entre le palmarès du lieutenant et le pendu de la révolution ?

— Aucun. Le lieutenant est invité ce soir par le président de la République, pour un petit raout donné en l'honneur des athlètes qui porteront nos couleurs aux championnats du monde d'athlétisme, à la fin de l'été. Il est normal que je l'accompagne et, en attendant, c'est lui qui m'accompagne : d'ailleurs, nous allons prendre congé.

Viviane ne voyait pas en quoi c'était normal. Elle ne voyait encore rien dans cette affaire, sinon le ministre qui se levait : « Vous venez, lieutenant ? » L'athlète de plage le suivit en cambrant les épaules.

Le Tout-Puissant se leva lui aussi et pria Viviane et le brigadier de l'accompagner dans une pièce attenante. « On y sera mieux pour travailler », soupira-t-il. On devinait qu'il mourait d'envie de s'attarder, de prolonger la réunion dans le bureau du ministre, peut-être même dans son fauteuil, quelques secondes, juste le temps de s'y croire, mais on avait brisé des carrières pour moins que ça.

— Et le lieutenant Monot ? s'étonna Viviane. Il ne nous rejoint pas ?

— Vous le retrouverez demain matin. Ce soir, il va participer avec moi à une émission de télévision, *Le Nouveau Visage de la police*, qui passe en direct sur TF1. Priscilla Smet est en train de le préparer. Alors, commissaire, vous avez des questions ?

— Toujours la même : pourquoi m'envoie-t-on là-bas ?

— Je vous l'ai dit, nous ne sommes pas encore sûrs qu'il y ait eu meurtre, il n'y a donc pas encore d'enquête. Mais s'il y en a une, mieux vaut la mener nous-mêmes en toute discrétion, à l'insu de la police grecque : *pas de trouble à l'ordre public*. Ce suicide, ça arrangeait tout le monde. Il a fallu que le brigadier s'en mêle…

Le Tout-Puissant n'ajouta rien. Il se contenta d'un coup de menton vers le policier qui bredouilla :

— Normalement, à la clôture de la fête, King devait débarquer déguisé en Napoléon. Comme il n'arrivait pas, on a mis fin à la soirée, en proposant aux Chéris de continuer dans la boîte de nuit.

Voyant Viviane froncer les sourcils, le brigadier s'empressa de traduire :

— King, c'était le surnom du chef de village. Il s'appelait Salomon, comme le roi Salomon, le roi, le king. Et les vacanciers, là-bas, on les appelle les Chéris, c'est plus sympa. Les cocos et les kikis ont commencé à décrocher le mannequin, et là, on a compris que c'était un vrai pendu.

— *Lekoko elekiki ?* Vous me parlez grec ou quoi, brigadier ?

— Les *cocos*, ce sont les animateurs, et les *kikis*, les animatrices : on s'y fait très vite. Je disais donc, tout le monde a cru à un suicide, mais moi, j'étais un des derniers Chéris à sortir, j'ai entendu leurs cris : j'ai fait demi-tour en annonçant que j'étais de la police et je l'ai examiné. J'ai trouvé ce suicide un peu suspect : sauf votre respect, chez un pendu, normalement, il y a un phénomène d'érection. Là, rien du tout : tout pendait, même ce que vous pensez.

— Je pense à ce que je veux, brigadier. Et vous vous trompez, l'érection *peut* se produire, mais pas forcément. Est-ce qu'il avait des zones bleuâtres circulaires en haut des cuisses ?

— Je n'en ai pas remarqué, commissaire.

— Dans ce cas, oui, le pendu était sans doute mort avant d'être pendu.

Le Tout-Puissant avait écouté Viviane avec ravissement. Il l'approuva d'un bref hochement de tête.

— Bravo, le médecin légiste qui a examiné le cadavre, ce soir à son arrivée, est entièrement de votre avis. Nous avons donc très vite ouvert le dossier. L'autopsie sera faite cette nuit, pour confirmation, et vous aurez les résultats avant d'embarquer.

Viviane était déjà dans l'enquête. Le brigadier l'intéressait plus que le Tout-Puissant, elle voulait tout comprendre.

— Et après, qu'avez-vous fait ?

— Sur le coup, rien. Irène, la femme de King, a appelé le siège de L'Esprit Club, à Paris. On lui a dit de déclarer un suicide à la police locale et de faire rapatrier le corps. On était mercredi. Moi, mon séjour finissait hier. Je suis rentré, j'ai appelé les parents du mort, à Sarcelles. Irène ne voulait pas le faire. Puis j'ai rejoint mon commissariat et j'ai parlé de l'histoire. Mon boss était déjà au courant, il n'était pas content : il m'a demandé de préparer mon rapport et m'a envoyé au ministère.

— Qui l'avait averti ?

Le Tout-Puissant ne semblait pas aimer qu'on dialoguât sans lui. Il coupa :

— Notre ministre, commissaire. Il avait déjà été personnellement informé par le président de L'Esprit Club qui souhaite que l'on traite l'affaire avec tact. Malheureusement, le brigadier avait déjà fait du zèle.

— Du zèle ? Mais c'était mon devoir, gémit le policier.

— Du zèle, mon vieux. Pourquoi vous intéresser à un pendu ? Vous étiez en vacances, pas en mission. Et qui vous a demandé d'avertir ses parents ? Organisez les funérailles, prononcez l'éloge funèbre, tant que vous y êtes. Maintenant que la famille sait qu'il y a des doutes sur le suicide, elle voudra l'autopsie et le rapport. En cas de meurtre, plus moyen de faire marche arrière.

Le policier leva les yeux au plafond, espérant quelque manifestation de la justice divine. Mais il n'y vit que deux mouches, et il baissa la tête.

— Je vous ai assez entendu, brigadier, rentrez chez vous. Ah, laissez-nous votre rapport, on verra ce qu'on pourra en tirer.

Le brigadier sortit quelques feuillets de son cartable et s'en fut d'un pas lourd et triste. Il allait certainement se pendre à un réverbère de la gare du Nord.

Viviane posa alors à son directeur la question qui la taraudait :

— Elle est tordue, cette affaire : pourquoi m'avoir désignée ?

Le Tout-Puissant la regarda, finaud : « Eh bien, ma petite Viviane… » *Ma petite Viviane*, il le disait parfois, en souvenir du stage qu'elle avait jadis effectué sous ses ordres — une familiarité réservée aux moments d'intimité, aux confidences. Le reste du temps, c'était *Commissaire.*

— Eh bien, ma petite Viviane, appelons ça une association d'idées : j'ai pensé que vous seriez à l'aise avec cette histoire de meurtre déguisé en suicide. Ce sera une occasion de vous rattraper.

Son sourire s'était fait encore plus matois. Viviane resta muette. Elle n'aimait pas qu'on lui resserve cette vieille et sale histoire : sa mauvaise conscience lui servait le cauchemar certaines nuits, cela lui suffisait. Le Tout-Puissant l'observait, sadique.

— Il faut aussi que l'enquête soit menée à l'écart des médias. Sur ce point, je sais qu'on peut vous faire confiance.

Sur ce point… une rosserie typique du vieux. Elle ne cilla pas.

— Quand j'aurai trouvé le coupable, s'il y en a un, comment vais-je faire ? Je ne peux pas l'arrêter là-bas.

— Vous contacterez le siège de L'Esprit Club, qui convoquera l'individu à Paris. La police l'attendra à Orly. Et notre ministre réglera alors discrètement ce cas avec son homologue à Athènes, entre gens du même monde : loin de l'agitation locale, sans troubler l'ordre public. Je suis sûr que nous nous comprenons.

— Vous m'aviez demandé d'enquêter incognito avec Monot, mais en pratique, comment fera-t-on ? J'ai une couverture ?

— Officiellement, vous serez scénaristes. Vous travaillerez tous deux sur un projet de fiction télé censé se passer dans ce village-club : on dira que le contrat avait été signé avant le drame, qu'on ne pouvait plus l'annuler. Seule la veuve du pendu sera au courant, puisqu'elle a accepté de prendre sa relève. *The show must go on.*

— Scénaristes ? Quelle idée !

— C'est le ministre qui l'a eue avec le président de L'Esprit Club. Faites comme moi, trouvez-la excellente.

Il se leva, regarda sa montre et accompagna Viviane à la porte.

— Il faut que je file retrouver Monot à l'émission, je suis en retard.

Qu'avaient-ils tous à s'enfuir, les uns après les autres, pour mieux lui laisser cette enquête sur les bras ? La commissaire aurait volontiers avalé un dernier champagne pour y voir plus clair, mais le cocktail avait pris fin. Elle s'en fut avec l'obscure affaire.

Sur son chemin, près de la Sorbonne, Viviane se gara devant une librairie encore ouverte. Elle se devait d'emporter quelque belle lecture, qui lui vaudrait la considération du lieutenant Monot. Elle la laisserait traîner sur la table de nuit qu'elle partagerait avec lui. *Leur* table de nuit ; la commissaire en eut un frisson.

— Je voudrais de la poésie, mais pas trop poétique.

Le jeune libraire secoua la tête, accablé. Viviane fit de même : serait-ce aussi pénible que les soldes de vêtements ?

— Classique, mais plutôt moderne, précisa-t-elle. Du facile, mais quand même intellectuel. C'est pour une amie qui part en vacances, une amie peu cultivée, mais prête à faire des efforts. Vous avez ça ?

Le libraire haussa les épaules ; il ne semblait pas apprécier les amies de Viviane. Il l'emmena au rayon poésie.

— Choisissez vous-même, et vite : je vais fermer.

Les auteurs étaient classés par ordre alphabétique, elle prit le premier, *Alcools* d'Apollinaire.

— Qu'en pensez-vous ? demanda-t-elle.

— Ça revient à la mode, les ventes sont bonnes.

Elle paya, sceptique : Monot saurait-il qu'Apollinaire revenait à la mode ? Rentrée chez elle, Viviane prépara sa valise avec abattement. On s'habillait d'un rien dans ces villages-clubs, mais il lui manquait ce rien, elle n'avait que de vieux trucs démodés. Tout lui manquait, même le rapport du brigadier qu'elle avait oublié chez le libraire, cette enquête semblait mal partie. Peu importait, elle trouverait sur place. Et elle trouverait surtout Augustin Monot. Viviane regarda l'heure, constata qu'elle avait raté le passage du lieutenant à la télé, éteignit son téléphone portable et se coucha, énervée.

À 3 heures du matin, elle se leva, joyeuse. Le temps de se doucher, de s'habiller à la va-vite, elle descendit sur le trottoir pour voir arriver une longue limousine aux vitres teintées. Le chauffeur déposa la valise de Viviane dans le coffre, à côté d'un gros sac de voyage, et lui annonça que le lieutenant était déjà à bord. Comme si elle ne le savait pas ! Elle ouvrit la portière, affriolée : le bon temps allait commencer, celui des vacances avec le cher Augustin.

« Bonjour commissaire ! » lui lança une voix de velours.

Une poignante odeur de vétiver avait envahi la voiture : sur la banquette l'attendait Monsieur Muscle, le lieutenant latino.

CHAPITRE 3

— Mais qu'est-ce que vous fichez là, Creuillif ? Où est le lieutenant Monot ?

— Je le remplace, commissaire. Et mon nom, c'est Cruyff, pas Creuil-lif, même si la prononciation ressemble. C, R, U, Y et deux F. Cruyff, comme Johan, vous savez, le footballeur néerlandais. C'est un nom flamand. Mon prénom aussi : Willy. Mon père était belge, mais je suis né à Nanterre. Et ma mère était napolitaine : mon type méditerranéen, je le tiens d'elle. Je le dis toujours avant qu'on ne pose la question.

— Écoutez, Cruyff, je ne pose pas de questions sur votre type, votre maman, votre papa, Nanterre et vos footballeurs : je veux savoir pourquoi Monot n'est pas là.

— L'émission d'hier sur TF1 a fait un tabac à l'audimat, vous ne l'avez pas regardée ? Le lieutenant Monot s'est montré excellent. Du coup, à la sortie, M6 lui a proposé de participer à une émission du même genre, jeudi prochain. La dircom a recommandé au Tout-Puissant d'accepter, et ils ont appelé le ministre qui sortait de l'Élysée avec moi.

C'est lui qui a proposé de m'envoyer en remplacement. On devait décider tout de suite, à cause des billets. Le président de L'Esprit Club a donné son feu vert.

— Et moi ? On ne m'a pas demandé mon avis, à moi ?

— Votre téléphone était sur répondeur : on a laissé des messages.

— Je n'ai rien contre vous, Cruyff, mais ce changement est hors de question. Si je n'ai pas Monot, je pars avec un de mes hommes.

— Comme vous voulez, commissaire. Je vous laisse appeler le Tout-Puissant et le ministre pour leur annoncer que vous vous opposez à leur choix. N'oubliez pas : on est en pleine nuit, et on embarque dans moins de deux heures.

Il avait raison, cet abruti. Viviane se tut. Elle voulait rester tout à sa rage, à son chagrin. Le lieutenant Cruyff était presque aussi silencieux qu'elle. Il se contentait de respirer, profondément, bruyamment. C'était insoutenable.

— Baissez votre sono, que j'écoute mes messages… dit-elle en se tapotant le nez.

Et elle sortit son portable.

Il y eut d'abord le Tout-Puissant, onctueux et entortillé, qui expliquait la situation à Viviane avec des périphrases, des mots choisis. Il comprenait bien sa déception, *ma petite Viviane*, mais puisqu'elle avait déclaré que cette mission lui convenait *sans aucun problème, que ce soit avec Monot ou tout autre collaborateur*, il était allé au plus simple. C'était peut-être mieux, le lieutenant Cruyff serait plus à l'aise dans une ambiance de club de vacances.

Il y eut ensuite Augustin Monot, un peu gêné. Il regrettait de ne pas pouvoir mener cette enquête avec la commissaire, il aurait été heureux de reprendre ainsi le travail avec elle, mais ce serait pour bientôt. Point final. Viviane le réécouta. C'était sobre, professionnel. Pas la moindre trace de sentiment. Était-ce de la pudeur ? De la honte ? De l'indifférence ? *Il regrettait*. Si le lieutenant Willy Cruyff n'avait pas été à son côté, elle en aurait pleuré.

Mais Cruyff était là. Il était même aussi sur le répondeur, peu avant minuit, et lui faisait part du bonheur qu'il éprouvait à l'idée de débuter sous ses ordres. Il imaginait la déception de la commissaire qui aurait voulu partir avec un de ses hommes, mais il était certain qu'ils feraient une belle équipe. Il disait tout cela d'une voix suave, presque sensuelle, et concluait par un joyeux : « Il faut savoir faire contre mauvaise fortune bon cœur. »

Elle se tourna vers Mauvaise Fortune.

— Merci pour votre message, lieutenant. C'était gentil.

— Willy. Appelez-moi Willy, commissaire. Et moi, si vous le voulez bien, je vais vous appeler Viviane.

— Ça ne va pas, Cruyff ? Il n'en est pas question.

— Ah, si ! Au club, nous sommes supposés être en couple. L'idéal serait un diminutif, vous voyez le genre ? Vivi, Vivette, Vivoune. Ou un petit nom : zouzou, lapin… Vous avez une préférence ?

— Vous m'appellerez Viviane, ce sera déjà beaucoup.

— Viviane ? Très bien, c'est joli, Viviane.

Ce type avait une façon d'imposer ses évidences qui désarmait la commissaire. Il fallait qu'elle affirme très vite son ascendant.

— Maintenant, laissez-moi tranquille, j'ai un mémo à lire.

Elle demanda au chauffeur d'allumer le plafonnier, sortit de son sac la note sur L'Esprit Club, et s'y plongea.

Le village-club de Lindos la Blanche, dans l'île de Rhodes, est le plus rentable de notre chaîne. Situé dans la baie d'Agnosta, à 2 kilomètres de Lindos, il jouit d'un cadre magnifique. La plage de 500 mètres est fermée, à chaque extrémité, par une petite falaise et ses éboulements rocheux qui rendent impossible tout accès par la côte. À l'intérieur, sur le flanc droit, un ensemble de cinquante lodges pour estivants, dispersés dans les pins, de quatre chambres chacun. Elles sont toutes de plain-pied, doubles ou triples, avec salle de bains. Sur le flanc gauche, la zona privada, *délimitée par une haie basse et interdite aux estivants : une grande pelouse qui donne sur les lodges du personnel et une réserve à matériel. Au centre, en partant de la mer : la plage et le club de voile, puis les terrains de jeux et activités, les deux piscines séparées par le bar, le grand restaurant de plein air sous son toit de roseaux, les cuisines, et enfin l'accueil, les boutiques et les bureaux. Un peu à l'écart, les deux lieux les plus bruyants : d'un côté, au sommet de la falaise de gauche, l'amphithéâtre qui sert aux soirées et aux spectacles. De l'autre, sur celle de droite, la boîte de nuit. Ce complexe est relié à la grand-route par une piste qui serpente sur 300 mètres dans un bois touffu. À l'entrée, un poste avec barrière, tenu par un gardien turc. La propriété est close par une double ligne de barbelés électrifiés.*

Ce village est un modèle en termes de fidélisation des clients et de performances managériales.

Il est géré d'une main de fer par Salomon, le chef de village et par sa femme Irène, directrice administrative et financière. Salomon est réputé pour son caractère à la fois autoritaire et débonnaire. Certains des animateurs avec lesquels il travaille sont des fidèles de longue date. D'autres sont des vacataires embauchés à la saison, ou du personnel volant qui tourne de club en club. La rumeur prête au chef de village de nombreuses aventures avec des estivantes, des employées, mais il n'y a jamais eu de plaintes à ce sujet.

Les performances financières de Lindos s'expliquent notamment par le très faible taux de charges salariales : Salomon et Irène font une grande confiance aux jeunes, et offrent chaque année aux étudiants de nombreux stages en marketing, en gestion, en tourisme. Ces stages sont au pair, transportés-logés-nourris.

La commissaire sentit sur son épaule un souffle chaud : le lieutenant s'était penché pour lire la note avec elle.

— Le brigadier de Tourcoing présente ça de

façon plus simple : le village a la forme d'une tête de chèvre vue de face. Il en a même tracé le plan, d'après une carte postale en vue aérienne. Tenez, le voilà. Les deux cornes, ce sont les falaises avec l'amphithéâtre et la boîte de nuit. Le crâne, c'est la plage, la joue gauche, c'est la *zona privada*, la droite…

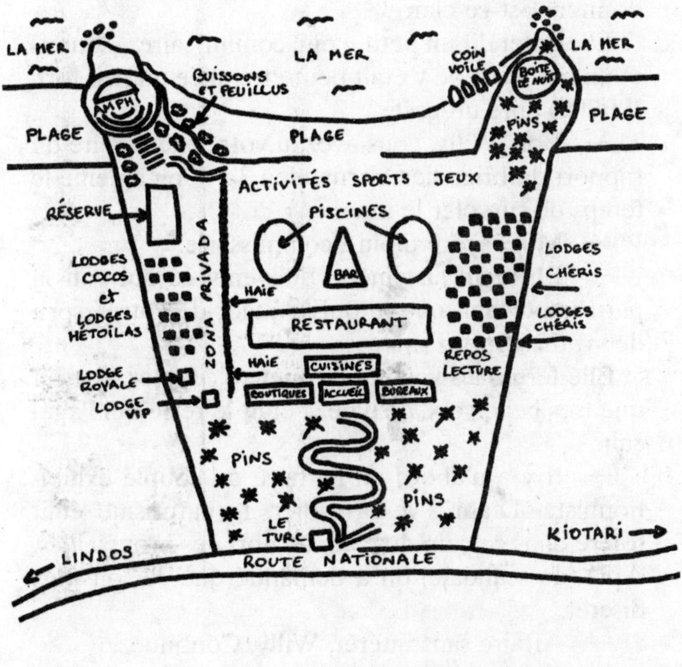

La commissaire se tourna vers lui, glaciale.

— Vous lisez mon courrier et vous m'interrompez pour m'apprendre à dessiner une tête de chèvre : vous êtes toujours comme ça, lieutenant, ou seulement à 4 heures du matin ?

— Allons, Viviane, puisque nous allons travailler ensemble, il est normal de partager…

— Nous n'allons pas travailler *ensemble*, lieutenant, vous allez travailler sous mes ordres. Et vous ne partagerez que ce que je veux bien vous donner. Est-ce clair ?

Elle entendit un petit « oui, commissaire » soumis et un silence. Elle y était peut-être allée un peu fort. Il fallait faire un geste.

— Bon, Willy, vous avez lu votre exemplaire du rapport du brigadier Vermeulen ? J'ai eu à peine le temps de survoler le mien.

— Moi encore moins, commissaire.

— Eh bien, justement, dites-moi ce qui vous a paru important, que je puisse juger de votre esprit de synthèse.

Elle ferma les yeux pour mieux l'écouter. Il avait une très belle voix, ce type, c'était le reste qui l'agaçait.

— Il y a d'abord eu l'affaire du couple exhibitionniste. D'après le brigadier, le naturisme était toléré dans ce coin du club, à l'abri des broussailles. Après le scandale, on a demandé que ce soit plus discret.

— Affaire sans intérêt, Willy. Continuez.

— Ensuite, il y a eu la mort de Sixiz, pendu à un arbre, il y a huit jours.

Du fond de son siège, Viviane sursauta.

— Quoi ? Une autre pendaison ? C'est qui, cette Sixtine ?

— *Sixiz*, commissaire : le chat du gardien turc. Le matin, il travaille aussi comme jardinier du club, et son chat l'accompagnait partout. Il avait la manie de faire ses besoins dans la plate-bande devant le lodge de King, le chef de village, puis la sieste au club nautique, sur les sacs à spinnakers, ce qui mettait en rogne le responsable de la voile.

— Ah, quel dommage, j'avais raté ce passage ! Un chat qui fait ses crottes et son roupillon, c'est passionnant. Quitte à vous paraître rabat-joie, je préférerais que vous me parliez de ce qui est *vraiment* important, les gros titres, vous voyez le genre ?

— Mais *c'est* important : King avait averti le Turc qu'il tuerait le chat s'il le revoyait dans le village. La suite paraît logique : King pend Sixiz. Et pour venger Sixiz, le Turc pend King. Pif, paf !

Viviane laissa planer un terrible silence avant de conclure :

— Bravo, excellente enquête, le lieutenant Willy Cruyff a trouvé le coupable, on peut rentrer à Paris. Vous écrirez le rapport au Tout-Puissant, et surtout, n'oubliez pas la chute : *Pif, paf !*

Willy se renfrogna, et resta muet.

— Vous bouderez plus tard, Cruyff. Quoi d'autre, à part le chat ?

— Deux jours avant sa pendaison, King a eu une violente dispute avec sa femme Irène. Cela s'est passé dans leur lodge, un peu à l'écart des autres logements du personnel. Ils sont nombreux à l'avoir entendue hurler : « Non, ce ne sera pas comme tu veux ! T'es pas le roi, ici ! T'es pas le roi ! »

— On a une idée du motif ?

— Irène aurait surpris King, dans leur lodge, en compagnie d'une gamine en petite tenue, à qui il prétendait montrer sa collection de coquillages. Elle avait un peu moins de seize ans.

— Hé bé ! Et ensuite ?

— Ensuite, ambiance sinistre chez les cocos et les kikis pendant deux jours. King en a sondé quelques-uns pour savoir s'il n'y avait pas une affaire du même style du côté de sa femme, histoire de se dire quitte. Mais ce n'est pas son genre, elle est coincée.

— Ah, pour un homme, on dit fidèle et pour une femme, on dit coincée ? Il faudra travailler votre vocabulaire, Willy. Et après ?

— L'assassinat de King, si c'en est un, a forcément été commis par un coco ou une kiki. Pour les Chéris, l'accès à l'amphithéâtre où on a retrouvé le pendu n'est pas possible dans la journée : le portail est fermé à clef par une chaîne et un gros cadenas à code. On y monte en passant le long de la pelouse de la *zona privada*, qui entoure les logements du personnel et la réserve à matériel. On a vu King dans l'amphithéâtre tout l'après-midi, et ensuite il a disparu. On l'a retrouvé mort le soir.

— Comment, *disparu* ? Qu'est-ce qu'il en sait, le brigadier ?

— King avait demandé au brigadier Vermeulen de venir le voir dans l'amphithéâtre, en fin d'après-midi. Quand il est arrivé, le brigadier n'a trouvé personne. Il a attendu, puis Irène a fait son apparition avec deux cocos qui voulaient eux aussi voir King ; ils l'ont cherché tous les quatre dans chaque recoin de l'amphithéâtre et ils sont repartis.

Le lieutenant changea de voix. Il faisait encore nuit, Viviane ne pouvait pas le voir, mais elle était sûre qu'il bombait le torse.

— Je crois être allé à l'essentiel. Remarquez, tout ça ne servira peut-être à rien : si ça se trouve, c'est vraiment un suicide.

Le portable de Viviane émit un signal de SMS. Elle le lut avec un petit rire.

— Eh bien réjouissez-vous, Willy, tout cela servira. Selon l'Institut médico-légal, quand on a pendu King, il était déjà mort. D'un coup de stylet, en plein cœur, me précise-t-on. Et maintenant, passez-moi ce rapport.

Elle parcourut, consternée, la liasse de feuillets. La prose du brigadier Vermeulen était un salmigondis de remarques inclassables, de faits en vrac, sans chronologie, de redites, de digressions, d'opinions saugrenues, de points majeurs noyés dans des détails anecdotiques. Le lieutenant Cruyff avait réussi à faire le tri, à mettre une logique dans ce fatras : c'était un esprit simple, mais clair.

Elle pensa brièvement aux débuts du lieutenant Augustin Monot, à ses gaffes, son exaltation, ses confusions, et elle sentit monter en elle une petite nostalgie. La faiblesse de Monot avait cela de bon qu'elle donnait envie à la commissaire d'être forte. Cruyff n'était pas de la même souche : il émanait de lui une troublante puissance. Ce type avait confiance en lui, en son physique, en sa solidité mentale, en son charme. Comment pourrait-elle le dominer ? Elle devait prendre ses distances.

— Excellente, votre synthèse, mon petit Cruyff. Vous avez un esprit carré, une vision factuelle des choses. De belles qualités quand on veut faire une carrière de flic.

— Merci, commissaire.

— En revanche, pour une carrière de scénariste, je suis moins convaincue : il vous manque l'esprit de divagation propre aux littéraires, vous voyez ce que je veux dire ?

Il ouvrit de grands yeux, non, il ne voyait pas. Elle porta le coup :

— C'est parce que vous n'êtes pas un littéraire. Monot, lui, aurait compris. Il aurait fait un scénariste très crédible. Mais vous, Cruyff, sans vous faire de peine, je ne vous vois pas endosser ce rôle. Moi, je resterai scénariste, et vous…

Viviane hésita. Ellc allait remettre Superman en place, mais sans l'humilier. Pas trop.

— Vous direz que vous êtes animateur sportif. Ça vous ira à merveille. Animateur sportif, genre social, en banlieue.

Le lieutenant Cruyff parut peu enthousiaste.

— En banlieue ? Laquelle ?

— Animateur non affecté. Vacataire, intérimaire, bouche-trou.

— Mais une scénariste et un animateur sportif intérimaire, ça va faire un couple bizarre, commissaire.

— Rassurez-vous, ça ne fera pas de couple du tout. Pour l'extérieur, nous ne serons qu'à peine copains : nous aurons raté le charter d'hier et nous aurons fait connaissance dans l'avion.

— Et pour la chambre ?

— Chacun la nôtre, puisque nous sommes à peine copains. Moi qui suis scénariste, je ne vais quand même pas passer mes nuits avec un animateur de banlieue.

Elle se sentit méchante et bien meilleure. Elle était redevenue la commissaire. Les vacances étaient finies, l'enquête allait commencer.

La limousine les déposa à Orly. Viviane laissa son lieutenant porter les bagages, puis, se ravisant, elle courut à son côté pour reprendre sa valise : ils n'étaient qu'à peine copains.

CHAPITRE 4

L'avion venait de décoller, et le lieutenant Willy Cruyff dormait. La commissaire Viviane Lancier l'observait, perplexe. Cet adjoint tombé de nulle part la déconcertait. Le message téléphonique du Tout-Puissant lui trottait dans la tête : « Le lieutenant Cruyff sera plus à l'aise dans une ambiance de club de vacances. »

Tandis qu'ils patientaient à l'enregistrement, le lieutenant s'était fait des amis en cinq minutes : cela ne servait à rien, lui avait soufflé Viviane, puisque ces passagers partaient pour un autre village de Rhodes, mais Willy semblait agir pour son plaisir. Il s'était extasié sur le bébé du jeune couple qui les précédait, vraiment extasié, pas par politesse. Il avait plaisanté avec les retraités qui les suivaient. Il avait calmement remis en place le quatuor de jeunes qui tentaient de passer devant tout le monde sous prétexte de retrouver des copains. Le Tout-Puissant avait vu juste : à L'Esprit Club, le lieutenant allait avoir l'esprit club.

Coincée dans le siège trop concave de l'avion charter, Viviane ne parvenait pas à trouver le sommeil. Willy, lui, avait annoncé : « Je vais dormir » — et s'était assoupi en trente secondes. C'était un type à qui tout semblait aisé. De temps à autre, sa tête glissait sur l'épaule de Viviane, envahissant la saharienne de sa fragrance de vétiver. Chaque fois, elle le repoussait fermement. Elle se demandait s'il n'y avait pas là un symbole : pourquoi rembarrait-elle les hommes qui lui offraient leur amitié — ou simplement leur camaraderie, leur *proximité*, aurait dit le Tout-Puissant. Willy avait une personnalité forte, un cœur simple, il ne méritait pas d'être rabroué. Viviane se sentait coupable : être la commissaire ne lui suffisait pas, elle éprouvait toujours le besoin de *jouer à la commissaire*. Non, pas toujours : avec Monot, c'était différent. Elle ferma les yeux en imaginant le cher ange qui, à cette heure-ci, en France, devait s'éveiller. Elle somnola jusqu'à l'arrivée en rêvant qu'il dormait de l'autre côté, qu'il épanchait sa blonde chevelure sur l'épaule vert olive.

À l'aéroport de Rhodes, ils furent accueillis par une jeune femme, petite, brune, aux traits fins, qui tenait un panneau « *Scénaristes. L'Esprit Club* ». Sa peau mate faisait ressortir l'or des deux immenses anneaux qui pendaient à ses oreilles. Elle souriait, mais on voyait affleurer dans ce sourire une tristesse lasse.

— Je suis Irène, la chef du village-club, mais ici tout le monde m'appelle Reine.

Ils gagnèrent la voiture. Il n'était que 11 heures

du matin à Rhodes, et l'air déjà chaud ne tarderait pas à devenir suffocant. Viviane craignait de transpirer dans sa saharienne, mais n'osait pas l'ôter : en dessous, elle ne portait qu'un débardeur. Et puis non, elle n'allait pas se gêner. Puisqu'elle était au club, il fallait adopter le style club : elle déboutonna la saharienne et la plia.

— C'est coquet, ce petit haut. Le rose vous va très bien.

Cruyff avait lâché ces mots d'une voix paisible, presque amicale. Monot aussi lui avait dit cela un jour, mais il lui avait fallu plus de temps.

— Nous en avons pour trois quarts d'heure de route, annonça Reine. Là-bas, vous êtes très attendus : les cocos et les kikis sont impatients de faire la connaissance des scénaristes.

— Désolée, corrigea Viviane, changement de programme. Il n'y a qu'une scénariste, et c'est moi. Mon lieutenant a changé de métier, il est animateur sportif.

— Comme vous voulez. En tout cas, vous aurez le plus beau lodge du club, à l'entrée de la *zona privada* du personnel. On le réserve aux hôtes de marque. Il est indépendant, comme le mien : vous y serez très à l'aise, tous les deux.

— Pas tous les deux, j'y vivrai seule. Vous pourrez trouver un lit ailleurs pour le lieutenant ?

Reine sembla déçue.

— S'il le faut, oui : les chambres des Chéris sont prévues pour deux, et certaines ne sont occupées que par des personnes seules bien contentes de ne pas payer le supplément single.

Elle marqua une pause avant d'ajouter :

— Vous êtes fâchés ? Je croyais que vous étiez ensemble.

Ce fut Willy qui répondit, avec un bon sourire :

— On est ensemble, mais juste pour travailler. Et plus précisément pour trouver un meurtrier : nous avons eu les résultats de l'autopsie et…

— Je sais, interrompit Reine, un dirigeant du siège m'a appelée ce matin. Il m'a tout expliqué, le coup de stylet dans le cœur, l'obligation de discrétion, la procédure de rapatriement en France.

Sa voix se fit soudain plus amère :

— C'est dommage pour King, ce meurtre : j'aurais préféré un suicide, ça lui aurait fait une sortie plus honorable.

Elle brûla calmement un stop avant de poursuivre :

— Vous savez peut-être qu'on s'est violemment disputés, juste avant le 14 juillet ; cela va faire de moi une suspecte. Mais j'ai la chance d'avoir un solide alibi : j'ai passé l'après-midi à bronzer au bout de la plage. Plus tard, je suis partie vers l'amphithéâtre et à partir de là je n'ai plus jamais été seule. J'y suis allée une première fois, avec Coco L'Anime, King y était. J'y suis retournée ensuite avec Coco L'Anime et Coco Clown, King n'y était plus, il n'y avait que le flic. Ensuite, j'étais dans les bureaux.

— Je connaissais les cocos, les kikis, les Chéris, mais pas L'Anime et Clown, soupira Viviane.

— King s'embrouillait dans les prénoms : alors, il appelait tous les animateurs Coco et les animatrices Kiki. S'il fallait préciser, il les appelait par leur fonction. Coco L'Anime, c'est le responsable des animations. Il y a aussi Coco Clown pour les sketches, et sa femme, Kiki Piqûre, l'infirmière, puis Coco Picole qui gère le bar et la boîte de nuit, Kiki Muscule, la responsable de la gym, Coco Vent-Debout, le moniteur de voile, Kiki Plouf préposée à la piscine, Coco Tournevis pour la maintenance, et Coco Cuistot, le cuisinier. J'ai eu de la chance, j'aurais pu être Kiki Couche-toi-là.

— Et les autres ?

— Les adjoints, les stagiaires, les autochtones, il leur criait : « Hé, toi, là ! » Si bien qu'on a fini par les appeler les Hétoilàs. La seule exception, c'est le gardien qui fait aussi le jardinage le matin. Un brave homme, pas remuant, pas bavard, mais doté d'une mémoire impressionnante – un type qui peut vous dire, jour par jour, le temps qu'il a fait le mois dernier. Il est turc, alors King l'appelait *le Turc*. Il était comme ça, mon mari : lui, le roi, et, en dessous, la cour et les nains.

Un tel ressentiment chez une veuve toute fraîche, la commissaire en avait l'habitude : plus les années passeraient, plus la veuve détesterait le souvenir de l'époux. Viviane voulut donner une chance au pendu.

— D'après ce qu'on m'a dit, il avait quand même des amis de longue date parmi les cocos.

— Des amis ? Non, simplement des courtisans, des larbins, des lâches toujours prêts à baisser pavillon si King s'intéressait à leur copine du moment. Mon mari était un Casanova de bazar, il sautait sur chaque occasion qui se présentait. Et ici, ça ne manque pas. Son seul véritable ami était L'Anime, son bras droit, l'ombre de Sa Majesté. Un gars gentil mais inconsistant. Il frétille devant tout ce qui ressemble à du pouvoir. À la mort de King, la direction de L'Esprit Club nous a proposé d'assurer la gestion du village en tandem, lui et moi. Moi pour la partie administrative et comptable, et lui pour la vie quotidienne : il est le seul à tout maîtriser, à force de marcher dans les pas de King. Vous l'auriez vu accepter ça en se gonflant d'orgueil… Coco devenu co-chef ! Presque roi ! Il en bavait d'émotion.

Viviane la laissa à sa rage. Le lieutenant avait moins de tact.

— Et comment vous êtes-vous connus, King et vous ?

Il n'avait même pas ajouté : « Si ce n'est pas indiscret », il allait droit au but, et Reine n'en sembla pas offensée.

— Ça remonte à cinq ans, je venais de sortir diplômée de mon école de gestion, mon mec m'avait plaquée, je ne trouvais pas de boulot, peut-être à cause de mon origine libanaise. Je suis venue passer trois semaines ici pour me changer les idées. Comme j'étais toujours à la piscine, j'ai commencé un flirt avec le Coco Plouf de l'époque, un petit blond très mignon. Et voilà que, juste pour montrer qui était le chef, King a commencé à me faire un gringue pas possible, malgré ses cent vingt kilos et ses quarante berges. Coco Plouf a aussitôt laissé tomber, et King a sorti le grand jeu : il ne me lâchait plus, j'avais droit à des fleurs tous les matins devant ma chambre, à de belles déclarations. Il voulait tellement arriver à ses fins qu'il s'est dit prêt à virer la directrice administrative et comptable pour me donner son job. Il m'a fait miroiter une carrière au sein de L'Esprit Club, il a même fini par me proposer le mariage, et j'ai accepté. C'était la première fois que je me sentais importante : je devenais la reine. Vous comprenez ?

Oui, Viviane comprenait qu'une femme lassée de sa solitude soit prête à n'importe quoi, parfois même à n'importe qui, si c'était demandé gentiment. Elle avait vécu cela.

Elle regardait le paysage qui défilait, les hôtels qui auraient tant voulu paraître hollywoodiens, les constructions abandonnées, les collines désertiques, et elle se disait que sa vie privée était pareille : faux-semblants, échecs et misère affective. Celle de Reine aussi. Elle éprouvait de la sympathie pour cette femme.

— Et ensuite, ça s'cst dégradé ?

C'était Willy qui avait demandé cela de sa belle voix chaude ; il semblait en travailler le timbre pour attirer les confidences.

— Oui, il a commencé à avoir des aventures, sans même s'en cacher. Je ne supportais plus de l'attendre des heures dans notre chambre pour le voir rentrer, au petit matin, imprégné de ses odeurs de lit, de femme, c'était à vomir. Alors, ces soirs-là, je m'évadais comme je pouvais : je passais des heures sur la plage, face à la mer, puis je rentrais un peu moins furieuse. Et le matin, il fallait que je sourie pour sauver la face. Mais, vous êtes peut-être au courant de la dernière histoire avec la gamine et les coquillages, dans *notre* lodge, en plein jour : là, c'était trop. On s'est disputés. J'ai d'abord cru qu'il s'était suicidé à cause de ça… Pfff, comme s'il avait pu avoir des remords !

Viviane ne savait plus comment relancer une conversation si douloureuse. Le récit de Reine lui rappelait d'humiliants souvenirs.

— Vous n'avez pas d'enfant ?

— J'aurais voulu, mais King ne pouvait pas en avoir, d'après les examens. Et moi, je ne voulais pas de fécondation assistée.

Viviane tentait d'imaginer la vie de cette femme seule, au milieu de la cohue des vacanciers. Elle demanda, sans conviction :

— Et vous avez quelques amies, ici ? Des… copines ?

Le mot lui parut absurde : cette femme avait trop de dignité pour avoir des copines.

— On a pour moi un peu de pitié et beaucoup de méfiance : j'étais la plus grande cocue du royaume, mais j'étais la femme du roi. Et, pour ne rien vous cacher, la politique de compression de la masse salariale, le système des ratios de gestion par poste, le remplacement des vacataires par des stagiaires gratuits, tout ça, c'est moi qui l'ai mis en œuvre. C'était mon premier job, je commençais comme directrice, je voulais montrer au siège de quoi j'étais capable. Et King applaudissait.

— Vous avez envisagé le divorce ? lança Willy, d'un ton léger.

Reine grimaça. Elle semblait avoir mal à ses mots.

— Oh oui ! Mais pour ne rien vous cacher, j'avais décidé d'attendre, pour des raisons bassement matérielles. Mon mari avait un grand-oncle célibataire, son parrain, qui se meurt dans un hôpital, au Maroc. Il est riche : là-bas, il est propriétaire de plusieurs résidences. King était désigné comme héritier unique. Pas tout à fait unique, puisque nous étions, King et moi, mariés sous le régime de la communauté universelle : la moitié de la fortune était donc pour moi. Si je divorçais avant le décès du parrain, je perdais ma part, bien sûr. Et, cette part, je la voulais comme prime pour toutes les années endurées avec King. Maintenant, puisque mon mari est décédé le premier, il n'y aura plus d'héritage : vous ne trouverez jamais de veuve plus attristée que moi par la mort d'un époux.

Un silence embarrassé régnait dans la voiture et personne ne semblait oser le rompre. Ils traversèrent un hameau grouillant de touristes, de taxis, de boutiques de souvenirs. Quelques ânes circulaient, ployant sous de monstrueux estivants. En contrebas, on distinguait un village compact, un fourmillement de maisons blanches et de rues tortueuses, surmonté d'une colline où trônaient les ruines d'un temple. Reine le désigna d'un geste.

— C'est Lindos. Une très belle petite ville. Nos Chéris pourraient s'y aventurer, mais ils préfèrent les boutiques du club. Tant mieux pour nous, ça fait du chiffre.

Elle tourna deux kilomètres plus loin, dans un

chemin qui s'enfonçait au creux d'un bois de pins. L'accès était clos par une barrière. Un grand jeune homme barbu à l'œil sévère sortit d'un cabanon, les examina et les fit passer sans un mot.

— C'est le Turc ? demanda Willy.

— Non, son fils Kerim. Il est sourd-muet et vit avec lui. Le matin, quand le Turc jardine, Kerim le remplace à la barrière. À midi, le fils part faire la plonge et le ménage dans un restaurant à Lindos. Il revient chez nous le soir, pour aider les Hétoilàs de Picole à la boîte de nuit. Père et fils travaillent pour nous sans aucun contrat, pour un salaire de misère, et ça fait des années que ça dure. J'ai toujours trouvé ça honteux. Je vais enfin pouvoir régulariser la situation, maintenant que King n'est plus là. Il n'a jamais aimé le Turc, il allait d'ailleurs le virer. Mais je vous embête avec ces histoires.

Oui, ces histoires embêtaient la commissaire, mais son lieutenant se montra plus courtois.

— Pas du tout. Pourquoi voulait-il s'en débarrasser ?

— Parce que le pauvre gars était venu faire une scène chez nous : il était sûr que c'était King qui avait pendu Sixiz, son chat. La situation était ridicule : le Turc ne parle que le turc, et King n'en comprenait pas un mot. Moi, je me débrouille, j'ai eu une nounou turque au Liban. Alors, je faisais l'interprète avec un plaisir fou : puisqu'il fallait tout traduire, je disais à King qu'il était un salaud, un lâche, qu'il méritait de crever, c'était jouissif. À la fin, j'ai dû calmer le Turc, j'avais peur qu'il ne le frappe. Le vieux s'est excusé, mais trop tard : il y avait eu lèse-majesté.

La voiture s'arrêta, et Reine ouvrit sa portière.

— Je vais vous montrer votre lodge, commissaire. Si vous le voulez bien, votre lieutenant va y patienter : une Hétoilà viendra le conduire à la chambre qu'il partagera avec un autre Chéri.

— Merci, Reine. Mais attention : ici, plus de « lieutenant » ni de « commissaire ». Nous serons juste Willy et Viviane.

Le lodge se trouvait à l'entrée du quartier des cocos, un peu à l'écart. Quand ils y entrèrent, ils découvrirent une corbeille de fruits et une bouteille de mousseux grec, avec une carte de bienvenue. La chambre était idéale pour un couple.

— Bon, je vous laisse, dit Reine.

Elle semblait gênée : voulant bien faire les choses, le comité d'accueil avait dessiné deux cœurs entrelacés sur la carte.

Viviane la tournait et la retournait entre ses doigts. Ellc était là, le corps ballant, tandis que Willy, déployé dans un fauteuil en osier, la regardait, candide. Elle tenta d'imaginer Monot dans la même situation. Il aurait fait pareil, mais c'eût été délicieux.

— Nous travaillerons chacun de notre côté, décréta Viviane. Puisque vous avez le contact facile, vous irez fouiner un peu partout, vous parlerez avec kikis, cocos et compagnie, vous participerez à toutes les activités pour vous faire un maximum d'amis.

— Et vous ?

Et elle ? Que répondre ? Elle ferait la même chose, mais elle n'avait pas le contact facile, elle n'aurait pas d'amis. Elle bafouilla :

— Moi je réfléchirai, je piloterai les recherches…

Le lieutenant lui jeta un regard admiratif. Elle était redevenue la commissaire, et lui le subordonné. Elle ajouta très vite :

— Les repas, on les prendra quand même ensemble, de temps en temps.

Elle appela l'Institut médico-légal. Le médecin lui confirma les résultats de l'autopsie.

— À propos, un détail, commissaire, faites-en ce que vous voudrez : sur la cheville droite, il y a une marque de compression de l'épiderme, comme s'il avait porté une chaussette trop serrée.

Viviane nota le détail, et demanda des précisions sur le coup de stylet ; le médecin la corrigea :

— Attention, j'ai écrit stylet de façon générique, ce peut être n'importe quel instrument long, fin et pointu. J'ai constaté une bizarrerie : le coup a été porté de façon très perpendiculaire au corps. En général, quand on poignarde, c'est avec un angle d'attaque.

— Qu'en concluez-vous ?

— Rien, commissaire. À chacun son métier. Moi je constate, et vous, vous concluez.

Ne sachant que conclure, Viviane mit fin à la conversation, car une petite blonde en tee-shirt jaune fluo venait de faire irruption dans la pièce.

— Je suis responsable des couchages. Des couchages, hein, pas des coucheries ! gloussa-t-elle. On avait mal compris, on ne savait pas que vous étiez en solo. Venez avec moi, je vais vous trouver un coloc.

L'Hétoilà emmena son solo en pouffant. Viviane les regarda partir : ils s'esclaffaient encore dix mètres plus loin. Elle se dit qu'en plus de huit heures de voyage, elle n'avait pas su faire rire son lieutenant, et elle en fut un peu chagrinée.

CHAPITRE 5

Le restaurant était en plein air, couvert d'un simple faîtage de roseaux : au centre, un immense buffet et un gril. Tout autour, des tables que la commissaire regarda avec désolation : elle ne savait où se poser. Viviane ne se sentait prête à faire la connaissance de personne. Ces gens lui paraissaient trop gais, trop à l'aise. Leurs assiettes débordaient, leurs bedaines aussi.

Les regards se tournèrent vers la commissaire. Était-elle trop blafarde ? Ou trop habillée au milieu du débraillé ambiant, avec son bermuda noir, sa chemisette blanche et ses sandales ? La prenait-on pour une religieuse ? Elle chercha son lieutenant et l'aperçut en joyeuse conversation, à une grande table de douze, déjà complète. Tous les commensaux y portaient les mêmes tee-shirts, jaune fluo : était-ce l'uniforme des cocos et kikis ? Viviane ne portait aucun uniforme, elle ne ressemblait à personne, elle se sentait bête et seule. Elle resta plantée à l'entrée, cherchant où s'installer. Une voix nasillarde la tira d'affaire :

— C'est vous, la scénariste ? Je suis Coco L'Anime, venez déjeuner avec moi.

Chétif, de taille moyenne, l'homme portait de grosses lunettes, relevées sur le front, cachant partiellement sa chevelure rousse frisée. Son visage n'était qu'un immense sourire surmonté d'un nez en trompette. Son regard, bienveillant et malicieux, évoquait celui d'un lutin trop vite grandi. Sur son tee-shirt jaune fluo flottaient un hiéroglyphe égyptien en médaille, une trousse oblongue en sautoir, et un collier de grosses perles.

Il l'emmena au buffet, se servit des légumes froids et observa avec amusement Viviane qui hésitait entre les charcuteries, les tartes salées, les salades de légumes ou de poissons.

— Tous les Chéris sont comme vous : les premiers jours, ils ne savent pas où donner de la tête. Allez-y, essayez tout. Là, ce ne sont que les entrées : le plat principal, c'est de l'autre côté.

Avait-il deviné que Viviane se laissait parfois aller à l'heure des repas ? Elle se contenta d'une salade crétoise. Puis elle revint sur ses pas pour y ajouter un peu de charcuterie, et couronna son assiette d'une part de tarte aux légumes, au lard et aux pruneaux.

— Ce doit être une spécialité grecque, s'excusa-t-elle, il faut quand même que je goûte.

— Le pounti ? Non, c'est auvergnat. Vous venez ?

Il la conduisit à une table pour deux.

— Vous préférez du vin grec ou du vin italien ? Le grec est gratuit.

La commissaire préféra le grec, et le regretta dès le premier verre.

— Vous savez sans doute que je suis le nouveau chef du village.

— Ah, c'est vous qui travaillez avec Reine !

— On peut le dire comme ça : chacun ses compétences. Elle s'occupe de la partie administrative et comptable. C'est important, paraît-il, mais seulement pour elle et le siège. Cela dit, elle s'en tire très bien. Moi, je suis chef pour tout le reste. Parlez-moi plutôt de vous : il paraît que vous êtes scénariste.

Viviane se sentit mal à l'aise. Elle avait toujours aimé cuisiner les gardés à vue et voilà qu'on l'interrogeait. Tremblant comme un suspect, elle improvisa le récit d'une série de films franco-allemands, coproduite par Arte, sur la naissance du syndicalisme dans le tiers-monde. On en avait dit grand bien dans *Télérama*. Elle vit Coco L'Anime hocher la tête et approuver poliment : elle serait tranquille, on ne lui parlerait plus jamais de sa filmographie.

— Ici, je prépare un sujet grand public, conclut-elle rassurante. Même si je tombe mal, à ce qu'on m'a dit.

— Oui, nous sommes encore sous le choc. King était un formidable chef de village.

— J'ai cru comprendre que, là-dessus, les avis ne sont pas unanimes.

L'Anime oublia soudain son sourire. Il regarda Viviane dans les yeux, durement, comme s'il la mettait en garde.

— Laissez caqueter les vautours : King était un type bien, et j'étais fier d'être son meilleur ami.

Quand j'ai commencé ici, je n'étais qu'un intérimaire, un petit gars sans diplôme. Il m'a pris sous son aile, il m'a donné ma chance. Avec lui, j'ai tout appris sur la gestion d'un village-club, la création d'ambiance, les relations avec les estivants. Plus une chose très simple et très rare, l'amitié. Je le dis peut-être mal, pourtant c'est vrai. Vous comprenez ?

Comme Viviane n'acquiesçait pas assez vite, il poursuivit :

— Bien sûr, il pouvait agacer avec son caractère dominateur, mais c'était une comédie : il jouait au tyran débonnaire, rien de plus.

— On le disait assez cavaleur, non ?

L'Anime haussa les épaules.

— Il avait son côté méditerranéen, ce besoin de se coller aux gens, de les toucher. Je comprends que ça puisse déplaire, mais nous sommes en Méditerranée, non ?

— Et cette dernière histoire, avec la gamine ?

Il repoussa son assiette et croisa les bras.

— Ah, vous n'allez pas vous y mettre, vous aussi ! Il n'y a eu d'histoire que dans les fantasmes de Reine. King a une très belle collection de coquillages, la petite était intéressée, elle est venue la voir. En bikini, d'accord, mais tout le monde est à moitié à poil, ici. King lui passait le bras autour du cou, et alors ? C'est du sexe, ça ?

— Il a quand même eu quelques aventures, non ?

— Rien de sérieux, mais Reine adore jouer la victime alors qu'elle est la première coupable : un vrai frigo, cette femme-là. King lui-même me le disait, on était assez amis pour qu'il m'en parle. Le pauvre, il allait parfois chercher ailleurs ce qu'il ne trouvait pas chez lui. Il a été fou amoureux de Reine, il a tout fait pour elle, il lui a tout donné. Résultat, un adieu sans une larme. Elle n'a même pas accompagné son cercueil en France pour l'enterrement, elle a préféré rester ici pour se faire bien voir des proprios.

Il reprit son souffle, comme pour porter l'estocade.

— Je vais travailler avec elle, nous aurons des rapports courtois, mais ça, je ne le lui pardonnerai pas. Et vous, vous écrirez le scénario qu'il vous plaira : si vous voulez faire un film où le chef de village sera une caricature de King, rien de plus facile. Mais ce serait une mauvaise action.

L'Anime se leva pour aller chercher son plat principal. Il revint avec des morceaux de bœuf et de poivrons qui coloraient joliment le métal de la brochette posée sur une couronne de spaghettis.

— J'ai pris des pâtes, il y avait la queue aux frites.

Des frites ? Viviane avait liquidé son assiette de hors-d'œuvre et sentit se réveiller une faim impérieuse. On proposait huit plats principaux. Mais le plus alléchant, c'était ces frites. Depuis combien de temps n'en avait-elle plus mangé ? Elle avait réussi à reprendre du poids au printemps sans même avoir cédé à la tentation des frites, il y avait là une injustice qu'il était urgent de réparer. Elle en goûterait juste une. Ou deux. Tant pis s'il fallait faire la queue. Elle dut attendre cinq bonnes minutes et se servit une grande platée, histoire de ne pas avoir patienté pour rien.

Les brochettes qui restaient lui semblèrent bien trop cuites. Les poissons, eux, étaient variés et appétissants, mais cela faisait un peu trop régime, elle les garderait pour les jours suivants. Elle se rabattit sur un ragoût présenté comme « La capilotade du chef » et, de retour à sa table, découvrit que L'Anime s'était lassé : il ne restait de lui qu'un peu de crème fouettée dans une assiette à dessert.

La capilotade était immangeable, trop salée, trop épicée. Viviane se contenta de faire un sort aux frites qu'elle accompagna de quelques verres de vin. Elle retourna au buffet des desserts et ne put résister aux baklavas, si mignons dans leurs luisances de beurre et de miel. Le *galaktoboureko* lui parut tentant, peut-être un peu lourd, mais une Chérie qui s'en servait une ample portion la rassura : ce n'était jamais que du feuilleté à la crème pâtissière, ça se mangeait sans faim. Viviane céda, et le mangea effectivement sans aucune faim, en alternant avec les baklavas.

Déjà, la capilotade lui pinçait l'estomac. Elle résolut d'aller s'en plaindre au cuisinier. Coco Cuistot fut facile à reconnaître : c'était un grand bonhomme chauve qui, la mine altière, passait en revue ses plats comme un colonel avant le combat. Viviane lui fit un signe et il s'approcha, l'œil mauvais. Elle lui dit gentiment :

— Je voulais vous dire, chef, que la capilotade est un peu trop…

L'œil mauvais devint noir.

— Un peu trop ceci, pas assez cela, c'est normal. Heureusement, il y en a qui l'aiment comme ça. Prenez donc des brochettes.

— Mais justement, les brochettes…

— Eh bien, si « justement les brochettes », consolez-vous avec le poisson ou la charcuterie. Il y en a pour tous les goûts, ici.

Il vint se planter devant elle, la vrilla du regard et chuchota :

— Le dernier qui est venu cracher sur ma viande, vous savez comment ça a fini ? Quelques heures plus tard, on l'a trouvé *pendu.*

Il contempla la mine ébahie de la commissaire comme il eût admiré une pièce montée et partit d'un petit rire sournois.

— Hé, je plaisante, je parlais du chat ! De Sixiz, le chat du Turc !

Viviane regagna son lodge, furieuse et s'allongea tout habillée sur le lit en attendant la venue de Willy. Il faisait très chaud, elle avait peu dormi, le repas lui pesait, le vin grec l'engourdissait.

Elle se réveilla à 16 heures. Sur la table de chevet, elle trouva un message : « Je suis passé, je vous ai laissée dormir, rendez-vous à la piscine. » L'écriture était énergique, presque carrée, mais sans finesse. Elle repensa à celle de Monot, si élancée. Puis à Monot encore, si élancé lui-même, avec plus de nostalgie, quand elle se déshabilla devant le miroir pour essayer son bikini rose.

Viviane se trouva ridicule : ce slip shorty lui allait, mais semblait avoir été trop évidemment dessiné pour amincir ses hanches. En voulant masquer le problème, il le montrait du doigt. Elle se rabattit sur son maillot une pièce à rayures noires et blanches, il faisait plus nageuse, presque compétition. Elle s'enveloppa d'un paréo, et partit retrouver son lieutenant.

Des corps. Elle ne vit d'abord que des corps. Des corps et des chairs de toutes les nuances, du blême mortuaire au rouge thermidor. Hébétée, elle se planta sur la terrasse qui surplombait les deux piscines cernées par la masse humaine. Que venaient faire là tous ces Chéris ? Rien. Ils étaient venus avec un objectif précis : ne rien faire. Ils ne nageaient pas, ne s'agitaient pas. Ils étaient. Viviane les contempla, inquiète : comment les humains étaient-ils devenus si laids, les corps si relâchés, si difformes depuis ses dernières vacances ? Bien sûr, il y en avait de beaux, elle voyait passer des seins fermes, des ventres plats, mais ils semblaient encore plus sinistres. « Voilà ce que vous avez été, repentez-vous », rappelaient-ils aux défaits, aux avachis. La commissaire sentit tomber sur ses épaules une étrange honte, celle de la solidarité : elle pourrait, sans crainte, quitter son paréo.

Le lieutenant Cruyff, lui, ne semblait pas se poser de telles questions. Tout au bout de la plus grande piscine, il nageait avec une fille en maillot jaune fluo, une mince, longue et blonde, aux cheveux coupés au carré. Il ne nageait pas vraiment : il parcourait quelques longueurs, dans un style élégant, puis revenait vers la fille qui le corrigeait, lui faisait redessiner le mouvement du bras, en lui tenant parfois le biceps pour mieux l'orienter.

La commissaire s'approcha et le héla, du bord de la piscine :

— Hé, Willy, je suis là !

— Salut, ça va ?

Presque aussitôt, il replongea la tête sous l'eau pour travailler l'arrondi de l'épaule. Viviane patienta, outragée : se souvenait-il qu'elle était son supérieur hiérarchique ?

La leçon enfin terminée, il s'approcha avec la blonde.

— Je vous présente : Viviane, une copine scénariste avec qui j'ai fait le voyage, Kiki Plouf, qui s'occupe des activités en piscine. Elle a fait de la compète, elle va m'aider à travailler mon crawl.

— Eh bien, Willy, je vois que vous avez trouvé à vous occuper. J'étais venue vous inviter à prendre un pot. Vous nous accompagnez, Plouf ?

La blonde refusa avec un délicieux sourire : elle devait aller diriger l'aquagym dans l'autre piscine. D'un rétablissement, le lieutenant se hissa sur la margelle et Viviane eut un frisson : un corps d'homme pouvait donc être beau à ce point ! Pas le visage, mais le torse ruisselant, les poils qui soulignaient les pectoraux, les muscles des épaules, les membres, les os, le délié des mouvements. Et le visage aussi, elle devait le reconnaître. Viviane resserra son paréo ; elle aurait voulu pouvoir se cacher dans un sac.

Elle l'entraîna au bar, en le laissant passer devant pour profiter du spectacle et lui éviter celui de sa cellulite. Il marchait comme un danseur, glissant le pas sans rouler des hanches. Son boxer bleu ciel le moulait sans provocation, ce qui n'empêcha pas la commissaire de l'imaginer nu. Plusieurs femmes le suivaient d'un œil connaisseur, puis passaient à Viviane et leur regard se faisait cruel.

Devant le troupeau qui se pressait au bar, Willy s'arrêta.

— Oh, j'ai oublié ma montre à la piscine ! Je vous laisse commander. Pour moi, ce sera une orange pressée.

Allait-il toujours se montrer aussi désinvolte ? Allait-il l'abandonner à sa solitude chaque fois qu'elle devrait affronter la foule ? Ce type était trop nature, il fallait absolument le civiliser.

Elle gagna péniblement le premier rang. Les serveurs s'agitaient sous la houlette d'un homme courtaud, au visage caché derrière une grande barbe et de minces lunettes noires, qui dévisagea Viviane.

— T'es nouvelle, toi, hein ?

Il avait un accent étranger indéfinissable, âpre et chantant.

— Je suis arrivée ce matin, répondit la commissaire.

— T'es seule ? Il faudra que tu viennes à la boîte de nuit, ça te plaira.

Elle n'avait jamais supporté ces *tu*, encore moins ceux qu'on élidait. Elle vouvoyait tout le monde dans son travail et là, le premier barbu venu, pour la simple raison qu'il était du bon côté du bar en tee-shirt jaune fluo, allait lui infliger du *tu* ? Elle savait que beaucoup d'estivants, dans les clubs, se faisaient un devoir de se tutoyer. Il ne fallait pas compter sur elle pour de telles familiarités : on commence comme ça, et on finit par dire *tu* à ses hommes, comme dans les films policiers. Elle se fit servir, en appuyant le *s'il vous plaît*, une orange pressée et un granité de citron.

Quand elle voulut payer, le barbu l'arrêta d'un geste.

— Non, pas ici. T'as pas encore de tablette ?

Tous ses voisins se tournèrent vers elle, goguenards. Oh, comment pouvait-on commander à Coco Picole sans avoir de tablette ? Viviane, mortifiée, ne répondit pas : c'en était assez, elle voulait rentrer à sa bonne vieille DPJ de Montparnasse, rayer de son vocabulaire les cocos et les kikis, payer avec de braves euros ses bières au bistrot de la rue Daguerre, et croiser des collègues qui auraient la décence de cacher les infortunes de leur corps sous d'honnêtes uniformes. Elle n'aurait jamais l'esprit club.

Le lieutenant réapparut, coiffé d'un petit bob dont il sortit une fiche en carton.

— J'étais sûr que vous n'alliez pas avoir de quoi payer. Vous ne connaissez pas le truc, dans les clubs ? Pour se sentir plus libre, on vit sans argent : on achète à l'accueil des tablettes de 100 euros, et ils nous les débitent au fur et à mesure.

Il souriait. En quelques heures, il avait compris le mode d'emploi d'une société et s'en émerveillait. C'était un esprit heureux. Elle l'entraîna vers une table isolée.

— Ça va, lieutenant, tout vous plaît, ici ? Vous vous faites des potes à la cantine, vous draguez la monitrice de natation, vous payez vos achats en fausse monnaie, c'est le paradis, hein ! Accessoirement, vous pensez pouvoir trouver un peu de temps pour l'enquête ?

Il répondit un ton plus bas, sans la regarder, le regard plongé dans son verre de jus d'orange :

— Perdez l'habitude de m'appeler *lieutenant* : une gaffe pareille, en public, ça ne pardonnerait pas. J'ai passé dix minutes dans ma chambre, le temps de me changer : mon coloc dormait encore, nous n'avons même pas fait connaissance. En revanche, j'ai fait celle de Plouf juste avant le déjeuner. Je ne l'ai pas draguée : je lui ai demandé les heures des repas et nous avons sympathisé. Elle m'a emmené à la grande table, celle des cocos et des kikis. J'y ai noué quelques conversations. J'ai surtout beaucoup écouté : ils parlaient de la nuit du 14 juillet. En quatre jours, ils ne s'en sont pas encore remis. Avec eux, j'ai appris des choses très intéressantes. Dernier point : vous êtes commissaire, je ne suis que lieutenant, même pas *votre* lieutenant, mais si vous voulez que nous ayons des échanges constructifs, il faudra me parler autrement. Moi, je ne vous ai pas demandé comment s'était passée votre sieste.

Il leva enfin les yeux pour ajouter : « D'accord ? »

Viviane affronta son regard, pendant plusieurs secondes, puis lui accorda un « D'accord ». Jamais un de ses hommes ne se serait permis une telle sortie. Mais Willy n'était pas un de ses hommes. Elle en était maintenant certaine : il fallait reprendre ce type en main, même si elle ne voyait pas comment.

— Eh bien, Willy, racontez-moi ce 14 juillet, demanda-t-elle doucement. Racontez-moi ce qui s'est passé de si intéressant..

CHAPITRE 6

Willy prit son souffle et plongea :

— L'après-midi a été étrange : King a convoqué en amphi tous les kikis et cocos, un par un, comme pour un examen solennel, avec un ordre de passage précis. Pour se mettre en scène, il avait utilisé les éléments de décor qui devaient servir au spectacle du soir.

« Normalement, ici, la soirée du 14 juillet se passe toujours de la même façon. Au début, King est seul sur l'estrade, assis sur un trône, déguisé en monarque, avec une tunique dorée deux fois trop grande pour lui, une perruque, une couronne. Et les cocos et kikis jouent aux révolutionnaires. Chacun vient le mettre en accusation de façon burlesque, avec de gros gags. C'est aussi, pour eux, une façon de vider leur sac. Même les Chéris ont le droit d'y participer.

« Ensuite, il y a un bourreau qui arrive, des chants révolutionnaires, un coup de tonnerre, un nuage de feux de Bengale, puis c'est comme le brigadier l'a raconté : on découvre King accroché au gibet. Bien entendu, ce n'est qu'un mannequin de paille, revêtu de la tunique dorée, coiffé d'un masque en latex, à moitié caché par la perruque et la couronne. On distribue aux Chéris des tiges de bambou pour qu'ils puissent taper sur le pendu, s'ils veulent. Généralement, ils veulent. Vous voyez ?

Bien sûr que Viviane voyait : elle imaginait les Chéris jouant au peuple en liesse, ils ne devaient guère se forcer. Les fiers-à-bras et les exaltés au premier rang, les couards et les frustrés au second, la foule obéissante qui suivait et s'enrageait peu à peu. Elle imaginait même toute l'humanité, toutes les révolutions. Elle sentait monter en elle de vieilles détestations refoulées, elle ne savait lesquelles. Il lui fallait chasser ces mauvaises pensées, elle était là pour une enquête.

— Et après ?

— Après, ça finit comme toutes les révolutions : re-coup de tonnerre et feux de Bengale, la foule recule, la sono lance un Te Deum et King ressuscité surgit en haut de l'amphithéâtre, déguisé en Napoléon, main glissée dans le gilet et culotte blanche. Les révolutionnaires se mettent au garde-à-vous, Napoléon les passe en revue, leur pince l'oreille, et ça se termine par un grand bal façon Empire.

— Un beau spectacle avec un fort message philosophique, n'est-ce pas, Willy ?

Le lieutenant se contenta d'une moue prudente et poursuivit :

— Sauf que là, rien ne s'est déroulé comme

d'habitude : le soir, le spectacle a directement commencé avec le roi pendu puis, à la fin, il n'y a pas eu d'arrivée de Napoléon, et pour cause.

— Et l'après-midi, que s'était-il passé ?

— King était déjà assis sur son trône, déguisé en monarque. Il a fait venir les cocos et kikis à tour de rôle, au pied de l'estrade. Le point avec chacun a été bref : il leur a cherché quelques poux dans la tête, mais pas longtemps. Le sujet qui l'intéressait, c'était Reine. Ses amitiés. Ses préférences secrètes. Il leur posait des questions tordues du genre : « Et si elle devait se remarier, avec qui tu la verrais ? » Chacun y a eu droit, je n'ai pas l'ordre de passage, mais le Turc devrait pouvoir le donner : pendant tout l'après-midi, il plantait des fleurs sur les terrasses, au bord du grand escalier qui mène à l'amphithéâtre. On passait forcément devant lui. Il faudrait l'interroger.

— Bonne suggestion, Willy, mais nous aurons besoin d'une traductrice. Reine fera l'affaire, je lui en parlerai ce soir. Et les cocos et kikis, qu'est-ce qu'ils pensent de cette histoire ?

— King, il semble que personne ne le regrette. Dans le cas de Reine, ils sont plus réservés. Quant à L'Anime, tout le monde en parle comme d'un type sympa, rigolo, mais arriviste.

— C'est bien, Willy ! En peu de temps, vous avez avancé.

— Merci. Je peux ajouter quelque chose d'un peu gênant ?

Sans attendre la réponse de Viviane, il poursuivit :

— Reine a annoncé votre arrivée. Tous les cocos savent déjà que vous êtes scénariste, quelques Chéris aussi. L'Anime commence même à raconter que vous travaillez pour la télé, ce qui est parfait, mais on risque de vous trouver bizarre si vous ne parlez à personne. Une scénariste qui se documente, ça va vers les autres.

Viviane accusa le coup. Voilà ce que c'était d'être gentille, il se croyait aussitôt tout permis. Elle chercha une repartie bien vacharde, mais ne trouva rien : son lieutenant avait raison. Et d'ailleurs, c'était vrai, elle n'avait jamais eu aucune envie *d'aller vers les autres*. Elle était habituée à les convoquer à la DPJ, à débarquer chez eux avec une bonne commission rogatoire, à les interroger. Pas à aller vers eux. Elle ne se sentait de plain-pied avec personne.

Willy se leva en s'excusant : il avait rendez-vous avec Coco Vent-Debout, le grand black, pour s'inscrire aux cours de voile. Viviane se retrouva seule, une fois de plus. Elle traîna autour de la piscine, ne sachant à qui parler. Un beuglement de mégaphone la tira d'affaire : Coco L'Anime passait recueillir les inscriptions pour le grand karaoké de la soirée. Il s'approcha de Viviane.

— Vous, je vous verrais bien chanter du Zazie. Il reste encore *Les Pieds nus*, je vous la garde ? Vous pourriez la chanter pieds nus, ce sera rigolo, ça va plaire.

— Merci, mais je ne suis pas rigolote et je n'aime pas plaire. De toute façon, ne comptez pas sur moi : je me suis levée très tôt ce matin pour prendre l'avion, je suis fatiguée.

— Ah si, justement, les derniers arrivants doivent venir : tous les soirs, on présente aux Chéris les nouveaux venus. Ça se passe à l'amphithéâtre, après la tombée de la nuit, vers 21 heures. Vous préférez peut-être Dalida ? Ça vous dirait, *Gigi l'amoroso* ?

Viviane refusa fermement tout début de carrière dans le karaoké, mais elle promit de venir à la soirée. Puisqu'il fallait qu'elle aille vers les autres, ce serait un tremplin idéal. Elle imagina la tête de ses hommes s'ils découvraient leur commissaire en train de jouer les Dalida. Et Monot, que dirait Monot !

Après un crochet par sa chambre pour prendre son recueil de poèmes, elle s'installa dans un transat, à l'écart de l'agitation du bar. Elle le feuilleta et fut déçue. C'était plus dur à lire qu'elle ne l'avait imaginé. Elle ne comprenait pas de quoi parlait Apollinaire. Et quand elle comprenait, elle ne le trouvait pas très intéressant. Finalement, Baudelaire, c'était mieux. Ah, si Monot avait été là ! Il lui aurait parlé d'Apollinaire, et lui aurait déclamé ses poèmes. Avec Monot, tout aurait été plus facile. Y compris cette enquête.

À la fin du recueil figurait un supplément, *Le Bestiaire*, plus abordable : les poèmes ne comptaient que quatre vers et ils étaient ornés de gravures d'un certain Dufy. Elle s'arrêta sur *Le Hibou*.

Mon pauvre cœur est un hibou
Qu'on cloue, qu'on décloue, qu'on recloue.
De sang, d'ardeur, il est à bout.
Tous ceux qui m'aiment, je les loue.

Enfin de la poésie comme elle l'aimait, comme on en lisait au primaire. Elle décida de l'apprendre par cœur et relut plusieurs fois en récitant à voix basse :

Mon pauvre cœur est un hibou
Qu'on cloue, qu'on décloue…

— Vous avez besoin de dire le texte tout haut quand vous lisez ? Ma grand-mère fait pareil. C'est quoi le titre, *Alcools* ? Un livre sur l'alcoolisme ? Vous aimez pas les romans ? Moi, c'est comme vous, jamais de romans, que des livres sur l'actualité, surtout celle des people : on apprend des tas de choses, ça fait des conversations.

Une Chérie en paréo vert et soutien-gorge bleu la regardait avec bienveillance. Son mari se tenait en retrait. Il portait un tee-shirt orange et la même casquette mauve que sa femme, mais semblait plus méfiant face aux intellectuelles.

Viviane rassura la Chérie, c'était de la poésie. Et pas seulement sur les alcools, mais aussi sur les animaux. Elle crut bon de lui montrer la page qu'elle lisait, comme pour se défendre.

— Il est joli, ce dessin. Dommage qu'il n'y ait pas de couleur.

Dans la demi-heure qui suivit, la commissaire

eut droit à trois visites semblables. Les conversations se nouaient aisément. « Moi aussi, j'ai déjà lu un livre-témoignage écrit par des alcooliques anonymes, je ne sais plus de qui il était », « En poésie, à l'école, on apprenait Maurice Carême, tu connais ? », « Comme poète, je préfère Francis Cabrel : en plus, il y a la musique. »

Elle n'avait plus besoin d'aller vers les autres, c'étaient eux qui venaient à elle. Au club, il suffisait de s'isoler, d'ouvrir un livre, et les curieux défilaient.

Mais l'évocation de leurs lectures ne faisait pas beaucoup avancer l'enquête.

La curieuse suivante fut une jolie brune, au corps de culturiste.

— Bonjour, je suis Kiki Muscule : plutôt que de vous ennuyer à lire toute seule, vous ne voulez pas venir au step ? Ça vous ferait du bien, j'en suis sûre.

La commissaire refusa avec un sourire : non, lire ne l'ennuyait pas, et le step, désolée, elle ne voyait même pas de quoi il s'agissait.

Muscule eut une petite grimace triste.

— J'aimerais vraiment que vous veniez, ça m'arrangerait. King m'avait déjà avertie : s'il n'y a pas assez de participantes, l'activité sera arrêtée. Et maintenant, avec Reine et L'Anime, ça ne va pas s'améliorer. Au contraire…

Viviane posa son recueil.

— Dans ce cas, je vous suis, mais expliquez-moi pourquoi *ça ne va pas s'améliorer, au contraire…*

Muscule lui offrit un immense et athlétique sourire.

— Si tu viens au step, tu peux me tutoyer. Eh bien, entre nous, Reine est toujours à vouloir faire du chiffre, à préparer des tableaux pour comparer les taux de fréquentation de chaque activité. S'il n'y a pas assez d'inscrits, hop, on la supprime. Si, du coup, le coco n'a plus assez d'activités, hop, c'est lui qui est supprimé ! King est mort, mais ça n'a rien changé.

— Tu faisais partie des convoqués, le 14 juillet ?

— Oui, c'est là que King m'a menacée de fermer le step. Il m'accordait un sursis, à une condition : il voulait que je lui rapporte tout ce que j'entendrais dire sur sa femme. Comme si on n'avait qu'elle comme sujet de conversation…

Viviane imaginait la séquence. Le soleil accablant, le cadre grandiose de l'amphithéâtre, la solitude de King jouant au monarque, puis au tyran. À ses pieds, les vassaux dont il exigeait servilité et délation. Lui qui semblait aimer le théâtre, avait-il compris qu'il mettait en scène sa propre tragédie ?

— King t'a paru normal, ce jour-là ?

— Il ne m'a jamais paru normal, surtout pas cet après-midi-là. Il avait une tête de fou, exaltée, ravagée. Je me suis demandé s'il n'était pas ivre ou drogué. Pourquoi tu me demandes tout ça ?

— Je cherche des idées pour mon scénario.

Muscule annonça que c'était l'heure du step, et Viviane lui emboîta le pas, pour découvrir avec effroi qu'elle aurait droit à une leçon particulière. Jamais elle ne se sentit aussi seule que durant la demi-heure d'exercice que la jeune femme lui infligea. La commissaire monta sur son plateau, descendit, monta, un, deux, très bien, devant, derrière, et deux V step, sur le côté, à droite, à gauche, trois, quatre, voilà, comme ça, deux basic, deux, avec les genoux, cinq, six, twist, sept, huit, en se promettant de ne plus jamais manger de frites, en tout cas pas avant le lendemain. Elle termina la séance chancelante, et eut à peine la force de sourire lorsque Muscule lui lança :

— Demain matin, je t'attends à la séance abdos-fessiers !

Viviane était allée vers les autres, et cela lui faisait mal partout.

CHAPITRE 7

Pressentant que la soirée serait un désastre, la commissaire s'accorda une séquence de repos et s'allongea sur le lit en compagnie d'Apollinaire. Pour mieux résister au sommeil, elle tenta d'apprendre un poème et jeta son dévolu sur la *Nuit rhénane*.

Mon verre est plein d'un vin trembleur comme une flamme
Écoutez la chanson lente d'un batelier
Qui raconte avoir vu sous la lune sept femmes…

Viviane s'endormit en laissant là les sept femmes et se réveilla en début de soirée. Elle se dépêcha de rejoindre le restaurant avant que le premier service ne soit complet. De loin, le lieutenant Cruyff lui fit un signe espiègle : il avait pris place au milieu d'un groupe de Chéris à la conversation animée. Tous fidèles de L'Esprit Club, ils évoquaient leurs souvenirs de vacances avec un bonheur candide : ils avaient chacun les mêmes, ayant hanté les mêmes villages depuis dix ans. Ah les *margaritas* de Cancùn, ah les blagues de Mehdi à Djerba, ah les soirées de danse thaïlandaise à Phuket… Les échanges les passionnaient puisqu'ils étaient d'accord sur tout. Ils avaient fait le tour du monde des Esprit Club, ils avaient fait le tour du monde sans sortir de L'Esprit Club.

Une table pour deux venait de se libérer. C'était le moment de faire bande à part, Viviane adressa un signe discret à Willy. Mais son lieutenant était trop occupé. Ses voisins semblaient le captiver.

— Et vous étiez déjà venus ici ? leur demanda-t-il.

— Ah oui, répondirent-ils en chœur, ils connaissaient déjà Lindos.

Mais le club avait changé. Il y avait eu la mort de King, il y avait aussi l'ambiance, plus pesante, moins festive.

— Sans parler de Coco Clown, un peu moins drôle, ajouta une blonde frisottée. Avant, qu'est-ce qu'il pouvait nous faire rire, celui-là, avec son fameux toast !

— Santé ! lança le plus âgé de la table en levant son verre.

— Mais pas des pieds ! répondit la tablée.

— Sentez, mais pas des pieds ! répéta la frisottée. Coco Clown nous faisait la blague chaque fois qu'il venait s'installer à une table. On ne s'en lassait pas.

Ils semblaient effectivement ne pas s'en lasser. Chacun répéta à son tour l'impérissable toast. Viviane lança un regard effaré à Willy, qui l'ignora. Il n'en avait pas fini.

— Et à part ça, quoi d'autre, comme différence ?

Ce fut sa voisine qui répondit, au nom du groupe. Elle avait le verbe fort et le jeu d'épaules d'une démonstratrice en hypermarché.

— Il y a ce côté gagne-petit des cocos : on se croirait de plus en plus dans la galerie marchande d'un centre commercial. Tu vois ce que je veux dire…

Le lieutenant Cruyff ne voyait pas, mais peu leur importait, la conversation avait fait voile vers L'Esprit Club des Canaries. Viviane le prit par le bras : l'heure de la fuite avait sonné. Ils partirent discuter à l'écart, dans le coin des jeux de société.

— Au moment des repas, dans les clubs, c'est souvent comme ça, commenta Willy : on lance un sujet, puis toute la table l'écluse jusqu'au dessert. L'important, c'est d'en avoir assez en réserve pour tenir jusqu'à la fin du séjour.

Viviane resta pensive. Eux deux, trouveraient-ils d'autres sujets de conversation que l'enquête ? Et celui-là, allaient-ils l'écluser ? Elle lui raconta sa conversation avec Muscule en omettant de mentionner la rude épreuve du step. Il écoutait en hochant doucement la tête, comme s'il faisait le tri dans ce qu'il entendait.

— C'est intéressant, dit-il enfin. De mon côté, j'ai aussi du nouveau. Reine est une passionnée de ski nautique. Comme il l'aime bien, Vent-Debout sortait le dinghy chaque jour au petit matin pour la tracter un quart d'heure dans la baie. Et voilà qu'au mois de mai, elle lui a annoncé que c'était terminé : King l'avait interdit sous prétexte que ça faisait des dépenses de carburant inutiles, et que Vent-Debout n'était pas payé pour ça.

— Sympa, le mari ! Quel tyran !

— Coco Vent-Debout se demande si le vrai chasseur de dépenses, l'obsédé des chiffres, ce n'était pas lui plutôt que Reine. Bien sûr, elle faisait mine d'assumer, en tant que directrice financière, mais elle ne faisait sans doute qu'obéir, la pauvre, elle lui préparait les tableaux et les ratios qu'il demandait. On peut imaginer que King lui mettait ça sur le dos pour jouer au bon monarque, époux de la méchante sorcière.

Viviane imagina Reine, tenta de l'identifier aux deux personnages qu'on lui avait décrits. Lequel était le bon ?

— Bonne interview, Willy, beau début dans le métier.

— Vent-Debout m'a aussi parlé de sa conversation avec King dans l'amphi, quelques heures avant sa mort. King voulait plus d'implication de l'équipe voile dans la boîte de nuit. Vent-Debout a refusé : ce n'était pas son job, ni celui de ses Hétoilàs. Le ton est monté, puis King s'est calmé. Il a parlé de Reine, des propos bizarres, il en disait du bien, du mal, du bien, on ne voyait pas où il voulait en venir. Vent-Debout, qui n'est pas du genre bavard, a prétexté le début de la régate pour s'en aller.

Leur conversation fut interrompue par le sifflement suraigu d'un larsen, suivi d'un appel *via* les haut-parleurs : les Chéris étaient attendus dans l'amphithéâtre pour la grande soirée karaoké.

Le lieutenant Cruyff se leva vivement.

— Il faut se dépêcher si on veut des bonnes places.

Comment pouvait-on vouloir de *bonnes* places pour un karaoké ? Ce type avait l'art de gâcher en une phrase l'agréable impression qu'il pouvait parfois produire. Viviane le suivit, résignée, jusqu'au fameux amphithéâtre. Après avoir longé la pelouse de la *zona privada*, on y accédait par un large escalier construit sur une haute butte de terre aride qu'égayaient quelques plantations en terrasses. Au sommet, un mur de grands cactus plantés très serrés de part et d'autre d'un portail en bois. En entrant, Viviane et Willy découvrirent les gradins, creusés dans la falaise, qui occupaient la moitié de l'amphithéâtre et plongeaient vers la piste de jeux et la scène. L'ensemble était fermé par un mur de plus de quatre mètres de hauteur, sans doute destiné à protéger les spectateurs des vents venus de la mer. Une immense verrière couvrait la scène, flanquée de toilettes côté gauche et d'une cabine de régie, côté droit.

Au fond de la scène, une simple cloison servait à dissimuler les comédiens et leurs accessoires. Sous l'estrade, un espace d'un mètre de hauteur, à demi obturé par un rideau, semblait destiné au rangement des décors, du matériel lourd.

La commissaire et le lieutenant avaient, du même œil professionnel, parcouru l'enceinte : il n'y avait apparemment pas d'autre issue que le portail. Viviane s'installa en haut des gradins ; cet amphithéâtre serait son adversaire, elle voulait le jauger. Elle avait déjà lu des polars qui traitaient de meurtres en chambre close ; là, ce serait un meurtre en espace ouvert au grand air et au soleil.

Les gradins descendaient à pic, mais il en fallait plus pour freiner la foule des Chéris, qui se disputaient déjà les places au premier rang.

Le regard de la commissaire se porta un peu plus haut. Elle contempla la potence, au centre de la piste. Plus qu'une potence : un grand mât de cocagne, de cinq mètres, coiffé d'une roue métallique à gros rayons, sur lesquels étaient arrimés des projecteurs. C'était donc là qu'on avait pendu King. Qu'avait pensé l'assassin en voyant la foule s'esbaudir autour du cadavre ? Viviane eut une brève et illusoire certitude : la clé de l'énigme, s'il y en avait une, se trouvait là.

Et l'assassin, où était-il ? Sans doute dans les gradins : cocos et kikis, Chéris et Hétoilàs, le village au complet se pressait pour assister à la grande soirée karaoké. L'Anime, vêtu de blanc, s'empara du micro pour beugler :

— Bonsoir mes Chéris, est-ce que vous êtes tous là ce soir ?

— Oueeeeh…

La foule n'avait pas forcé la clameur. Elle connaissait les usages et se savait maîtresse du jeu. L'Anime n'était qu'un comparse.

— Comment, mes Chéris ? Je n'ai rien entendu. Je veux une réponse qui fasse trembler les murs, qui arrache les tuiles des toits jusque sur les côtes turques. Est-ce que vous êtes tous là ce soir ?

— Oueeeeeeeeh ! hurla l'amphithéâtre.

Viviane se tourna vers Willy : il avait crié oueeeh,

de tout son cœur, comme un Chéri bien éduqué. Viviane aurait voulu hurler plus fort encore. Hurler qu'elle ne voulait pas, qu'elle ne pouvait pas, qu'elle n'aurait jamais l'esprit club. Mais ce n'était pas grave, Willy l'avait pour deux.

L'obscurité était tombée, la soirée fut lancée. Pour la forme, on présenta Viviane et Willy. Ils n'eurent pas besoin de descendre sur la piste, ni même de se nommer : on les appela, ils levèrent la main, une lampe-torche se braqua sur eux, L'Anime fit très vite les questions et les réponses. Une minute plus tard, tout le village-club savait que Viviane était une célèbre scénariste, bien connue dans les milieux de la télévision, vous avez tous vu ses films, on l'applaudit bien fort. Quant à Willy, il avait consacré sa vie à porter les valeurs du sport et de la fraternité jusque z'au cœur des quartiers difficiles, on l'applaudit bien fort. On leur octroya quelques applaudissements à l'économie : les vrais, la foule les gardait pour le karaoké.

En zakouskis, on proposa quelques jeunes talents, mais ce n'était pas sérieux, tout le monde attendait les poids lourds. L'Anime ne s'y trompa pas quand il annonça :

— Maintenant, place à l'émotion et à la sensualité, place aux hommes qui parlent au cœur des femmes : quelle plus belle romance que *Les Feuilles mortes*, une immortelle chanson d'amour ? Nos grands-mères la fredonnaient déjà. Pour la chanter, la plus belle voix de L'Esprit Club, celle qui nous charme tous, *et toutes*, depuis ce matin. J'appelle sur scène notre nouvel ami… Willy !

Le lieutenant Cruyff descendit lentement les marches, précédé par un projecteur. Il aimait donc tout, même le karaoké. Viviane aurait voulu être ailleurs, ne plus penser à rien. Ou, plus exactement, à rien d'autre qu'au lieutenant Augustin Monot qui ne se serait jamais complu à de telles vulgarités.

Willy tenait le micro amoureusement, comme il aurait pris le poignet d'une fille. Il commença, les yeux mi-clos, regardant à peine le texte qui défilait sur l'écran :

Oh ! je voudrais tant que tu te souviennes[1]
Des jours heureux où nous étions amis
En ce temps-là la vie était plus belle

Il chantait bien, l'abruti, et Viviane en eut un frisson. Il n'imitait personne, il avait son phrasé bien à lui pour murmurer :

Nous vivions tous les deux ensemble
Toi qui m'aimais, moi qui t'aimais

La commissaire eut un long soupir en l'entendant reprendre :

Mais la vie sépare ceux qui s'aiment
Tout doucement, sans faire de bruit
Et la mer efface sur le sable
Les pas des amants désunis.

1. *Les Feuilles mortes*, paroles de Jacques Prévert, musique de Joseph Kosma.

Il n'y avait plus de karaoké, simplement une voix chaude qui mettait les larmes aux yeux. Viviane n'en avait pas honte : elle n'était pas la seule émue dans l'amphithéâtre. Le lieutenant acheva la chanson sans un sourire, sans un regard à la foule, et regagna sa place au côté de la commissaire, ignorant les applaudissements qui éclataient, montaient, et s'amplifiaient dans l'écho des murs.

— Votre interprétation était bouleversante, lui glissa-t-elle.

— Ce n'était pas une interprétation, c'est du vécu. Maintenant, excusez-moi, je vais me coucher.

Il partit sans un mot. De retour dans son lodge, la commissaire s'endormit aussitôt, épuisée par cette première journée au club. Combien d'autres devrait-elle en endurer avant de boucler l'enquête ? Elle fut réveillée à la prime aurore par des cognements à sa porte : c'était son lieutenant, vêtu de son seul boxer bleu ciel.

— Venez vite, j'ai trouvé une femme morte à la piscine.

Il repartit sans attendre Viviane. Elle n'avait jamais vu un homme courir si légèrement : ses pieds nus effleuraient à peine le sol. Elle le suivit, pataude, plaquant comme elle pouvait sa nuisette contre ses cuisses, essoufflée avant même d'être arrivée sur les lieux.

Le cadavre était celui d'une jeune femme nue, d'une trentaine d'années, couchée sur la margelle. À côté, sur une chaise longue, quelques vêtements étaient pliés et empilés.

— Elle était à peine immergée en bas des marches du petit bain. Comme elle n'était pas là depuis longtemps, je l'ai sortie pour tenter de la ranimer, mais c'était trop tard.

— Pas là depuis longtemps ? Qu'en savez-vous ?

— Je suis passé devant la piscine il y a une demi-heure : il faisait à peine jour, mais si elle y avait été, je l'aurais vue.

— Vous êtes somnambule, Willy ? Que faisiez-vous dehors à des heures pareilles ?

— Je me suis réveillé tôt à cause du décalage horaire, alors je suis allé faire le tour du club. À la fin de ma balade, je suis passé chez moi prendre mon maillot de bain pour nager, et je l'ai trouvée là.

Le visage de la noyée était banal, très maquillé, son corps était sans grâce. Viviane la toucha : la jeune femme était déjà froide. Pouvait-on si vite refroidir dans une piscine ? Elle n'en était pas sûre. Elle souleva les bras, non sans mal. Les jambes étaient à peine plus souples.

— Elle était un peu raide quand je l'ai sortie, commissaire. Mais ça ne veut rien dire, je crois que la rigidité cadavérique est plus rapide quand la mort s'accompagne de convulsions.

— Très bien, Willy, on en apprend des choses, à l'école de police ! Cela dit, ajouta-t-elle en tâtant les pieds, je n'ai jamais vu de rigidité si avancée en si peu de temps.

Elle retourna le cadavre, s'agenouilla pour l'examiner, le humer. Ce n'était qu'un corps de touriste, avec ses ingénues marques blanches, sur les fesses et les seins, comme on en voit des centaines sur les plages. Mais ce corps avait quelque chose à lui dire. Pourquoi cette fille était-elle venue se baigner nue alors qu'il faisait à peine jour ? Était-ce un bain de minuit qui avait mal tourné ? Pourquoi l'aurait-on ainsi abandonnée ?

Le regard de Viviane s'arrêta sur le petit tas de vêtements empilés sur la chaise longue.

— Quand vous prenez des bains de minuit, est-ce que vos copines plient leurs vêtements avant de vous rejoindre, Willy ?

Le lieutenant avait rougi. Il était trop chou.

— C'était peut-être une fille qui avait des manies, commissaire.

— La manie de se déshabiller en commençant à l'envers, je n'ai jamais vu. Cela vous paraît normal que les sous-vêtements soient rangés sous le pantalon et le tee-shirt ?

Oui, ce corps avait quelque chose à lui dire. Elle aurait aimé croiser le regard de la fille, mais ses paupières étaient closes.

— Les yeux, c'est vous qui les avez fermés, Willy ?

— Oui, ça me paraissait plus respectueux.

La commissaire força une paupière, puis l'autre, examina à nouveau les bras, retroussa une narine et sourit : le corps avait parlé.

— Vous êtes trop respectueux, Willy. Vous avez refermé les yeux sans les regarder : les pupilles sont excessivement dilatées. Cette fille est morte d'overdose. Pas de trace de piqûre, mais l'intérieur de la narine est irrité. C'est un rail de coke qui a mal tourné, et un copain l'aura déposée là pour ne pas avoir d'ennuis. Très classique. Ce qui l'est moins, c'est de faire croire à une noyade.

— On peut mourir d'overdose après un simple rail ?

— C'est rare, mais ça arrive. Notamment en cas de problèmes cardiaques. Ou quand on prend des antidépresseurs.

Viviane resta pensive. La situation était ridicule : elle, à genoux en nuisette, son lieutenant debout, torse nu, la fille couchée, dévêtue, entre eux. Tant pis, elle avait besoin de réfléchir. Elle finit par se relever.

— Je ne sais pas qui a maquillé cette mort, mais c'est une bonne chose. L'erreur, c'est l'endroit : tout le monde va la découvrir trop tôt. *Pas de trouble à l'ordre public*, vous vous souvenez ? Vous allez la porter au bout de la plage, au pied de la falaise, en bas de la boîte de nuit. Vous la déposerez au bord des vagues, en laissant ses vêtements sur le sable. Vous direz que vous l'avez découverte durant votre jogging matinal.

— Cela me gêne, je préférerais que vous m'aidiez, commissaire.

— Pas question. Vous m'imaginez faire du jogging avec vous en nuisette ? Je vais me changer et aller expliquer la situation à Reine.

Elle le vit partir, portant la défunte dans ses bras. Elle s'imagina brièvement à la place de la jeune morte et en eut un friselis de plaisir.

Il en fallait beaucoup pour démonter Reine. La jeune femme écouta le récit de Viviane, imperturbable, en passant doucement la main sur le col de son pyjama de soie.

— Vous avez très bien réagi, conclut-elle. Je vais faire venir un médecin de Lindos, un ami du club. Il ne nous fera pas d'histoires pour le constat : il fait un gros chiffre avec nos Chéris, et nous envisageons de lui ouvrir une antenne médicale à l'accueil. Nous rapatrierons le corps auprès de la famille comme si de rien n'était. Vous nous avez évité de gros ennuis, merci.

La commissaire se leva et se dirigea vers la porte, mais Reine l'arrêta d'un geste.

— Cela dit, cette histoire est un signal d'alarme pour moi. Je ne crois pas que cette fille se soit procuré de la drogue au sein du club, mais j'aimerais en être certaine, car l'affaire serait grave. Et qui sait si ce n'était pas elle qui en fournissait aux Chéris ? Nous fouillerons ses bagages en l'absence de sa coloc, à l'heure du déjeuner.

Elle accompagna Viviane sur le pas de la porte.

— Vous vouliez interroger le Turc avec mon aide : je vous retrouve ici à 9 heures avec votre lieutenant.

Viviane partit au restaurant, maussade. Elle ne savait que faire de la sniffeuse. Cette overdose allait encombrer son enquête, elle lui gâchait déjà son petit déjeuner. Elle se contenta d'un café insipide dans lequel elle trempa son pain gris, ce qui la fit de nouveau penser à la jeune morte. Pourquoi avait-on voulu noyer le cadavre ?

CHAPITRE 8

À 9 heures, la commissaire rejoignit Reine à la porte du lodge royal. Celle-ci conversait en une langue étrange avec un homme au regard doux que soulignaient de grosses moustaches grises. Le Turc semblait avoir passé la soixantaine. Son corps, massif et musclé, était encore celui d'un lutteur de foire.

— Votre lieutenant n'est pas là ? demanda Reine.

Elle semblait irritée, plus tendue qu'au lever.

Viviane la rassura, Willy n'allait pas tarder.

— Le médecin vient de faire enlever la jeune morte, annonça Reine. Il a conclu à une hydrocution. Picole a donné un coup de main pour emporter la fille, il l'a reconnue : elle a beaucoup bu à la boîte de nuit hier soir, elle est partie fin saoule. Si ça se trouve, elle s'est vraiment baignée, tellement ivre qu'elle a pu faire un malaise cardiaque, avec ou sans overdose.

La commissaire était férue de pathologie légale, et n'aimait guère qu'on remît en question son diagnostic, surtout quand elle n'en était pas sûre. Pour changer de sujet, elle revint sur l'incident de King et de la gamine.

— Selon certains, il ne se serait rien passé, hasarda-t-elle.

Reine se lança dans un monologue vibrant de colère froide : elle semblait outrée par cette tentative de repêchage. Il ne s'était rien passé ? C'était parce qu'elle était arrivée trop tôt. Ce n'était pas cette fausse aventure qui l'avait fait exploser, il y en avait déjà eu tant, des vraies, mais la façon dont son mari en avait rigolé : selon lui, la petite ne demandait que ça, on ne pouvait pas le lui refuser.

— Et cela vous a ulcérée au point que vous n'avez même pas voulu accompagner le corps en France pour l'enterrement ?

— Pour y rencontrer ses parents ? Ç'aurait été un comble. Je suis chrétienne maronite, il était juif séfarade. Nos deux familles étaient hostiles à ce mariage. Mes parents n'ont jamais voulu le recevoir, et du coup, je n'existe pas pour les siens.

Craintif, le Turc observait Reine toutes griffes dehors et Viviane ne savait comment détendre la situation. Ce fut le lieutenant Willy Cruyff qui s'en chargea. Il déboula en tenue de sport, décoiffé, en nage, et lança un joyeux « Coucou ! ».

— Votre lodge a été inondé, Willy ? D'où venez-vous ?

— De mon entraînement sur la plage. Quand je me suis rendu compte de l'heure, je n'avais plus le temps de passer par ma chambre, je suis venu comme ça, c'était plus simple.

Viviane ne répondit pas : tout était toujours simple pour le lieutenant Cruyff, elle devait s'y habituer.

— Alors, lança Reine, agacée, on y va ? Que voulez-vous savoir ?

— Puisque, normalement, le Turc est de garde à l'entrée l'après-midi, pourquoi King ne l'a-t-il pas convoqué le matin ? demanda Willy. Ça lui aurait évité de se faire remplacer à son poste par son fils. En tout cas, il aurait pu le faire passer en premier, non ?

— Ça amusait mon mari de le laisser mijoter.

Willy se frotta le menton avec une grimace d'enquêteur. Il en rajoutait. Viviane lui tendit son bloc-notes et un stylo-bille : s'il était là, c'était pour noter. Elle regarda, atterrée, les feuilles du bloc se détremper sur les cuisses mouillées de son nouveau secrétaire, le stylo s'y enfoncer en bavant, puis elle demanda au Turc quand et où il avait pris son travail l'après-midi. Reine traduisait les questions, mais Viviane avait à peine besoin d'elle pour les réponses. Le Turc les accompagnait, de mimiques et de gesticulations très expressives, il se traduisait tout seul : il avait commencé à planter des fleurs le long de l'escalier menant vers l'amphi, en attendant son tour.

— On pourrait lui dire d'arrêter son sous-titrage, c'est perturbant, proposa Willy à Reine.

— Impossible, il parle toujours comme ça, à cause de son fils sourd-muet. Et, pour nous, au club, c'est bien pratique.

Viviane voulut savoir qui était entré dans

l'amphi, et vers quelle heure. Le Turc mima une démarche lourde et majestueuse, indiqua sa montre, *King vers 14 h 15*, souffla Reine. Puis des seins, des biceps, *Muscule, 14 h 30*, deux bras crawlant, *Plouf, 14 h 45*, un gros ventre, une seringue, *Piqûre, 15 heures*, trois pas de danse, *Valseuse, 15 h 15*, une immense foulée, un visage aux yeux saillants, *Vent-Debout, 15 h 30*, une barbe fournie, une main qui verse, *Picole*, *15 h 45*, des coups de marteau bien assénés, *Tournevis, 16 heures*, une main qui touille dans une casserole imaginaire, *Cuistot, 16 h 15*, une démarche d'ours rigolard, *Clown, 16 h 30*, un fumeur de pipe au sourire servile, *L'Anime, 16 h 45…*

— L'Anime fume la pipe ? s'enquit Willy.

— Oui, une très longue pipe qu'il porte toujours dans une pochette autour du cou, répondit Reine. Vous ne l'avez pas remarquée ?

Viviane pointait sur ses doigts les noms et les heures de passage.

— C'est normal qu'il ait convoqué toutes les femmes d'abord ?

— Ce n'est pas une question d'hommes ou de femmes, corrigea Reine : il a commencé par les entretiens faciles. Plus ça avançait, plus c'étaient les gros morceaux, ceux avec lesquels il allait avoir un échange tendu.

— Un échange tendu ? Même avec L'Anime ?

— Non, lui, c'était pour faire le bilan. Et moi, juste après, pour traduire au Turc l'annonce de son licenciement. Finalement, King y a renoncé : il avait changé d'avis.

— Vous avez une idée de la nature de ces échanges tendus ?

— Bien sûr, puisque cela concernait la gestion. D'après King, Picole ne rapportait pas assez avec sa boîte de nuit, Tournevis dépensait beaucoup trop pour la maintenance, et Cuistot gérait mal ses approvisionnements. En tout cas, le client n'en avait pas pour son argent. Quant à Clown, il ne méritait plus son salaire, King avait décidé de le virer. On continue ?

D'un mouvement de tête, Viviane relança le Turc et la séance de mime reprit.

— L'Anime est reparti peu avant 17 h 30… L'Anime et moi, nous sommes revenus dans l'amphi un peu plus tard, puis repartis aussitôt… et le brigadier est arrivé.

Viviane l'interrompit, sans quitter le jardinier des yeux :

— Moi aussi, je commence à parler le turc du Turc : je traduis la suite, corrigez-moi si je me trompe. Vous êtes revenus un peu avant 18 heures, L'Anime et vous, accompagnés de Clown. Vous êtes restés dans l'amphi avec le flic et êtes repartis les derniers. Le Turc a ensuite quitté le travail. Alors, elle est exacte, ma traduction ?

— C'est bien ça, approuva Reine. Il était pressé de reprendre son service à la barrière. Son fils devait aller à Lindos pour son boulot de plongeur.

— Donc, conclut Viviane, à votre première visite, King était là. Mais, à la seconde, il n'y était plus, c'est bien ça ?

Reine hocha la tête.

— Oui, et entre les deux je n'ai pas quitté L'Anime d'une semelle, si c'est cela qui vous inquiète.

Le lieutenant semblait chercher, à son tour, une question intelligente à poser. Il finit par en trouver une.

— Demandez-lui s'il voyait ce qui se passait à l'intérieur de l'amphithéâtre. Est-il monté en haut des marches, à un moment ou à un autre ?

Le Turc écouta la question, haussa les épaules, montra le sol et fit mine de planter.

— Non, il n'a pas quitté ses plates-bandes.

— Je sais qu'il a une bonne mémoire, mais comment peut-il être si sûr des heures de passage de chacun des convoqués ?

Le Turc balança les épaules, ouvrit la main, fit mine de gratter.

— Il lui faut environ cinq minutes pour repiquer un pied de cyclamen. C'est comme ça qu'il sait à peu près à quelle heure chacun est entré puis sorti. À la fin, il n'avait plus de repères, puisqu'il ne repiquait plus : il sarclait pour préparer ses plantations du lendemain.

Willy avait fait tomber les feuilles sur lesquelles il avait noté les heures auxquelles les cocos s'étaient présentés devant King. Il les ramassa et tenta de les reclasser sous le regard amusé de Reine.

— L'ordre des passages, dit-elle, j'aurais pu vous l'indiquer si vous me l'aviez demandé : King avait peaufiné sa liste le soir et me l'avait montrée. Le seul non prévu, c'était le policier. Vous avez d'autres points à vérifier ? Je vais lui demander s'il a quoi que ce soit à ajouter.

Le Turc écouta la question de Reine d'un air surpris, puis, tout en parlant lentement, il désigna la longue robe indienne qu'elle portait, ainsi que son châle rouge. Il marcha ensuite d'un pas gauche jusqu'à la porte, avant de tendre la main au-dessus du chambranle et de se retourner, l'œil interrogateur.

— En partant, traduisit Reine, il s'est retourné et a vu au loin un grand type qui se dirigeait vers l'amphi, vêtu d'une sorte de soutane blanche et coiffé d'une longue cagoule rouge. Il dépassait la hauteur de la porte.

Elle fronça les sourcils et se tourna vers Viviane et Willy.

— Je ne sais pas si vous avez compris ce qu'il nous décrit là : c'est le déguisement du bourreau, quand nous jouons le spectacle de la Révolution.

Le Turc semblait étonné par le silence qui avait suivi ses déclarations. Il finit par tapoter sa montre, d'un geste impatient.

— Attendez, fit Viviane, connaissait-il l'existence de ce déguisement ?

— Je ne crois pas, répondit Reine. Chaque année, à l'heure où nous donnons ce spectacle, il est en faction devant sa barrière. Les répétitions se font l'après-midi, mais jamais en costume. Il peut, à la rigueur, avoir vu des photos.

— Qui joue le rôle du bourreau, habituellement ?

— C'est souvent Vent-Debout.

— Il est très grand, fit remarquer Viviane, et le Turc a montré le chambranle de la porte…

— Oui, mais le bourreau qu'il a vu peut être n'importe qui. La cagoule est haute et pointue, comme celle des pénitents espagnols. Il suffit de s'en affubler pour paraître plus grand qu'on n'est.

D'un geste, Viviane donna son congé au Turc.

— Avant que nous ne retournions à l'amphithéâtre, le lieutenant et moi, pourriez-vous nous montrer le déguisement ? demanda-t-elle à Reine.

— Vous le trouverez facilement sans moi. Il est avec les autres, dans la réserve, tout au bout des lodges du personnel, à côté de l'abri à outils de jardinage. On y range tout le matériel pour les animations, les jeux et les spectacles.

— Et pour la clef…

— C'est ouvert en permanence, répliqua Reine avec agacement. Sauf les deux pièces du fond, celles des boissons et de la maintenance. Là, l'entrée est interdite, sauf au coco responsable et à moi-même. Quant à l'amphithéâtre, vous n'avez pas besoin de moi. Le portail est maintenu fermé par un gros cadenas à code, dont le chiffre change chaque semaine, mais tous les cocos le connaissent, c'est le jour et le mois du lundi de la semaine en cours. Actuellement, 12 juillet, donc 1207.

— Tout ce secteur est interdit aux Chéris, s'inquiéta Willy. Les cocos vont nous virer.

— Si l'on ne vous laisse pas passer, dites que vous venez prendre des photos, en accord avec moi.

— Des photos ? objecta Willy. Je n'ai pas apporté mon appareil.

Elle entra dans son lodge et revint avec un petit Canon.

— Je vous prête le mien. Vous me le rendrez plus tard.

Il n'était pas 9 heures, et le soleil cognait déjà durement. La commissaire et le lieutenant gagnèrent la réserve en longeant les lodges pour profiter de l'ombre. Une fenêtre s'ouvrit, et L'Anime les interpella :

— Hé, mes Chéris, c'est la *zona privada*, ici !

— Reine m'a autorisée à venir faire des photos de repérage.

— Lui aussi ? demanda L'Anime, en lançant un coup de menton vers Willy. Il est photographe ?

— Je lui ai demandé de m'accompagner : il posera pour donner une idée de l'échelle du décor.

— Si Reine se mêle de ça, je n'ai plus rien à dire, bougonna L'Anime en refermant sa fenêtre.

Les portes de la réserve étaient ouvertes. La commissaire et le lieutenant y croisèrent Picole, qui sortait de la pièce du fond en poussant un diable chargé de caisses de bière. Il paraissait encore plus petit et plus désagréable que derrière son bar.

— Sortez, vous deux, vous n'avez rien à faire ici !

— Nous sommes venus prendre des photos des déguisements, avec la permission de Reine. C'est dans quel coin ?

Picole s'éloigna sans répondre. Ils parcoururent les rayonnages : arcs et flèches, fléchettes, ballons, boules de pétanque, patins à roulettes, instruments de musique, échasses, antiquités, parachutes, jeux de plage, ballons sauteurs, bouées gonflables, matériel de jonglage, tout était prévu pour transformer des touristes avachis en Chéris exaltés.

Willy examinait chaque rayon d'un air concentré.

— Je me demande s'il n'y a pas là des pistes intéressantes.

— Vous commettez l'erreur classique des débutants, lieutenant, vous voyez partout des indices. Plus vous vous encombrez de fausses pistes, moins vous découvrirez la bonne. Vous venez ?

Les déguisements se trouvaient au fond de la pièce, pendus à des cintres que Willy parcourut rapidement. Il attrapa une tunique blanche, et une longue cagoule, rouge et pointue.

— Je vais l'essayer, proposa-t-il.

Viviane n'eut pas le temps de le lui interdire : son lieutenant avait déjà enfilé la tunique. Il n'était décidément qu'un grand enfant. Il se coiffa de la cagoule et marmonna d'une voix étouffée :

— Vous avez vu, Viviane ? C'est malin. Au lieu de faire des petits trous pour les yeux et la bouche, ils ont fait une grande ouverture couverte de gaze rouge. Petit ou grand, on a toujours les yeux en face des trous.

— Très bien, Willy, mais soyez sage, rangez ça. Nous jouerons au carnaval un autre jour. Allons-y.

Vide, l'amphithéâtre paraissait immense. Ils l'arpentèrent minutieusement sans découvrir quoi que ce soit. Avec sa porte en verre, la cabine de régie était entièrement exposée aux regards. La cloison au fond du plateau n'offrait aucune cachette et les toilettes fermaient par des demi-portes battantes. Restait l'espace sous la scène, obturé par un rideau : c'était un capharnaüm de rails, de tringles, d'éléments de décors, d'accessoires de théâtre, enchevêtrés sur une profondeur de quelques mètres.

— Jetez un coup d'œil tout au fond, lieutenant, ordonna Viviane.

Willy partit à quatre pattes, puis en rampant. Une voix sourde parvint du fond de l'antre :

— Nous perdons notre temps, commissaire. Tout est trop entassé pour qu'on puisse s'y cacher. Oh, des jambes, un corps ! Ah non, c'est un mannequin en paille.

— Apportez-le-moi.

Il fallut quelques minutes à son adjoint pour déplacer les obstacles et revenir sur la piste.

— Il est lourd, ce truc, il doit peser au moins cinquante kilos.

Le mannequin était bien proportionné : une tête, un tronc, des membres en chiffons dans une enveloppe de toile de sac. Willy l'observa avec amitié. Il aimait décidément tout le monde.

— C'est sûrement le mannequin qui sert au spectacle. Si on a pu le ranger tout au fond, on a pu aussi y cacher le cadavre de King.

— Impossible. Vous avez vu le mal que ça vous a donné ? King était deux ou trois fois plus lourd.

Elle s'assit au bord de la scène et tenta de réfléchir. Ces histoires de cocos et kikis qui entraient et sortaient, de cadavre qui se cachait et qui réapparaissait, lui échappaient : rien ne s'enchaînait. Willy l'avait rejointe, quelques sièges plus loin, et jouait avec le Canon de Reine.

— Surtout, ne vous gênez pas, lieutenant ! Et la discrétion ?

— Ce ne sont que des photos, elles sont intéressantes.

Il avait mis l'appareil numérique en mode lecture, et faisait défiler les prises de vue. On y voyait presque toujours le même personnage : grand, obèse, rigolard, souverain, King trônait et, derrière de grosses lunettes d'écaille, lançait à l'objectif un sourire ravi. Il ne semblait pas aussi méchant qu'on le disait. Un *tyran débonnaire*, avait déclaré L'Anime. Plusieurs photos les montraient ensemble : on ne pouvait s'y tromper, il y avait bien de l'amitié entre ces deux-là. Dominante pour l'un, inféodée pour l'autre, mais de l'amitié. Parfois, King posait avec Reine. Les rapports paraissaient alors plus ambigus : les sourires étaient figés, presque contraints. Qui simulait le bonheur avec qui ? Willy interrompit sa réflexion.

— Commissaire, regardez ça…

Il désignait une longue et mince échelle métallique rangée contre la première rangée de gradins. Viviane contempla, pensive, le haut de la potence et les projecteurs qui y étaient fixés.

— Eh bien, c'est une échelle, et alors ? Elle doit servir à monter les projecteurs. Ou à pendre un chef de village.

— On a aussi pu l'utiliser pour quitter l'amphithéâtre, et y rentrer.

Il avait raison, et Viviane en fut vexée. Ce devait être ce soleil qui l'assommait, elle n'arrivait pas à se concentrer. Willy, lui, semblait en pleine forme.

— Et si elle avait permis à King de sortir et à l'assassin de revenir avec le cadavre ?

Viviane haussa les épaules. Il l'agaçait, ce type, avec ses solutions trop faciles. Elle lut les consignes de sécurité figurant sur l'étiquette collée au dernier barreau.

— Vous savez compter, lieutenant ? Poids maximum : cent cinquante kilos, mais seulement cent vingt kilos en position de rallonge, au-delà de quatre mètres. Cent vingt kilos, c'était le poids de King, nous a précisé Reine. Et quatre mètres, c'est la hauteur des murs. Votre assassin aurait pesé trente kilos au maximum ? Un hercule miniature, le gars, trente kilos de pur muscle, pour réussir à hisser cent vingt kilos sur une échelle.

Willy se tut ; il boudait. Viviane aussi avait envie de bouder. Elle aurait aimé une solution avec l'échelle. Une belle solution, ingénieuse comme les jeux de logique pour enfants. Les histoires de seaux de cinq litres et de trois litres, ou de barque avec un loup, une chèvre et une salade, elle avait toujours adoré ça.

Moins porté sur les théories, Willy posait déjà l'échelle contre le mur de l'amphithéâtre.

— On va faire un test, commissaire. Je pèse soixante-douze kilos, et vous ?

Elle le fixa, sidérée. Ce type osait lui demander

son poids. Jamais aucun de ses hommes n'aurait risqué une question aussi insensée.

— Je ne sais pas, je ne me suis pas pesée depuis longtemps. Je dirais, oh, un bon cinquante.

Le lieutenant regarda Viviane d'un œil sceptique et ajusta l'échelle.

— De toute façon, ça ira. Comme on n'a pas besoin d'utiliser la rallonge pour atteindre le sommet, on peut aller jusqu'à cent cinquante. Vous montez avec moi ?

— Allez-y seul, je suis sujette au vertige.

Il grimpa d'un pied leste.

— La vue est superbe. Tiens, c'est curieux ! Juste en dessous, il n'y a pas d'à-pic, mais un sentier qui monte le long de la falaise, comme un chemin de douanier, puis qui contourne le mur.

— On pourrait y poser l'échelle, si on la passait de l'autre côté ?

— Impossible, le sentier est bien trop étroit, et en dessous, c'est le vide.

— Vous l'aviez remarqué, ce matin, de la plage ?

— Non : il est en grande partie masqué par un rideau de feuillus plantés en contrebas, puis il se perd dans la zone de pierrailles et de ronces qui borde le sable.

— Et du côté du club ? De la grande pelouse ou des marches, on devrait le remarquer, non ?

— Non plus, il est caché par des massifs de berberis. Pour y accéder, il faut passer par la plage.

— Il continue le long du mur de l'amphithéâtre, votre sentier ?

— Attendez, je monte un peu plus haut.

Il se hissa sur le mur, s'y installa à califourchon, puis avança.

— Là, il faudrait que vous veniez voir, commissaire…

— Non, je vous fais confiance, Cruyff. Racontez-moi.

— Le sentier devient très étroit, puis bifurque et s'élargit, pour déboucher sur un petit plateau, face à la mer. Un vrai belvédère, avec une table d'orientation. Il n'y a que de la terre et de la caillasse, de la broussaille et du vent. Ah, et aussi deux chaises longues, rangées derrière de gros buissons. Rien d'autre.

Il opéra un demi-tour acrobatique sur le mur et regagna l'échelle. Il descendit, heureux comme un gosse.

— Allez voir l'autre côté avec votre échelle, demanda Viviane, en désignant l'arc du mur qui donnait vers l'extérieur du club.

Elle était le chef, et lui l'exécutant. Il ne devait pas l'oublier.

Le lieutenant grimpa, se pencha et secoua la tête.

— De ce côté-là, le mur est au ras de la falaise. Un jour ou l'autre, il va s'écrouler.

— Et quand on est sur le belvédère, on pourrait monter et descendre avec l'échelle ?

— Non. Il y a toute la place pour poser l'échelle, mais impossible de prendre pied sur le mur, c'est la partie de l'amphi couverte par la verrière. Je crois que j'ai fait le tour, je redescends.

Il rejoignit la commissaire d'un pas allègre.

— C'est intéressant, non ?

— Intéressant, oui, mais que peut-on en faire ? Impossible de passer avec l'échelle, dans un sens, ou dans l'autre. Là où l'on peut monter, on ne peut pas descendre. Et là où l'on peut descendre, on ne peut pas monter.

— Objection ! On peut monter de l'intérieur, marcher sur le mur en portant l'échelle, puis la poser de guingois au bord de la verrière pour descendre.

— Vous le feriez, vous ?

Il hésita, fit une grimace.

— C'est très risqué, mais si vous me le demandez…

— Je vous interdis d'essayer, Willy.

Les mains sur les hanches, le lieutenant contemplait le mur.

— Avec une perche en bambou, comme on les utilisait jadis, on devrait pouvoir les franchir, ces quatre mètres. Il faudrait prendre son élan en biais…

Viviane poussa un soupir de lassitude. Et pourquoi pas une Batmobile, pendant qu'il y était ?

CHAPITRE 9

Le lieutenant vint s'asseoir au côté de la commissaire, comme un labrador fidèle.

— Et maintenant, qu'est-ce qu'on fait ?

Elle n'en avait pas la moindre idée, mais ne voulut pas décevoir le labrador.

— Repartez dans le bric-à-brac sous la scène, et voyez si autre chose aurait pu servir à franchir le mur.

Willy s'exécuta et Viviane reprit le Canon pour faire défiler les photos. Elle scrutait les regards que les cocos adressaient à l'objectif, donc à Reine. Y avait-il chez certains de la complicité ? Elle repassa les clichés en revue. Elle ne savait pas ce qu'elle cherchait. Ou plutôt, elle le savait très bien, elle se posait la même question que King : Reine pouvait-elle avoir choisi un amant parmi ces visages hilares ?

— J'ai trouvé ça, Viviane.

Willy lui tendait une corde jaune d'une douzaine de mètres.

— C'est une corde d'alpiniste, qui pourrait supporter le poids d'un homme, même très gros.

— Pour le pendre, je veux bien. Mais comment franchiriez-vous le mur avec ça, Willy ?

— Je la jetterais à un complice de l'autre côté. Il la tiendrait tendue pendant que je grimperais. Arrivé en haut, je marcherais sur le faîte du mur jusqu'à l'endroit où le sentier s'élargit, puis je sauterais.

— En portant King mort ou vivant sur le dos ?

Le lieutenant eut une grimace sceptique.

— Allez ranger la corde, Willy, ça suffit comme ça.

— Et qu'est-ce qu'on fait, maintenant ?

Il semblait adorer cette question.

— Nous sommes dimanche, vous avez quartier libre.

Il s'enfuit, joyeux. Trop joyeux, c'était vexant. En descendant l'escalier, elle accrocha du pied le rebord d'une marche et cassa la bride de sa sandale. Il ne manquait plus que ça : elle devenait aussi boiteuse que son enquête. Dans la *zona privada*, elle croisa une Hétoilà qui, la voyant clopiner, jeta sur ses pieds un regard compatissant.

— Allez voir Clown, il va vous réparer ça, fit-elle en désignant le lodge le plus proche.

— Sa chambre, laquelle est-ce ?

— *Ses* chambres : les deux de devant, puisqu'il est marié avec Kiki Piqûre. Les deux de derrière, ce sont celles de Tournevis et de Cuistot.

La porte était ouverte : assis dans un fauteuil, Coco Clown lisait un essai de Bernard-Henri Lévy.

— Vous faites la cordonnerie ? demanda Viviane.

— Pourquoi pas ? On peut être clown et exercer un autre métier. Lui, il fait bien de la philosophie, dit-il, en désignant son livre.

Viviane lui montra sa sandale, qu'il examina d'un œil expert.

— Un rivet ne tiendra pas. Il faut la recoudre. Ça fera 15 euros. Revenez dans deux jours.

— Vous pourriez me les réparer tout de suite ? Je n'ai que des escarpins.

— Pas de problème. Mais ce sera 30 euros. En urgence et le dimanche, il y a un supplément, comme les médecins.

Viviane lui tendit deux billets, et le docteur ès-sandales, ôtant ses fines lunettes à monture de métal, se mit au travail. Il perçait le cuir de sa longue alêne, avec une délicatesse étonnante pour un homme au physique aussi lourd.

— C'est votre vrai métier, dans le civil ?

Clown la regarda, indigné. Sans déguisement, sans nez rouge, il ne manquait pas d'allure. Il était grand, imposant comme un paysan du Sud-Ouest, mais il n'était pas gras.

— Vous plaisantez ? J'ai fait des études de philo. J'ai même écrit un mémoire sur *L'Évolution de l'habeas corpus dans la pensée kantienne.* J'aurais pu être enseignant, mais je suis devenu clown par hasard, après un stage ici. King me trouvait très drôle quand je parlais de philosophie. L'année suivante, j'ai rencontré Piqûre, venue passer ses vacances au club. On s'est plu. Et, comme elle était infirmière, King l'a embauchée. On est devenus coco et kiki.

— On m'a raconté que vous aviez été licencié.

— Ah non, King m'a seulement *annoncé* qu'il me virait, mais j'ai eu de la chance, il est mort juste après. Reste à savoir ce que Reine va décider, elle n'a encore rien confirmé. J'espère avoir autant de chance avec elle.

Il avait dit ça très tranquillement, sans sourire : ce devait être de l'humour noir. Quelques photos étaient accrochées au mur. Sur l'une d'elles, Viviane reconnut Tournevis et Cuistot, entourant Clown qui soufflait les bougies d'un gâteau.

— Vous êtes amis, tous les trois ?

— Oui, et cela agaçait King. Il n'aimait pas trop qu'on fasse bande à part, chez les cocos. Pour lui, les seuls copains qu'on avait le droit d'avoir, c'étaient les quatre cents Chéris.

Clown poussa un juron : il venait de se piquer avec sa grosse aiguille. Une goutte de sang perla à son index, et il la suça en fronçant les sourcils.

— Vous voyez ce qui m'arrive, rien que de parler de lui ? Même après sa mort, il faut qu'il m'emmerde, celui-là.

— Au fait, pourquoi King voulait-il vous virer ?

— Il me reprochait de sortir toujours les mêmes blagues. Un reproche idiot : c'est justement ça qui fait marrer le public. Le Chéri sait ce qui va arriver, il attend le gag avec encore plus d'excitation. Vous connaissez peut-être la théorie du rire selon Bergson…

Il considéra son œuvre d'un œil satisfait.

— Voilà, j'ai fini, vous ne voulez pas que je vous consolide l'autre ? C'est un cadeau de la maison.

Viviane le remercia et se déchaussa. Clown passa un nouveau fil dans le chas de l'alêne.

— C'est ça qui est pénible, pour nous les cocos. On est supposés jouer les héros auprès des Chéris, mais il y a chez le héros une transcendance que notre part d'humain ne peut assumer. *Humain, trop humain*, vous voyez ce que je veux dire ?

Viviane approuva d'un vague hochement de tête et Clown sembla ravi.

— Ah, ça fait du bien de tomber sur une Chérie qui a lu Nietzsche, soupira-t-il en perçant le cuir.

Viviane le regardait travailler, admirative. Pour un peu, elle en aurait oublié l'enquête. Sa conscience professionnelle reprit le dessus.

— Vous vous souvenez de ce que vous avez fait après votre entrevue avec King ?

— Des Chéris m'ont entraîné au bar et m'ont offert des pots. Au bout d'une heure, Reine et L'Anime sont venus me chercher, envoyés par King, mais à l'arrivée dans l'amphi, il s'était volatilisé. Alors j'ai fait une pétanque avec Tournevis et deux Chéries. Comme le terrain était occupé par un tournoi, on a joué sur la pelouse de la *zona privada*, près de l'escalier. Plus tard, L'Anime m'a demandé de préparer des blagues à raconter sous le roi pendu, pour la soirée. N'ayant pas d'idées, je suis allé voir Cuistot. C'est un marrant, il est doué pour les jeux de mots.

— Vous êtes restés ensemble tout le temps ?

— Oui, sauf deux minutes où je suis revenu ici chercher un carnet, pour noter les idées.

— Et votre pétanque, c'était à quelle heure ?

— Un peu après 18 heures. À 19 heures, j'ai rejoint Cuistot en cuisine.

Il rendit les sandales à Viviane et l'accompagna à la porte. Elle tenta une dernière question :

— En partant, vous avez vu monter le bourreau ?

— Non, mais j'ai vu monter Carlo, puis Cristo.

Comme Viviane ne semblait pas comprendre, il précisa *Monte-Carlo* et *Montecristo*, avec un rire tonitruant. Viviane sourit poliment et le planta là tandis qu'il lançait « Et Limar ! Et Video ! ».

Cette discussion avait troublé la commissaire. Clown était sympathique, presque trop. Il avait joué la transparence, et elle se méfiait des suspects transparents : tout homme normal avait quelque chose à cacher.

N'écoutant que son courage, la commissaire partit aux abdos-fessiers. Elles étaient une dizaine venues se faire torturer par Muscule. Une dizaine de fessiers et d'abdos couchés sur un tatami : on ne remarquait guère les abdos, mais on voyait très distinctement les fessiers. Viviane ôta sa saharienne et rejoignit le groupe dolent.

— On se couche sur le côté, on fait des ciseaux avec les jambes, doucement, une dizaine, voilà, très bien Viviane…

Tous les regards se tournèrent vers la commissaire, devenue la bonne élève, celle que les autres jalouseraient.

— Et ensuite, de l'autre côté. Plus haut, plus écartées, les cuisses, Nathalie. Ça doit faire un peu mal. Maintenant, on se couche sur le dos, et on se détend, laissez-vous aller.

La commissaire n'était pas disposée à se laisser aller : elle réfléchissait. Il lui semblait que l'effort physique accompagnait cette réflexion, la stimulait. Que penser du témoignage du Turc ? Il fallait reprendre son interrogatoire plus en profondeur. Elle demanderait à Reine un vrai traducteur-interprète : dans l'île, cela devait se trouver.

— Et maintenant, on pose les mains sous la nuque, on lèèève les jambes, puis on les redescend doucement.

Quelle importance fallait-il donner au petit sentier caché qui longeait le mur ? Cette paire de chaises longues sur le belvédère la tracassait. Elle se devait d'aller voir. Mais le passage étroit ne lui disait rien qui vaille.

— Rappelez-vous, peau du ventre, peau du dos. On fait de petits cercles avec les jambes tendues, voilà. Non, Lola, ne les plie pas, regarde Viviane.

Ce Vent-Debout, il fallait l'interroger. Il avait peut-être une bonne raison de venir à l'amphi avec son déguisement de bourreau.

— On pose les jambes, on se détend en respirant lentement.

Elle regrettait de ne pas avoir connu King, le personnage l'intéressait. Qui était-il vraiment ? Les premiers témoignages en brossaient un portrait contrasté, elle en aurait voulu d'autres. Pourquoi cette obsession de trouver soudain un amant à sa femme ? Reine en avait-elle vraiment un ? Elle l'imagina nue dans les bras des cocos qu'elle avait rencontrés, mais non, aucun ne convenait. Fugacement, Viviane se vit à la place de Reine, avec les mêmes. Non, là encore, aucun ne faisait l'affaire. Soudain, l'image de Willy s'immisça, s'imposa. Willy, sortant ruisselant de la piscine. Absurde.

— Et maintenant, sur le ventre, on remet les mains derrière la nuque, et on lève le buste.

Non, pas si absurde que ça, Reine avait pu prendre un amant parmi les Chéris, un type comme Willy, un play-boy de l'été. Plus discret, plus éphémère qu'un coco. Un amant jetable. Un ou plusieurs. Ici, il n'y avait qu'à se servir, bonjour, merci, au revoir. C'était ce qu'elle aurait fait, elle. Mais la pauvre Reine paraissait si guindée ! Brusquement, l'image de Willy réapparut, fugitive, comme une photo cochonne qui passe de main en main sur les bancs d'un collège. Pourquoi King interrogeait-il avec tant d'insistance les cocos et kikis ? Qui avait pu l'alerter ? Une lettre anonyme ? Une négligence de sa femme ?

— Pour finir, assises sur la pointe des fesses, les jambes pliées, les talons décollés du sol, on fait des cercles avec les genoux. Équilibrez-vous avec les bras.

Et Clown ? Il aurait fait un bon suspect, s'il n'avait apporté un témoignage aussi lisse, sans la moindre aspérité. À vérifier ?

— C'est terminé. Bravo, les Chéries.

Quant à ce dernier après-midi dans l'amphi, si ridiculement théâtral, n'était-ce vraiment qu'un caprice de King ?

— Pour celles que ça intéresse, je propose de très bons produits à base d'extraits de plantes, du 100 % bio. J'ai pu obtenir pour vous le prix de gros. Aujourd'hui, j'ai une crème raffermissante, un gel amincissant, un autre pour tonifier les tissus de vos petits derrières…

Viviane ignora la mallette que Muscule promenait devant ses Chéries et rentra se doucher. Elle parlerait de tout ça au lieutenant Cruyff après le déjeuner. En attendant, elle allait lire Apollinaire.

Elle était en pleine traversée du *Pont Mirabeau* quand une jeune Hétoilà s'approcha d'elle. Petite, blonde, frisée avec de grandes lunettes, elle attendait, intimidée.

— Je peux vous parler ? C'est un peu délicat.

C'était même très délicat : l'Hétoilà était stagiaire, elle venait d'une école de commerce et s'occupait de la gestion des stocks. Elle avait remarqué des anomalies dans ceux de Tournevis : juste avant l'inventaire semestriel de début juillet, les rayons s'étaient subitement regarnis, sans qu'il y ait eu d'achats. L'inventaire s'était révélé irréprochable. Ensuite les stocks s'étaient très vite dégarnis, beaucoup plus vite que pour une consommation normale. L'Hétoilà lui lança un regard douloureux.

— Il y a des produits achetés qui ne sont pas là, et des produits non achetés qui sont là. Vous comprenez ?

La commissaire hocha la tête : elle avait déjà croisé des problèmes d'inventaires trafiqués dans des commerces douteux, de stocks qui circulaient d'une boutique à l'autre. De toute évidence, Tournevis bricolait son petit business. Elle se souvenait de la remarque de Reine « il dépensait bien trop pour la maintenance » : il effectuait sans doute des achats fictifs qui devaient lui être ristournés.

— Pourquoi venez-vous me parler de ça ? demanda-t-elle à l'Hétoilà.

— Tournevis m'a surprise en train de procéder à mon propre inventaire quelques jours après le vrai. Il ne m'a pas menacée, il m'a juste dit qu'il connaissait mon nom, mon adresse à Marseille, et qu'il y comptait beaucoup d'amis siciliens. Des amis qui, comme lui, pensaient que la plus grande qualité d'une stagiaire, c'est la discrétion.

— Et alors ? Qu'allez-vous faire ?

— Je suis courageuse mais pas téméraire : j'ai donné ma démission sans raconter l'affaire à Reine, et je repars après-demain. J'ai pensé que ce serait bien si vous pouviez évoquer ça dans votre film. Voilà.

Viviane la vit filer vers les bureaux. Elle eut mauvaise conscience : elle aurait voulu prendre l'affaire en main, conseiller l'étudiante. Mais elle n'était pas là pour ça. Ici, elle n'était même pas flic. Reine vint la chercher à l'heure du déjeuner.

— Nous sommes tranquilles, la coloc de la jeune morte est repartie en France par le vol de midi. Nous pouvons fouiller tranquillement, dit-elle en ouvrant la chambre.

La pièce était presque vide, et la visite fut rapide. Viviane ouvrit le portefeuille posé sur la table de nuit. Elle en sortit une carte d'identité, un bulletin de salaire.

— Liliane Gadret, domiciliée à Niort. Trente et un ans, célibataire. C'était son anniversaire hier. Opératrice téléphonique intérimaire. La pauvre, avec son salaire, elle n'a pas dû fêter ça au champagne.

Viviane examina les quelques vêtements. Du bas de gamme chinois, ils sentaient la crème solaire, le déodorant trop fleuri. La vie chiche. La valise était presque vide, usée et de piètre qualité. La doublure avait été déchirée et réparée avec du sparadrap.

Viviane en tâta la surface et lança un joyeux : « Bingo ! »

Elle ôta le sparadrap, passa la main à l'intérieur et en retira un plan de Lindos et dix doses de poudre blanche en petites pochettes transparentes. Elle en ouvrit une, fit tomber quelques grains sur son doigt qu'elle avait humecté, et les posa sur le bout de la langue. Elle reconnut la saveur amère, et sentit venir un léger engourdissement.

— De la coke, Reine. Ce devait être comme ça qu'elle gagnait vraiment sa vie. Elle devait dealer et en garder pour usage personnel.

— Dealer ? Où ça ? Sûrement pas au club : tout se sait, ici. J'en aurais déjà eu des échos. Elle devait vendre sa came à Lindos.

Viviane examina le plan : il était vierge de toute note. Elle s'assit sur le lit pour regarder la photo d'identité de Liliane Gadret. Elle essayait de se mettre à la place de la jeune femme. Elle l'imaginait arriver au club, partir dans la ville voisine inconnue pour tenter d'y trouver des clients. Non, ça ne collait pas, trop dangereux.

— Elle était forcément en cheville avec un intermédiaire. Parmi vos cocos ou vos Hétoilàs, il y en a qui vont fréquemment à Lindos ?

— Fréquemment, non. Il y a Piqûre qui va acheter les médicaments de temps en temps, et Picole qui va y boire un verre à l'occasion. Personne d'autre. Ah, si ! Il y a Kerim, le fils du Turc, le sourd-muet. Il va travailler tous les jours en ville. Mais franchement, il n'a pas la tête de l'emploi.

— Les meilleurs dealers sont ceux qui n'ont pas une tête de dealer. Dans quel restaurant travaille-t-il ?

— Celui à l'entrée du village, au bord de la route, nous sommes passés devant hier. Qu'allez-vous faire ?

— Je vais me présenter à lui comme consommatrice. Je verrai sa réaction.

Viviane déjeuna seule. Elle se goinfrait, agacée : cette histoire la perturbait. En quoi était-elle concernée ? Une fille était morte d'overdose, c'était triste pour elle. Mais quel était le rapport avec la mort de King ? On ne l'avait pas mandatée pour démanteler un réseau de dealers, elle allait commettre une erreur. Tant pis. Elle la commettrait avec Willy pour se sentir moins coupable, décida-t-elle, en reprenant du gratin de figues aux pignons.

En l'attendant, elle replongea dans Apollinaire. Elle le lut tout l'après-midi. Partout : chez elle, au bord de la piscine, dans les transats à l'écart du bar, sur la plage.

Pas de Willy, il avait disparu.

Il vint frapper à sa porte, peu avant le dîner, le visage cuit par le soleil, les cheveux poisseux de sel. Il avait la mine heureuse d'un terre-neuvas retrouvant sa femme au port.

— C'est formidable, la voile, Viviane ! On est parti à six, en baleinière, pour la journée d'initiation avec Vent-Debout. Un bon groupe, des filles et des types cool, tous des jeunes mais vous auriez pu venir aussi. J'ai appris les virements de bord face au vent, et les lof pour lof. On a pique-niqué sur la petite île au large…

Croisant le regard de Viviane, il comprit qu'il respirait trop le bonheur et se hâta de conclure :

— Vous aviez dit que chacun faisait ce qu'il voulait.

— Il ne vous reste qu'à raconter tout ça sur une belle carte postale, Willy. Vous l'enverrez au Tout-Puissant. Ah, ajoutez un joli dessin du bateau ! Et mentionnez en post-scriptum que moi, pendant ce temps, j'ai travaillé, j'ai réfléchi. Ça le rassurera.

Elle lui relata sa journée, ses découvertes. Willy avait changé de mine, il était redevenu un subordonné attentif, tout était en ordre.

— Je me douche et je vous rejoins, conclut-il poliment.

— Non, venez comme ça, vous serez plus crédible pour réclamer de la coke.

Car ce serait lui qui la réclamerait, ce n'était pas

un travail de commissaire. Elle le lui expliqua dans le taxi.

Le restaurant était encore vide, quelques touristes buvaient en terrasse. Kerim passait la serpillière sur le sol en carrelage. Il reconnut Viviane et Willy, et leur lança un regard inquiet.

La commissaire laissa agir son lieutenant. Il semblait jouer le rôle de sa vie, approchant Kerim avec les tremblements du camé en manque, se pinçant une narine, aspirant de l'autre, tandis que le sourd-muet l'observait, bienveillant. Le spectacle n'était pas terminé : Willy roula des yeux, se lança en une transe euphorique, puis s'écroula dans une chaise, béat. Il en faisait beaucoup trop, mais le tableau était réussi.

Compatissant, Kerim prit le lieutenant par l'épaule, et le conduisit face au soleil déclinant qu'il montra du doigt. Viviane éclata de rire.

— Il n'a rien compris, il croit que vous avez un rhume et de la fièvre. Il vous conseille de vous mettre au soleil. Recommencez.

Le résultat fut à peine meilleur, Kerim alla chercher sur une table deux sous-bocks en carton. En les agitant, il les tendit vers le soleil au sud-ouest. Il leur adressait des petits sourires complices, des regards d'innocent, semblant heureux qu'on lui ait posé la question.

— Il est un peu simplet, le pauvre, il veut nous dire que les bières qui fournissent ces sous-bocks leur proposent aussi des parasols, si le soleil est trop chaud, traduisit Viviane. Nous avons assez perdu de temps. Rentrons au club, c'est l'heure du dîner.

Dans le taxi qui les reconduisait, Viviane décréta que le dossier de la sniffeuse était clos : le meurtre de King était une affaire bien assez complexe, on n'allait plus l'encombrer de petites morts parasites.

— On pourrait quand même vérifier en France si elle avait des antécédents, suggéra Willy.

— Bonne idée, je confierai cela à un de mes hommes.

L'idée était même plus que bonne : elle tenait enfin un prétexte pour appeler Monot. Viviane y songea avec délice pendant le reste du trajet.

CHAPITRE 10

Ils s'installèrent à une petite table pour deux, juste à côté de la grande, présidée par Reine, des cocos et kikis.

Viviane les observait, perplexe : c'étaient les fidèles, les historiques, la garde du roi. L'assassin se trouvait probablement parmi eux, puisqu'ils avaient été les seuls à pouvoir traverser la pelouse l'après-midi de la pendaison. Il ne manquait au tableau que le Turc, le brigadier Vermeulen et le bourreau. Elle en fit la remarque à Willy qui semblait préoccupé.

— Je me disais presque la même chose, mais je me posais une question, déclara-t-il d'un ton hésitant. Hier, quand j'ai fait parler les uns et les autres au déjeuner, j'ai eu l'impression que tous ces gens détestaient King. Ils étaient mal traités, mal payés. Dans ce cas, pourquoi restaient-ils ? Pourquoi ne demandaient-ils pas leur mutation ? Quand nous trouverons la réponse, nous aurons un début de piste, non ?

Viviane repensait à la mallette de Muscule, aux stocks de Tournevis, à l'alêne de Clown. D'autres cocos avaient-ils leur petit revenu complémentaire ? Était-ce le début d'une piste ? Elle hésitait à en parler au lieutenant. Il était prompt à se disperser, elle ne voulait pas le gaspiller.

— N'allons pas trop vite, fit-elle. L'assassin peut aussi être un Hétoilà. Ils sont une quinzaine à loger au club. Ils dorment à trois par chambre dans les premiers lodges, juste après le mien, à l'entrée : ils ont pu traverser tranquillement la pelouse sans attirer l'attention.

— Les Hétoilàs ne comptent pas. Ils n'ont pas été convoqués à l'amphithéâtre, ils ne s'en sont même pas approchés. Le Turc les aurait vus.

Viviane le laissa à ses certitudes et partit chercher au buffet une assiette de couscous au poisson que Willy regarda avec insistance quand elle l'eut posée sur la table.

— Vous ne grossissez pas, avec tout ce que vous mangez ?

Elle resta figée, la fourchette à mi-chemin entre l'assiette et la bouche. Seule sa mère abordait des sujets aussi intimes. Ce type qui, ce matin, osait lui demander son poids s'inquiétait maintenant de son alimentation. Il fallait que cette enquête se termine au plus vite.

— Figurez-vous que non : à chacun son métabolisme.

— Vous avez de la chance. Moi, si je consommais aussi peu de légumes verts et de fruits, autant de graisses animales et de desserts sucrés que vous, je prendrais vite huit ou dix kilos et je serais plombé pour le saut en hauteur.

Elle se servit une grande rasade de vin grec. Calmement. Il fallait rester calme.

— C'est comme le vin, Viviane. Le vin, ce n'est pas seulement une question de calories, l'alcool contient aussi des enzymes qui…

La commissaire faisait rageusement tourner le verre dans sa main. Sentant la menace, Willy enchaîna :

— Pour en revenir à l'affaire, il y a déjà un coco qu'on peut innocenter, c'est Vent-Debout. J'ai profité du pique-nique sur l'île pour le faire parler. Le bourreau, ce ne peut pas être lui : ce jour-là, à la fin du cours de voile, il n'est pas allé fêter le 14 juillet, il est resté avec une Chérie. Il a passé la soirée avec elle, et même la nuit. C'était le grand amour, et ça continue.

— Il faudrait quand même vérifier son alibi.

— Aucun problème, j'ai les coordonnées de la très chère. Il avait un collier à lui envoyer, mais comme il se méfie de la poste grecque, je lui ai proposé de m'en occuper au retour.

— Vous me donnerez l'adresse, je ferai valider ça.

Leur conversation fut interrompue par une Hétoilà qui, s'approchant de la grande tablée, héla Reine :

— L'agence d'intérim a appelé pour l'interprète franco-turc : il ne peut venir que demain soir, après le travail. Il bosse dans un grand hôtel.

Il y eut un silence, puis la petite voix de Clown s'éleva :

— C'est quoi, Reine, cette histoire d'interprète ?

Les conversations reprirent, à voix plus basse. De la table voisine, on ne pouvait entendre qu'un bruissement.

— Pour la discrétion, on repassera, grogna Viviane. Ce n'est pas trop grave, cela se serait su demain soir. Vous avez obtenu d'autres informations pendant votre escapade, Willy ?

— J'ai réfléchi, moi aussi. Je crois qu'on ne devrait pas négliger l'histoire du chat.

— Parfait. Je vous nomme enquêteur en chef sur le dossier du chat. Ce sera l'affaire de votre vie.

Willy pinça les lèvres et partit chercher son dessert. Il revint et pela silencieusement son orange sans même relever la tête. Viviane se sentit penaude : elle avait bêtement vexé son lieutenant et ne savait plus comment dégeler la situation.

Une voix nasillarde dans les haut-parleurs la tira d'affaire, celle de L'Anime qui convoquait tous les Chéris pour la soirée à thème : « Et le thème, mes très chers Chéris, c'est le couple ! »

— On va y aller, hein, ça promet d'être rigolo !

Le lieutenant avait assez boudé, il était redevenu lui-même pour lancer ces mots d'un ton réjoui, sans trace d'ironie, sans le moindre second degré. Comme la commissaire se taisait, il ajouta :

— Vous ne pouvez pas passer votre temps à faire la gueule. Ça vous fera du bien. Ça vous changera de l'enquête.

— Je vais y aller, Willy. Mais dans le cadre de cette enquête.

Peut-être pourrait-elle surprendre des regards, des travaux d'approche. L'image de Reine et des cocos nus lui revint en mémoire. Pour la chasser définitivement de son esprit, elle alla faire un tour au buffet des desserts et après avoir longuement hésité, s'offrit une belle portion de tarte aux fraises. Il avait dit de prendre des fruits, non ?

Plus tard, Cruyff passa chercher Viviane et l'entraîna vers l'amphithéâtre avec l'enthousiasme d'un enfant partant à la kermesse. « Séparons-nous, lui ordonna-t-elle en pénétrant dans l'enceinte. Nous passerons plus inaperçus. » La commissaire ne voulait pas s'afficher en sa compagnie, sans compter qu'avec un tel thème, toutes les familiarités étaient à craindre de sa part. Le lieutenant fila s'asseoir sur le premier gradin, elle resta sur le dernier, là où personne ne viendrait la trouver : on fêterait le couple sans elle.

L'Anime s'avança sur la piste, tout de blanc vêtu, il ne manquait que les paillettes. Plus il faisait l'élégant, plus on devinait qu'il serait vulgaire.

— Quoi de plus beau qu'un couple ? annonça-t-il, seul au milieu de la piste. Quoi de plus magique que deux regards qui se croisent, deux âmes qui vibrent à l'unisson, deux corps qui se découvrent ?

Après un suggestif cambrement du bassin, il poursuivit :

— Bienvenue à tous les couples présents ce soir. Qu'ils se prennent par la main et viennent se ranger derrière moi !

Une grande partie de la foule obtempéra, réjouie. Viviane se tassa sur son banc, accablée : c'était avec de tels individus qu'elle devait jouer les vacancières. Coco L'Anime continua :

— Oh, mais j'en vois sur les gradins qui ne connaissent pas encore la félicité. Cœurs oubliés ou cœurs brisés, L'Esprit Club va vous aider en commençant par ceux qui en ont le plus besoin : vous, les plus effarouchés, vous qui vous cachez tout là-haut, montrez-vous. Je veux dix hommes, dix femmes, ceux que je désigne de la main, venez sur la scène, oui, dix, avec Viviane qui se planque près de la sortie, allez, on vous attend : si un partenaire vous plaît en chemin, choisissez-le pour la soirée. Sinon, je m'en charge.

Le cauchemar commençait. Elle descendit les gradins sous les regards torves, et fut bousculée par une grande brune aux seins agressifs qui la dépassa en courant, pour s'emparer de Willy avant qu'on ne le harponne. Quand Viviane arriva sur scène, elle était encore célibataire, tout comme deux hommes et une autre femme. L'Anime exultait, c'était son quart d'heure de gloire.

— Ah, quatre réfractaires ! Je vais devoir jouer les Cupidon. Dans ce sac, j'ai quatre flèches. Deux à plumes roses, deux à plumes rouges, prenez-en une sans regarder. Que chacun aille ensuite vers sa flèche jumelle.

Viviane brandit sa flèche rose. Elle sentait tous les regards moqueurs posés sur elle. Même celui de Willy qui tenait sa brune par la main. Il fallait lui faire promettre de ne jamais en parler à personne, et surtout pas à Monot.

Cupidon avait frappé de travers : un gros sexagénaire, presque chauve, s'avança vers la commissaire, en se dandinant d'aise dans un pantalon de jogging. Son débardeur blanc largement échancré aux aisselles était plaqué sur sa panse rebondie. « Moi, c'est Fred, mais tu peux m'appeler Fredo », lui glissa-t-il, complice. Il prit la main de Viviane dans la sienne, toute moite, et la garda serrée. Cela semblait suffire à son bonheur. Hélas, L'Anime n'en avait pas fini : le peuple voulait du spectacle, on lui en donnerait.

— Et maintenant, une surprise pour nos dix nouveaux couples : il y a deux jours de vacances gratuites à gagner, deux jours en couple, tout va si vite quand on a l'esprit club, ha, ha, ha !

L'assistance confirma que, ha, ha, ha, Viviane avait suivi Fredo. Apeurée, elle regardait les Chéris massés devant elle. Elle ne leur avait rien fait de mal, pourquoi cette méchanceté joyeuse ? Une foule identique avait passé la soirée à bâtonner King. S'étaient-ils mis aussi à plusieurs pour le pendre, dans la même allégresse ? Oui, à plusieurs, c'était possible. Il faudrait qu'elle en parle à Willy. Il ne comprenait rien, il riait avec les autres.

L'Anime apporta un panier de pommes et en remit une à chaque couple. Le jeu était simple : ils devaient danser, les mains derrière le dos, la pomme serrée entre leurs deux fronts, et la faire descendre sans qu'elle tombe. Les premiers à tenir la pomme coincée entre leurs nombrils seraient les vainqueurs.

On lança un slow gluant et la danse commença. À quelques mètres, Willy ondulait avec application. Sa pomme était déjà au niveau des bouches. La brune semblait heureuse, et Viviane éprouva une obscure jalousie. Fredo, lui, se trémoussait contre elle. Elle sentait son haleine mêlée d'ail, de pastis, et les odeurs indiscrètes de son corps. Il tentait de faire rouler la pomme contre la joue de Viviane en la maintenant avec sa langue. Il semblait à la commissaire qu'elle dansait avec tous les hommes de L'Esprit Club, que toutes leurs panses venaient s'échauffer contre son ventre, c'était atroce. Elle pensa à Reine, dans le lit conjugal, et aux cent vingt kilos de King qui s'affairaient contre elle. Comment une femme pouvait-elle supporter cela, pas une soirée, mais des années ?

La langue de Fredo lui effleura la joue. Elle ne put contenir un sursaut de dégoût. S'écartant brusquement, elle laissa rouler la pomme à ses pieds. Elle remonta les gradins quatre à quatre. Elle devait absolument quitter les lieux avant qu'on ne la voie pleurer.

Elle se coucha en larmes. Demain, elle appellerait Monot. Demain, tout irait mieux.

Viviane se leva tôt : elle avait besoin d'évacuer toutes les frustrations, les colères inassouvies de la veille, il lui fallait un long jogging pour suer son mal-être, pour bien commencer ce troisième jour au club. Elle traversa le village silencieux. Pas de foule, pas de haut-parleurs, pas de gros rires. Juste un petit vent du large qui venait lui susurrer des promesses de belle journée. Elle gagna la plage, choisit sur son baladeur une fugue de Bach, régla ses écouteurs et se mit à courir, lentement, pour échauffer les muscles. Le sable était doux, sa solitude aussi. Un moment parfait.

— Ohé, bonjour Viviane ! Alors, la forme ?

L'inévitable Willy Cruyff courait derrière elle. Elle retira ses écouteurs, résignée.

— Vous venez d'arriver, lieutenant ?

— Non, cela fait déjà une heure que je m'entraîne. J'étais allé travailler le saut en hauteur de l'autre côté, près du bungalow du club de voile. Quand je vous ai vue, je me suis dit que vous préféreriez qu'on coure ensemble.

Viviane avait toujours considéré le jogging comme un exercice solitaire, presque intime, mais elle ne voulut pas le vexer. Elle arrêta son effort, et simula un boitillement.

— Je ne peux pas courir longtemps, j'ai une cheville fragile. Mais ce n'est pas grave, je vous regarderai sauter.

Ils marchaient d'un même pas tranquille, sans parler. Et Viviane n'aurait pas été gênée que Willy lui posât le bras sur l'épaule.

— C'est dommage que vous soyez partie, hier soir. L'Anime a des idées extra, il sait vraiment mettre de l'ambiance. Pour la pomme, j'ai perdu. Mais après, j'ai gagné le jeu de la momie : chacun devait emballer sa partenaire dans du papier hygiénique. On s'est bien marrés.

Elle imagina Fredo l'ensevelir sous des mètres de papier rose et en eut un frisson. Ils arrivèrent au coin voile, en contrebas d'une falaise un peu plus imposante que celle de l'amphithéâtre.

— Hier, après les jeux, je suis allé là-haut, dit Willy en désignant le sommet.

— Vous avez escaladé ça ? Vous êtes fou !

— Non, je veux dire que je suis allé là-haut à la boîte de nuit. Il faut que je vous raconte…

Il se tut, et s'écarta de quelques mètres pour examiner la paroi.

— Cela dit, vous avez raison, elle est grimpable, cette falaise. Je me demande si l'autre est plus dure ou plus facile. Imaginez que vous soyez l'assassin, avec la corde jaune que j'ai trouvée hier sous la scène : eh bien…

— Pourquoi voulez-vous que l'assassin escalade la falaise au vu de tout le monde, alors qu'il y a un sentier ?

Viviane haussa les épaules, et Willy se tut. Elle alla alors jeter un œil à l'intérieur du bungalow du club de voile, renifla en arquant le sourcil, et sortit. Willy l'attendait devant son sautoir improvisé : une plaque de bois pour l'appel, deux avirons plantés dans le sable, une tige de bambou en équilibre sur leur sommet. Il se campa sous la tige, et Viviane comprit qu'il sautait plus haut que sa propre hauteur. L'obstacle dépassait les deux mètres.

— Allez-y, ne vous gênez pas pour moi, lui suggéra-t-elle.

Il ignora sa proposition. Les bras croisés, il la regardait en semblant chercher ses mots.

— Je ne suis pas idéal, hein, comme adjoint ? Ça ne vous amuse pas beaucoup, de travailler avec moi. Mes idées ne servent à rien.

Elle bredouilla un : « Ne croyez pas cela, je trouve que… » Mais que pouvait-elle ajouter ? Que là, planté face à elle, elle le trouvait terriblement séduisant ? Que son corps athlétique, vêtu d'un simple short, lui faisait oublier les viandes molles des Chéris ? Elle baissa les yeux et le laissa poursuivre :

— Il faut comprendre, commissaire, pour moi aussi, c'est une situation difficile. Je débute, et rien ne se passe comme dans les cours de l'école de police. Pas de labo, pas d'interrogatoires en règle… Je fais ce que je peux.

Elle ébaucha un geste conciliant qu'il ignora.

— Figurez-vous, reprit-il, que j'aime passionnément le sport. Je suis un pur amateur, ce qui est rare à mon niveau. Quand mon ancienne copine, celle des *Feuilles mortes*, m'a demandé de choisir entre elle et l'entraînement, j'ai choisi l'entraînement. Mais ce qui me passionne encore plus, c'est d'être flic : si j'ai accepté de partir avec vous, c'est pour apprendre le boulot.

Elle le vit soudain tel qu'il était. Presque nu, fragile. Puissant et désespéré. Empli d'un désarroi qu'il exprimait si maladroitement et si bien. Un désarroi qui le rendait plus beau, plus désirable. Elle eut envie de le prendre dans ses bras, de le rassurer en le serrant fort. Elle s'approcha de lui, mais s'arrêta pour murmurer :

— Je comprends tout ça, Willy. Détrompez-vous, j'ai besoin de vos idées. Sans vous, ici, je craquerais. Et maintenant, faites-moi plaisir : sautez.

Il s'exécuta sans un mot. Ce ne fut pas ce à quoi elle s'attendait. Il sautillait, jaugeait la barre de près, de loin, simulait les gestes en les décomposant. Il s'étirait légèrement, courait lentement vers l'obstacle, puis accélérait, donnait une violente impulsion en se tournant, et s'élevait au-dessus de la barre comme s'il voulait la cueillir avant de tomber dans la douceur du sable sec. Viviane l'observait, fascinée : c'était beau et lent comme une danse nuptiale.

Après une demi-douzaine de sauts, il se rhabilla et lui lança un sourire.

— Rentrons, dit-il. Il faut que je vous parle de la boîte de nuit. J'y suis allé seul après la soirée dans l'amphithéâtre. Il y avait du monde, beaucoup de gens qu'on ne croise jamais dans la journée. L'ambiance est plus jeune, plutôt hot, sauf du côté des gens de votre âge qui font un peu bande à part.

La commissaire eut un petit pincement au cœur, tandis que son lieutenant poursuivait :

— Le patron, c'est Picole. Il est assisté par Kerim qui sert les boissons à table, et par deux types et deux filles, des Hétoilàs venus d'Ukraine, paraît-il. Ils font le service au bar, ils mettent l'ambiance, ils dansent avec les esseulés, ils n'arrêtent pas.

Il se tourna vers la commissaire avec une lueur dans l'œil.

— Une des Ukrainiennes m'a dragué — très mignonne d'ailleurs. C'était bien parti, mais elle a commencé à m'expliquer qu'elle avait de gros problèmes d'argent. Là, je l'ai vue venir, j'ai laissé tomber. Vous voulez mon avis ? Il se passe des trucs pas nets, dans cette boîte.

— Vous allez souvent en boîte de nuit, Willy ? Vous en connaissez, qui sont vraiment nettes ?

Ils étaient arrivés devant les piscines.

— Bon, c'est l'heure de l'aquagym. Quand est-ce que je vous retrouve ? demanda Viviane.

— En milieu d'après-midi. Il faut que j'aille à Rhodes, dit-il d'un ton trop léger pour être innocent.

Et, avant qu'elle ne l'interroge, il précisa très vite :

— Je pars faire autopsier le chat du Turc. Ce n'était pas évident de trouver un médecin légiste, mais sur internet, j'ai repéré un taxidermiste. J'ai déterré Sixiz la nuit dernière, sa tombe était près de la baraque du Turc.

— Vous perdez la tête ?

— Non, pourquoi ? Je vous rappelle que vous m'avez nommé enquêteur en chef sur le dossier « Chat ».

— Comment allez-vous le transporter ? Sans compter qu'il va empester…

— J'ai piqué une glacière aux cuisines. Un chat mort, ce ne sera pas plus infect que leur bidoche.

Il serait donc toujours comme ça : impatient de brouiller les pistes, désespérant d'enthousiasme.

CHAPITRE 11

Viviane tourna le dos à l'enquêteur en chef et, pour se calmer, partit s'offrir un petit déjeuner hypercalorique qu'elle tenta de digérer en lisant *La Loreley* d'Apollinaire. Le poème passait si bien qu'elle l'apprit par cœur. En revanche, les œufs au bacon lui restaient sur l'estomac. C'était idiot, elle allait devoir en brûler les calories à l'aquagym. Elle s'y rendit d'un pas de pénitente.

— Bras tendus devant soi, on court, on court, sur toute la largeur de la piscine, ordonnait Plouf. Essayez d'onduler pour aller plus vite. Avec les épaules, avec les hanches. Attaquez l'eau de trois quarts pour mieux glisser.

Les Chéries, dociles, ondulaient et attaquaient de trois quarts. Il n'y avait que des femmes. Vautrés dans les chaises longues, les hommes assistaient au spectacle en connaisseurs, les mains croisées sur leurs bedons plissés. Cela faisait vingt minutes que Viviane sautait, se tordait, bras étirés, à droite, à gauche, faisait la ronde en étendant les jambes. Il lui fallait tenir encore dix minutes : elle voulait parler à Kiki Plouf.

— Mains posées sur la margelle, on tend les bras, et on bat des jambes, deux cents fois, deux cents, je compte un, deux, mais non, mes Chéries, je plaisante, la séance est finie, conclut la jeune blonde.

Et elle ajouta à voix plus basse : « Si certaines sont intéressées par des leçons particulières de natation, qu'elles viennent me voir ! »

Tandis que les ondines dodues regagnaient les transats, Viviane s'approcha de Kiki Plouf.

— Oh, Viviane, ça me fait plaisir. Je prends 30 euros de l'heure, quelle nage voulez-vous travailler ?

— Je veux juste travailler mon scénario.

Elle lui expliqua qu'elle voulait introduire dans son histoire une séquence semblable à la dernière séance de King, dans l'amphithéâtre. Plouf lui raconta la scène sans enthousiasme : King avait procédé à quelques mises au point sur ses activités, puis il lui avait posé des questions sur sa femme. Un témoignage qui n'apportait rien de nouveau. En réponse à une question de Viviane, la jeune femme précisa que King portait de longs gants blancs, et, sous la tunique dorée, une rhingrave de la même couleur.

— Une rhingrave ?

— Un mot de costumière – mon vrai métier. Ici, c'est seulement mon job du soir, pour les spectacles, sinon je ne serais pas assez rentable. La rhingrave est une sorte de haut-de-chausse à rubans. Un collant, quoi. On en enfilait un sur le mannequin. On ne voyait pas les jambes, tellement la tunique dorée était grande, mais j'y tenais, par conscience professionnelle, au cas où il y aurait eu un coup de vent.

— Le ruban de la rhingrave, on peut le serrer à la cheville ?

— Non, il s'attache à mi-mollet. Et on ne le serre pas, c'est juste décoratif.

— Eh bien, Kiki, je ne vais pas vous embêter plus longtemps. Ah si, une dernière question : mon copain Willy, vous lui faites aussi payer les 30 euros ?

— Lui, non, il est trop mignon.

Viviane la remercia et s'en fut satisfaite : elle avait appris à courir en ondulant dans l'eau, elle avait ajouté un mot à son vocabulaire, et elle avait surtout compris comment tout le monde avait pu danser sans deviner le cadavre qui se cachait dans le pendu. Restait cette histoire de marque à la cheville qui la turlupinait.

La commissaire appela la DPJ, et demanda le lieutenant Monot. Elle se montra chaleureuse, s'inquiéta de sa santé, de son moral, de sa reprise du travail. Il ne lui répondit que par monosyllabes. Elle lui demanda de prendre des renseignements sur la sniffeuse décédée. Il nota les coordonnées, sans le moindre commentaire. Elle parla des doses de coke trouvées dans la valise, il s'en fit préciser sèchement le nombre, d'un ton laconique, affreusement professionnel. Et soudain, elle comprit : Augustin Monot était jaloux.

— L'enquête avance. Avec vous, je suis sûr

qu'elle serait déjà bouclée. Vous me manquez, Augustin. Beaucoup.

— Allons, commissaire, Willy Cruyff est un remarquable lieutenant. On ne m'en dit que du bien. Veuillez m'excuser, on m'attend.

Il avait raccroché, ce mufle. Ne comprenait-il pas qu'elle aspirait à l'entendre, bien plus qu'à lui parler ? À le savoir là, au bout du fil ?

Elle pensa à ces histoires de femmes en vacances à Deauville, qui éprouvent le besoin d'appeler leur mari, à son bureau, avant de céder à la tentation dans les bras de leur moniteur de tennis. C'était un parallèle absurde, elle n'avait ni mari, ni amant, ni Deauville. Ni tentation. Elle n'avait que le téléphone, et ne savait qui appeler.

Elle se dirigeait vers le bar pour tenter d'y faire quelques connaissances quand un appel par haut-parleur l'arrêta :

— On demande Viviane, la scénariste, à l'accueil.

Elle s'y rendit, inquiète. Était-ce Monot, ou la PJ ?

Une Hétoilà lui tendit le combiné, et Viviane se réfugia dans un coin, pour plus d'intimité. Ce n'était que Willy. En arrière-plan, on entendait des bruits de verres, de bouteilles, de conversations. Il téléphonait d'un bistrot.

— Pourquoi ne m'appelez-vous pas sur mon portable ?

— Parce que, votre numéro, je ne l'ai que dans la mémoire du mien. Et je l'ai oublié dans ma chambre.

— Qu'avez-vous à me dire de si urgent ?

— Pendant le trajet jusqu'à Rhodes, j'ai eu le temps de réfléchir. Quand on prend du recul, tout devient plus facile. Je crois avoir la solution. L'assassin, c'est forcément le Turc : il est le seul assez costaud pour transporter le cadavre de King. Il a dû le poignarder pendant que L'Anime allait chercher Reine, puis le porter dans sa brouette à l'extérieur de l'amphi, pour le cacher sous les massifs de berberis. Les autres sont revenus, et, bien sûr, ne l'ont pas trouvé. Plus tard, quand tout le monde est parti, le Turc a attendu son complice déguisé en bourreau : probablement son fils. Vous avez vu comme il semblait gêné quand on a parlé du bourreau ? Ils s'y sont mis à deux, il fallait ça, vu le poids du cadavre, pour l'accrocher en haut de la potence avec la corde jaune que j'ai dénichée sous la scène. L'un des deux est monté en haut de l'échelle pour fixer la corde. Ils sont partis discrètement, et hop !

— Bravo, lieutenant, l'enquête progresse : la dernière fois, c'était *Pif paf* et maintenant, c'est *Et hop !* Dites-moi, dans votre manga, comment fait-on pour passer discrètement avec un cadavre qui déborde d'une brouette ? On écrit *Chut* ? Et pour aller chercher, puis rapporter le déguisement du bourreau ? Et comment le Turc pouvait-il savoir que L'Anime partirait assez longtemps pour lui laisser le temps de trucider King et de le cacher ? Si vous voulez jouer à l'enquêteur, revenez le faire ici, avec votre commissaire, au lieu de traîner en ville.

Elle raccrocha, furieuse contre Willy, mais surtout contre elle-même. Elle manquait de patience, de compréhension. Elle n'était pas pédagogue. Comment pouvait-elle faire progresser son lieutenant alors qu'elle ne voyait même pas par quel bout prendre l'enquête ? Un bon repas la calmerait.

Viviane entra au restaurant dès l'ouverture, à midi, et s'installa seule à une table pour deux. Le groupe des cocos et kikis déboula du bar. Reine, tout effervescente, leur parlait du nouveau contrat du gardien : « Picole, rapporte-moi de la réserve deux bouteilles de muscat de Samos, je vais les offrir au Turc pour fêter ça. » L'Anime fermait la marche, l'air sombre. Quand il vit la commissaire, il se dirigea vers elle, affable.

— J'ai des choses à me faire pardonner, je serais heureux de déjeuner avec vous.

Il partit acheter une demi-bouteille de vin blanc italien, proposa à Viviane de lui chercher son plat principal au buffet – poisson grillé et salade de légumes, très bien – et s'assit enfin face à elle.

— Je vous présente mes excuses pour hier soir : ce n'était qu'un jeu, je ne voulais pas vous blesser. D'habitude, tout le monde se marre et prend ça très bien, y compris les dix couples improvisés.

— Oublions ça. Il ne fallait pas vous croire tenu de déjeuner avec moi pour autant.

L'Anime baissa la voix et, d'un coup d'œil, désigna la table voisine.

— Cela me fait plaisir. Et puis, pour tout vous avouer, je cherchais à me défiler. Je veux bien jouer au courtisan, mais pas quand Sa Majesté est bourrée. Je ne sais qui a eu l'idée de l'inviter à l'apéro : c'est idiot, elle ne tient pas l'alcool. Cela fait cinq minutes qu'elle nous saoule avec cette histoire de contrat. Ah, justement…

Le Turc repartait chez lui, emportant dans un panier métallique le plat qu'il venait de choisir au buffet. Reine l'interpella, et il s'approcha, balourd. Elle brandit deux feuilles de papier, lui adressa quelques mots dans sa langue puis sortit précautionneusement de son sac de plage les deux bouteilles qu'elle lui offrit. Le jardinier lui baisa la main et repartit.

— Regardez ça, Viviane, on se croirait au Moyen Âge. Bientôt, il faudra se prosterner devant elle.

La salade de légumes était beaucoup trop vinaigrée, et la commissaire fut tentée d'aller chercher autre chose au buffet. Mais elle ne voulait pas briser le climat de confidence qui s'était créé, ni interrompre cette conversation. Elle avala stoïquement ses poivrons acides et relança la conversation.

— C'est curieux, elle ne lui a pas donné son contrat.

— Il y manque encore une clause : la surface du cabanon mis à la disposition du Turc doit être mentionnée, d'après ce qu'elle nous a raconté à l'apéritif. Elle ira prendre les mesures après le déjeuner. Passionnant, hein ?

Viviane tenta d'imaginer la cohabitation entre Reine et L'Anime. Elle paraissait aussi scabreuse que sa danse de la pomme le soir précédent.

— Il paraît que les audiences du 14 juillet dans l'amphithéâtre, entre King et les cocos, vous intéressent. Vous voulez qu'on en parle, Viviane ?

L'Anime se montra d'une incroyable bonne volonté. Il répondit à toutes les questions, lentement, en pesant ses mots, en s'offrant de longs silences pour mieux déballer ses souvenirs avec une profusion de détails. Il rappelait à Viviane certains suspects qui avouent très poussivement, par fragments, jouant le contre-la-montre pour outrepasser les délais de garde à vue.

Mais L'Anime n'avait rien à avouer. Convoqué à 16 h 45, il était arrivé en avance et était tombé sur le Turc qui lui avait fait signe que King était encore en audience. Il avait donc patienté. Ayant vu repartir Clown, il était entré à son tour dans l'amphithéâtre pour trouver King en tenue de scène. Il confirma tout ce que Viviane savait, le trône, le haut-de-chausse et les gants, oui, King avait voulu faire forte impression.

L'Anime était lancé. King, expliqua-t-il, trouvait les spectacles trop prétentieux. Il venait de licencier Clown qui ne le faisait plus rire et, comme si cela ne suffisait pas, lui reprochait, à lui, son meilleur ami, de ne pas mobiliser l'ensemble des cocos et des Hétoilas pour créer une ambiance, rigolarde, bon enfant, populaire. L'Anime avait tenté de se défendre, et King avait attaqué de plus belle : le spectacle prévu pour la soirée était un bel exemple d'animation trop *intellectuelle*. Toute cette première partie où les cocos venaient faire le procès de King, ça ne faisait rire personne, et ça créait un mauvais climat. Il fallait la supprimer, commencer directement par les feux de Bengale, la danse autour du mannequin pendu, et finir par le retour de Napoléon.

— Et vous l'avez laissé chambouler votre projet sans le défendre ?

— Ben, à quoi ça aurait servi, puisque King était contre ?

L'Anime soupira et se tut. Il regarda sa montre, puis la table voisine que les autres cocos avaient désertée. Reine était restée seule : elle relisait le contrat en sirotant un café.

— Cela fait plus d'une demi-heure que nous parlons, Viviane. On va peut-être s'arrêter là.

— Il y a quelque chose qui vous gêne ? demanda la commissaire en désignant discrètement Reine du doigt.

L'Anime hocha la tête.

— Continuons au bar, proposa-t-elle. Je vous offre le café.

Ils s'installèrent à une table isolée, à l'ombre d'un parasol. L'Anime ôta la trousse qu'il portait en sautoir, et en extirpa une pipe longue et fine.

— Cela ne vous dérange pas que je fume ?

Bien sûr, que cela la dérangeait : il n'y avait pas un souffle d'air. Mais s'il commençait une pipe, il lui faudrait le temps de la fumer. Elle pourrait l'interroger tout à loisir.

— Allez-y. Elle est très jolie, d'ailleurs, très…

Elle ne trouva pas d'autre adjectif pour définir l'infâme objet qui allait l'empester, mais L'Anime vint à son secours.

— Vous alliez dire très féminine ? Vous avez raison, c'est un modèle pour ladies.

Il ôta le long filtre qu'il nettoya dans sa serviette, bourra le foyer d'un tabac grec aux fragrances d'encens, et Viviane sut qu'il lui faudrait être courageuse.

— Vous êtes sûre que…

— Non, non, j'aime bien, allez-y. Vous vouliez me parler de King et de sa femme ?

L'Anime hocha la tête en tassant son tabac. Il alluma sa pipe avant de reprendre la parole. Voulant trop bien répondre, il n'en finissait pas d'enchaîner des considérations trop longues, inutiles, sans intérêt. Viviane le regardait fumer, dégoûtée, humait l'encens, nauséeuse, et l'écoutait, déçue : ce qu'elle entendait confirmait ce qu'elle savait, les questions sans fin de King sur les relations de Reine avec chaque coco, ses inquiétudes.

— Et vous, L'Anime, qu'en pensez-vous ?

— J'en pense qu'il se minait pour rien. Il a fini par s'en rendre compte après avoir interrogé les cocos : personne ne s'intéressait à cette sainte nitouche. Si vous voulez mon avis, c'est Reine qui s'est amusée à lui faire croire ça pour jouer à l'intéressante. Ou par cruauté, pour le rendre jaloux. Regardez, vous la trouvez sexy, vous ?

À sa table, la chef du village rangeait les contrats dans une chemise et se levait. La commissaire choisit de ne pas répondre.

— Et donc, ce fameux jour…

— King attendait Reine qui ne venait pas. Moi, j'ai grimpé en haut du mât et j'ai fixé le projecteur pour la soirée. Je préfère le faire à la lumière du jour.

— À chaque soirée, vous devez systématiquement monter les projecteurs ? Ça pèse des tonnes, ces trucs-là, non ?

— Plus de cinquante kilos. Mais on les monte une fois pour toutes, en début de saison. Ils restent en place, protégés par des bâches. Je dois juste les débâcher, les faire glisser et les visser en bonne position. Pour cette soirée, il en fallait un en éclairage vertical, au-dessus du pendu. J'ai dû demander un coup de main à King pour desserrer un boulon qui me résistait.

— Vous étiez à deux sur l'échelle ?

— Ouh là, non, bien sûr. King tout seul, c'était déjà limite pour le poids. Je me suis installé sur la roue, et il est resté sur l'échelle. Il était plus fort que moi, il a desserré le boulon du premier coup, puis il est redescendu. Pourquoi vous me demandez ça ? C'est normal qu'une scénariste pose autant de questions ? Ces détails-là, vous pourriez les inventer…

— Le vécu a toujours plus de force. Et comment ça s'est terminé ?

— King s'est impatienté et m'a envoyé chercher Reine. Je l'ai croisée à la sortie de la plage. À notre arrivée, il nous a expliqué que, finalement, la discussion avec le Turc pouvait attendre – il était souvent comme ça, un peu versatile. L'urgent, selon lui, c'était le spectacle. Il voulait que Clown raconte de grosses blagues sous le pendu, et qu'on pose une couronne mortuaire au pied de la potence. Il nous a demandé de faire venir Clown pour préparer les gags avec lui, et de dénicher une couronne de fausses fleurs. Il pensait en avoir vu une à la réserve.

Reine et moi, on a eu du mal à convaincre Clown : il ne voulait plus entendre parler de rien, puisqu'il venait d'être viré. Puis dans la réserve, impossible de trouver la couronne. Et quand on est revenus tous les trois dans l'amphi, on n'a pas non plus trouvé King. Il y avait là un Chéri, flic dans le civil, qui disait avoir rendez-vous avec lui. On a fouillé ensemble, on a appelé sans succès. On a conclu à un nouveau caprice de King. Du coup, on a fermé le portail et ciao.

L'Anime aspirait avec de longs crachouillis sa pipe éteinte, et Viviane continuait à siroter lentement sa tasse vide. Elle imaginait les étapes de l'histoire qui s'enchaînaient, stupides et mortifères.

— Au fait, quelle a été la première personne à voir le pseudo-mannequin pendu ?

— C'est moi, une heure avant tout le monde. J'avais donné rendez-vous, un peu en avance, à deux Hétoilàs pour qu'ils m'aident à l'accrocher. Je suis parti pour l'amphithéâtre dès la fin du repas, accompagné par Piqûre qui voulait me parler : elle était bien embêtée par ce que King avait décidé. Non seulement il virait Clown, mais le poste d'infirmière était dévalorisé puisqu'il était question de mettre en place une permanence médicale, avec un toubib, chaque matin à l'accueil. Piqûre voulait que j'intercède auprès de King, j'ai préféré rester évasif.

Viviane n'aimait guère les digressions, elle avait du mal à suivre.

— Nous parlions du mannequin pendu…

— Ah oui ! J'ai proposé à Piqûre de monter avec moi à l'amphi, mais avec ses cent kilos, elle a préféré m'attendre en bas de l'escalier. Ça n'a pas été long : je me rappelle que la sono du restaurant lançait *Zorba le Grec* quand je l'ai laissée. Dès que j'ai passé le portail, voyant le mannequin déjà pendu au bout d'une corde jaune, j'ai cru que mes Hétoilàs avaient fait le job tout seuls. J'ai passé deux minutes en régie, à vérifier les éclairages. Quand j'ai retrouvé Piqûre et ses jérémiades, on n'en était qu'au bouzouki du final de *Zorba*.

Viviane soupira, lassée : il était gentil, L'Anime, mais il la noyait dans les détails. Elle en revint au fait :

— Qui l'a dépendu en fin de soirée ?

— L'Hétoilà qui a grimpé à l'échelle s'est étonné que le mannequin soit si lourd. Il m'a demandé de l'aide. C'est là qu'on a compris. On a appelé les cocos, le flic est descendu, on a demandé l'infirmière, mais c'était trop tard, bien sûr.

— Et qu'avez-vous fait de la corde ?

— Elle a dû rester là. On l'aura rangée sous la scène, comme on fait toujours pour ce qui traîne.

Voilà, c'était fini. La commissaire avait assisté à toute la tragédie.

— Reine m'a raconté que King lui avait demandé de venir jouer les interprètes quand il annoncerait au Turc son licenciement. Mais à quoi bon, puisqu'il avait changé d'avis ?

— Qu'est-ce que j'en sais, moi ? dit L'Anime en haussant ses maigres épaules. Il a dû décider ça à la dernière seconde.

— Il aurait pu décider de virer Clown *à la place* du Turc. À votre avis, l'un des deux était-il l'amant de Reine ?

L'Anime leva les yeux au ciel et haussa les épaules.

— Sûrement pas. Vous les avez vus, l'un et l'autre ? Et elle ?

En rangeant sa pipe, il regarda Viviane avec un sourire grave.

— Vous vouliez des détails, vous les avez. Je vais en ajouter un autre, très flou, subjectif, vous en ferez ce que vous voudrez : ce jour-là, King donnait l'impression de préparer sa mort. Il semblait savoir qu'il *devait* mourir. Une mort annoncée, comme on dit. Mais dans un scénario, ça ne passe sans doute pas…

Un appel par haut-parleur les interrompit :

— Viviane est demandée d'urgence à l'accueil.

La commissaire s'y rendit tranquillement : Willy avait dû réfléchir et trouver un nouvel assassin. On lui passa le téléphone, c'était Reine, affolée.

— Viviane ? Je suis chez le Turc. On l'a assassiné, c'est horrible. Venez vite.

CHAPITRE 12

Reine avait raison, c'était horrible. Assis devant sa petite table, face à la fenêtre de son poste de garde, le Turc avait basculé en avant. La nuque, largement entaillée de deux coups de hache, n'était plus qu'une béance de chairs et d'os, et d'hémoglobine qui coulait encore. La hache ensanglantée était posée à côté de sa tête, sur la table, le manche enveloppé dans un torchon maculé. Reine se tenait un mètre en arrière, paniquée, se tordant les mains.

— Ne touchez à rien, lui ordonna Viviane. On trouvera peut-être des empreintes digitales.

— Ils ont fait ça comme des bouchers. À mon Turc, mon pauvre vieux Turc. Lui qui était l'innocence même…

Viviane cherchait des mots idiots, des mots de circonstance. Elle ne trouva que des mots de flic.

— Il n'a pas souffert. Le premier coup aura été le bon ; il semble d'ailleurs n'avoir rien pu faire pour l'éviter. Vous permettez que je jette un coup d'œil ?

Le décor de la pièce était pauvre : quelques photos encadrées sur les murs de plâtre jauni, la table couverte de sang, deux chaises, un lit sous lequel était glissé un deuxième matelas.

— Celui de Kerim, son fils, précisa Reine.

La commissaire poursuivit son inspection : une armoire, une porte vitrée qui donnait sur une cour, un évier. Sur la paillasse, la vaisselle propre, retournée, n'était pas essuyée : la gamelle, un verre, des couverts. Le Turc avait même rincé la bouteille vide de muscat de Samos.

— À votre avis, il l'a siphonnée seul, ou avec son fils ?

— Tout seul. Kerim est un musulman très strict, il ne boit jamais d'alcool. Mais le père buvait pour deux, il descendait facilement sa bouteille à chaque repas. Excusez-moi, je me sens mal.

Elle sortit en laissant la porte ouverte. Viviane l'entendit vomir. Des gros haut-le-cœur qui faisaient pitié. En sortant du cagibi des toilettes, Reine alla se rafraîchir au robinet de la cour, renversant au passage des bouteilles qui séchaient au soleil.

— Qu'est-ce que c'est, toutes ces bouteilles ? demanda Viviane. Il les collectionnait ?

— Il les ramassait pour les revendre ; avec ce qu'il gagnait, le pauvre, tout était bon à prendre.

Viviane lui jeta un regard compatissant. Cette femme tentait de paraître forte, mais tout son corps appelait au secours.

— Peut-on laisser la police grecque en dehors de ça, commissaire ? Ça m'éviterait de gros ennuis.

— Impossible, Reine.

Du sang, un meurtre, tout cela donnait à Viviane une terrible envie de redevenir commissaire, d'enquêter avant l'arrivée de ses collègues.

— À votre avis, Reine, quelle est la dernière personne à avoir vu le Turc vivant ?

— Nous tous, à table, quand il est parti avec les bouteilles. Ensuite, on ne sait pas. En tout cas, il a retrouvé son fils Kerim pour prendre son relais à la barrière.

— La dernière personne, c'est donc Kerim.

— Bien sûr, mais vous n'allez quand même pas soupçonner son fils ? C'est un brave gars, handicapé.

— Pouvaient-ils avoir des motifs de dispute ?

Reine haussa les épaules.

— On en trouve toujours, si on en cherche. Avant, il y avait ce chat noir, Sixiz, que Kerim détestait : ici, dans l'île, tous les chats sont roux. Un chat noir, c'est le démon, et les musulmans ont en horreur tout ce qui peut évoquer Chaïtan, le diable. Mais maintenant, Sixiz est mort, ce n'est donc pas ça.

— Et la présence de vin à la maison ?

— Kerim n'aurait pas tué son père pour si peu. Le Turc buvait beaucoup, ce que son fils réprouvait, conformément à l'islam, et ça s'arrêtait là.

— Pouvait-il avoir un intérêt à tuer son père ?

— En poussant loin, Kerim pouvait vouloir prendre son job, maintenant que le père avait un bon contrat. Tandis que le fils, lui, courait d'un boulot à l'autre : garde-barrière le matin, plongeur l'après-midi, et serveur la nuit. Mais ce n'est pas Kerim, impossible.

— Eh bien, si c'est impossible et si vous ne voulez pas d'ennuis, vous présenterez ça aux flics comme le crime d'un rôdeur venu voler…

— Que voulez-vous qu'on vienne voler ici ?

Viviane observa les bouteilles vides, revint dans la pièce, ouvrit l'armoire, regarda sous l'évier, et répondit :

— Une bouteille de muscat. Vous en aviez donné deux.

Elle reprit sa fouille, inspectant les tiroirs, mais Reine la suivait comme une fillette, examinant les mêmes meubles, les mêmes piles de linge.

— Que cherchez-vous, Viviane ?

La commissaire sentit monter l'énervement. Elle ne supportait pas de faire son travail sous contrôle.

— Je cherche à comprendre. Ne vous occupez pas de moi, allez appeler la police et au passage, profitez-en pour fouiner à côté, autour de la cour et dans le bois, au cas où la bouteille traînerait à proximité.

Reine ne put cacher un soupir de soulagement et sortit. Viviane termina sa fouille, plus tranquille. Elle avait retrouvé ses gestes habituels, plus rapides, son regard, plus minutieux. Mais la question de Reine la perturbait : elle ignorait ce qu'elle cherchait. Il fallait faire vite, ses collègues grecs allaient arriver.

Un cri d'horreur la fit sursauter. C'était encore Reine, plantée un peu plus loin, devant une petite fosse, au pied d'un arbre.

— Venez voir : l'assassin est un fou ! Ou un illuminé ! Regardez, il a saccagé la tombe du chat.

Oh oui ! Un fou, Viviane en était bien d'accord ! Elle rejoignit Reine et lui adressa un sourire emberlificoté.

— C'est là qu'il est enterré ? Euh, tout me paraît normal.

— Enfin, vous, vous ne remarquez rien ? La plaque funéraire a été déplacée et remise à l'envers, tête en bas : le chat s'appelait Sixiz, pas Zixis. Il y a une bêche dans la cour, je vais la chercher.

Viviane la suivit, embarrassée : était-il encore temps de tout lui dire ? Trop tard, Reine avait commencé à creuser. Elle s'arrêta enfin, montrant la fosse vide.

— Maintenant, il n'y a plus de doute, ils ont volé le cadavre.

Elle s'assit à même le sol, posa la tête entre les mains. Viviane l'observait, apitoyée. Les épaules de Reine étaient secouées de sanglots. Elle semblait encore plus paniquée par le vol du chat que par la mort du Turc.

— Vous avez entendu ? dit-elle en relevant la tête. Il y a eu un bruit de porte qu'on claque. Vous ne voulez pas aller voir, Viviane ?

La commissaire obéit, agacée : sous l'emprise de la peur, Reine redevenait la reine, et la traitait en domestique. Elle ne trouva personne, bien sûr, et revint tranquilliser la jeune femme qui achevait de combler le trou.

— Ne m'en veuillez pas, Viviane. J'ai toujours été terrifiée par les histoires de surnaturel, les trucs de sorciers, de magie : à moi aussi, ce chat noir faisait peur. Il est peut-être ressuscité, ou devenu vampire.

Elle releva la tête. Son visage était ravagé. À cet instant, quelques coups de klaxon retentirent : les policiers arrivaient.

— Évitez les complications, ne leur parlez pas du chat, recommanda Viviane. Maintenez la version du rôdeur. Vous pouvez informer les cocos et kikis, mais demandez-leur de rester discrets.

— Vous partez ? Vous ne voulez pas rester avec moi pour expliquer l'affaire à la police ?

— À quel titre ? Je ne suis pas concernée, je n'ai été témoin de rien. Ici, je ne suis que scénariste. Je vous laisse.

Viviane s'éclipsa vers le bois, soulagée. C'était la première fois qu'elle pouvait se défausser d'une enquête. Elle avait pourtant un petit regret : elle aurait voulu rester dans la cahute. Un détail clochait, elle en était certaine, elle l'avait enregistré, mais sans le voir. Elle avait un autre regret, plus pesant, celui de ne pas savoir cornaquer son abruti d'adjoint. Elle se souvint des gaffes de Monot à ses débuts, le cadavre déplacé, la pièce à conviction avalée, le faux scoop aux médias : tout cela lui paraissait soudain véniel, presque charmant. Pourquoi s'était-elle encombrée d'un lieutenant aussi calamiteux ?

La commissaire sentait bouillir une rage qu'elle était pressée d'évacuer, elle avait besoin d'être méchante, et Willy ne revenait toujours pas. Elle passa à l'accueil, lut le panneau des activités du jour, et décida de n'être méchante qu'avec elle-même : c'était l'heure de l'atelier « danses de salon ».

Kiki Valseuse était une petite femme vieillissante, aux cheveux gris et courts, aux lèvres aussi fines que le corps, sans graisse, sans douceur, une femme en os. Elle ressemblait à ses deux frêles Hétoilàs qu'elle présenta en jetant un regard consterné à ses six élèves, rien que des Chéries.

— Aujourd'hui, nous verrons le tango, la plus sensuelle des danses de couple. Mais je n'ai que Manolo et Robert, il en faudra une ou deux pour faire l'homme. Qui veut s'y coller ?

Viviane observa les autres sans enthousiasme : elles étaient trop dodues, trop bonasses. Elle n'avait envie de se coller contre personne, à part Manolo et Robert.

— Vous y passerez toutes à tour de rôle, décréta Valseuse. Alors, qui se dévoue pour commencer ?

Un joyeux « Attendez, j'arrive » lui répondit. C'était Fredo, le séducteur à la pomme, qui lança à la commissaire une œillade conquérante.

— Je fais l'homme ! annonça Viviane, en s'emparant d'une blonde aux seins rebondissants.

Les autres couples se formèrent et le bandonéon gémit ses premières notes.

Le temps d'apprendre les huit pas de base, ceux de *la salida*, Viviane savait que sa partenaire s'appelait Mireille, qu'elle trouvait le club très bien pour une femme seule, qu'elle ne ratait aucun des cours de danse depuis son arrivée, qu'elle avait déjà appris la salsa cubaine, le mambo et la polka, bien utiles pour se sentir moins gourde le soir à la boîte, on y faisait facilement des connaissances…

— Je vous dis ça au cas où. Le play-boy qu'on voit parfois en votre compagnie, demanda-t-elle à Viviane, vous n'êtes pas vraiment avec lui, n'est-ce pas ?

— Non, pas vraiment, c'est juste un copain.

— Je me disais bien aussi…

La commissaire accusa le coup. Qu'est-ce qui lui permettait, à cette dondon, de *bien se dire aussi* ? Insouciante, Mireille continuait :

— Il ne s'ennuie pas le soir en boîte. C'est un chaud bouillant, celui-là. Si vous saviez !

Viviane ne voulait rien savoir de plus sur Willy, ni comment il dansait, ni comment il finissait ses nuits.

— Il est temps de changer, non ? demanda-t-elle à Valseuse.

Les couples se disloquèrent. Fredo se précipita vers la commissaire, mais pas assez vite pour devancer Robert.

Valseuse lança *La Cumparsita*, et Viviane sentit son cavalier la plaquer contre elle. Ce n'était pas désagréable, mais le buste de Robert était froid, plat et professionnel. Il la conduisait fermement, s'arrêtant parfois pour lui préciser les pas : « C'est comme dans la vie, l'homme avance et la femme recule », commenta-t-il avec un sourire appuyé. Combien de fois avait-il sorti cette plaisanterie poussive ? La commissaire en eut presque les larmes aux yeux. Oui, c'était comme ça dans sa vie : les hommes s'avançaient vers elle, et elle reculait.

Au fil de la leçon, elle changea plusieurs fois de cavalier, de cavalière, elle eut même droit à Fredo, elle découvrit les variantes du pas de *salida, « la hesitacion corse* », le « *ocho par atrás* », les *firulete*[1]. Elle découvrit surtout qu'elle y prenait goût. Il lui semblait ne pas trop mal se débrouiller : Manolo, qui avait pris le relais, faisait durer la séquence en sa compagnie. Elle se laissait porter par les accords des violons, par les mouvements d'épaule de son cavalier.

— T'as déjà dansé le tango ? Non ? Eh bien, t'es vraiment douée. T'as un truc, pour si bien mémoriser et enchaîner tes pas ?

Oui, elle avait un truc. Un truc merveilleux. Elle imaginait danser avec Augustin Monot. La main chaude qui la tenait doucement, le buste plaqué contre le sien, les jambes qui glissaient lascivement les unes entre les autres, tout cela, c'était Monot.

Et puis le tango, c'était le seul progrès dont elle pouvait être fière depuis le début de cette enquête : elle avait découvert une danse inventée pour elle. Viviane était fatiguée, elle sentait poindre des brûlures d'estomac – les légumes trop vinaigrés, certainement –, elle avait mal aux pieds et le cœur au bord des lèvres, mais elle n'aurait arrêté pour rien au monde.

À la fin du cours, Valseuse rassembla ses élèves.

— Maintenant que vous savez toutes bien danser, je vous propose le DVD souvenir : chacune pourra se faire filmer par Robert, pendant qu'elle

1. La sortie, l'hésitation brève, le huit arrière, les ornements.

danse un long tango avec Manolo. C'est 30 euros, en liquide.

Un prix extravagant, que la commissaire paya d'un cœur léger avant de se lover contre Manolo. Il lui fallait ce souvenir, ces images de bonheur qui, les mois prochains à Paris, lui feraient peut-être oublier l'horrible image du Turc, la nuque entaillée, baignant dans son sang. Mais le tango ne pourrait jamais chasser l'autre image, plus déprimante encore, celle de la fosse de Sixiz, la fosse vide où ne gisait que la sottise de son adjoint.

Il n'y avait bien sûr aucun rapport, mais plus la commissaire attendait Willy, plus ses brûlures d'estomac la torturaient. Elle se rendit à l'infirmerie.

Kiki Piqûre avait un visage de madone de Raphaël collé par erreur sur un corps obèse de Botero. Elle accueillit Viviane avec un doux sourire, l'écouta exposer ses souffrances et sortit d'une armoire une boîte de sachets.

— Voici un équivalent de l'oméprazole, en plus efficace. Ça vous fera 18 euros.

— Elles sont chères, chez vous, les brûlures, s'étonna Viviane.

— Dites donc, je vais acheter les médicaments en ville, je gère le stock, et je supporte les risques d'invendus : il est normal que je prenne une marge. Si vous préférez aller à la pharmacie de Lindos, je vous laisse vous débrouiller. Et il vous faudra une ordonnance.

Viviane paya, résignée. À ce prix-là, elle voulut s'offrir une interview en prime.

— L'Anime m'a raconté votre discussion le soir

de la pendaison, quand il allait vers l'amphi. C'est dommage : si vous étiez montée avec lui, vous qui êtes infirmière, vous auriez aussitôt remarqué que le mannequin pendu était un cadavre.

— L'Anime n'a fait qu'un saut, il en a eu pour trois minutes. Je m'en souviens, c'était le temps d'un *Zorba*.

— Justement, vous auriez pu l'accompagner.

— Non, moi et mes kilos, on ne grimpe les escaliers que lorsqu'on n'a pas le choix.

Piqûre regarda Viviane, comme si sa remarque avait été inepte, avant d'ajouter : « Vous, vous pouvez comprendre ça, je pense. »

Elle la fixa plus intensément encore, comme si elle cherchait une solution à quelque mystérieux problème.

— D'ailleurs, si ça vous intéresse, j'ai des pilules coupe-faim à base d'algues. C'est 32 euros mais je vous les fais à 30.

Viviane soupira, stoïque. Elle avait mené bien des interrogatoires dans sa carrière, obtenu des aveux ou des révélations par la surprise, la menace, la douceur, la complicité. Mais elle n'avait encore jamais essayé l'argent : elle acheta les pilules.

Piqûre se montra mieux disposée à bavarder. Elle confirma les propos de L'Anime. Pour elle, les décisions de King étaient une catastrophe. Non seulement Clown, son mari, était licencié, mais cette lubie d'installer une permanence médicale au club allait diviser par deux les revenus du couple.

— Vous auriez pu demander à Reine d'intercéder ?

— Avec elle, je n'avais aucune chance, elle est encore pire que King.

— Ce ne devait pas être gai, votre tablée, le soir du 14 juillet.

— On était tous furieux, pas seulement Clown et moi, mais les cocos et kikis. Vous comprenez, on a chacun nos petits arrangements pour arrondir les fins de mois, mais King avait décidé de tout réintégrer dans le chiffre d'affaires du club. On était assez remontés, on a beaucoup bu, ça a créé une drôle d'ambiance.

Une ambiance prérévolutionnaire, eut envie de lui souffler Viviane. Elle imaginait le groupe qui s'échauffait…

— Au fait, qui y avait-il à table ce soir-là ?

Piqûre compta sur ses doigts.

— Clown et moi, bien sûr, Valseuse avec ses Hétoilàs Robert et Manolo, Muscule, Plouf, Cuistot qui est sorti presque tout le temps pour surveiller les plats, Vent-Debout et un de ses Hétoilàs, Picole et Tournevis. En fait, tous les kikis et cocos, sauf Reine et L'Anime.

Au fil des noms cités, Viviane passait en revue les combines de chacun : les médicaments de Piqûre, la cordonnerie de Clown, les DVD de Valseuse, les lotions de Muscule, les cours de natation de Plouf, les stocks fantômes de Tournevis. Il ne lui manquait que les à-côtés de Cuistot, Vent-Debout et Picole. Le King avait voulu taxer tout cela, il l'avait payé cher.

— Un 14 juillet, on peut envisager la condamnation à mort du roi. Disons même du King. Si vous aviez pu la voter, il y aurait eu la majorité ?

— Dites plutôt l'unanimité.

— L'unanimité, vous en êtes certaine ?

— Croyez-le ou non, *le vote a eu lieu.* C'est Clown qui a lancé ça pour rire. Ils étaient tous bourrés, sauf moi qui ne bois pas.

Dans les enquêtes, il arrive toujours un moment où l'on déplace une pièce du puzzle, et où les autres s'emboîtent alors plus facilement. Là, les pièces trouvaient peu à peu leur position, mais il en manquait deux au milieu : lequel des convives avait voté en sachant que la sentence était *déjà* exécutée ? Et comment avait-il fait ? Une troisième pièce manquante venait tout perturber, c'était le meurtre du Turc : elle pouvait innocenter L'Anime qui, ce jour-là, était resté déjeuner avec Viviane et Reine, qui avait quitté la table bien après tout le monde. Mais parmi les autres, comment trouver le ou les coupables ? Ils pouvaient tous l'être. *Tous, ou tous ensemble ?* Rien n'était exclu.

— Vous faut-il autre chose ?

La commissaire était si absorbée dans sa réflexion qu'elle en avait oublié Piqûre, prête à refermer son armoire.

— Et Picole, où les trouvait-il, ses petits arrangements ? demanda-t-elle.

Piqûre éclata d'un grand rire.

— Vous n'êtes jamais allée à la boîte de nuit ? Allez-y, et commandez donc un papagalo !

Cette femme avait la confidence aussi facile que le rire. Elle créait immédiatement un climat de bonne entente, et la commissaire comprit soudain pourquoi : à la différence des cocos et kikis, elle ne cherchait pas à se rendre sympathique, elle ne s'y sentait pas tenue. Viviane aurait aimé prolonger la conversation, sans trop savoir quelles questions poser, mais on frappa à la porte : un Chéri s'était ouvert le genou sur un rocher. Il était temps pour la commissaire de laisser place aux vrais patients.

CHAPITRE 13

Willy rentra de Rhodes un peu plus tard. Viviane lui raconta la journée, lentement, froidement, toute fureur rentrée. La honte de son lieutenant, sa tête qui fléchissait, son corps qui se ployait, suffisaient à calmer sa colère. Pour terminer, elle lui fit part de ses réflexions, de ses interrogations. Il écoutait sans un mot.

— Vous croyez vraiment qu'on peut poignarder et pendre un homme pour quelques euros de plus ? demanda-t-il enfin.

— Nous ne connaissons pas les combines de chacun. L'un ou l'autre avait peut-être beaucoup plus à gagner.

— Pour Vent-Debout, j'ai la réponse : il organise des séances de méditation panthéiste la nuit sur la plage.

— De la méditation panthéiste ? Vous y êtes allé ? Pourquoi ne m'en avez-vous jamais parlé ?

— Je n'y ai pas mis les pieds, ça ne me dit rien, et si je ne vous en ai pas parlé, c'est parce que vous ne vous intéressez qu'à votre enquête. J'ai l'impression de la polluer avec chaque anecdote que je vous raconte à propos du club. Tenez, par exemple, *la mer sous la lune*, de Picole…

— Eh bien, racontez-moi ça, allez-y, polluez, polluez !

— C'est une sortie en mer qu'il propose en dinghy, la nuit, après la fermeture de la boîte. La balade est gratuite, mais il y a très peu d'amateurs, tellement c'est rasoir. Il sort parfois seul, pour le plaisir. J'y suis allé hier, ça m'a suffi : il part au large, coupe le moteur, et débite pendant une heure des platitudes du genre : « Écoute comme c'est beau, le silence de la mer. Regarde comme c'est grand, la nuit. » Là-dessus, on rentre. Enfin, on essaie de rentrer : le moteur cale souvent. Ça nous est arrivé hier.

Il hésita, puis demanda :

— Et maintenant, qu'est-ce qu'on fait ?

— Dans votre cas, rien, lieutenant Cruyff. Je ne peux pas vous mettre aux arrêts, mais désormais je vous interdis de faire quoi que ce soit sans mon autorisation. On ne se lâche plus. Là, maintenant, vous allez m'accompagner sur le petit sentier qui mène au belvédère.

Il hocha la tête et entraîna Viviane vers la plage.

— Nous aurions pu couper par la pelouse, fit-elle remarquer. Nous aurions gagné du temps.

— On peut difficilement passer : même en franchissant le rideau de berberis plein d'épines, le sentier est quelques mètres en contrebas. Je suis allé voir ça l'autre soir, après la soirée Couples.

Ils longèrent la partie gauche de la plage, entrèrent dans la zone de pierrailles et de buissons, ignorèrent quelques Chéries qui s'y abritaient pour bronzer en toute indécence, croisèrent une Hétoilà qui leur lança un sourire complice et découvrirent un début de sentier caillouteux, d'un mètre de large, qui sinuait entre les épineux puis grimpait rapidement. Elle fit passer Willy devant. Les pierres roulaient sous les pieds de Viviane ; à droite, l'aval était de plus en plus abrupt. Elle récitait comme un mantra le poème de *La Loreley* qu'elle venait d'apprendre :

Chevaliers laissez-moi monter sur ce rocher si haut
Pour voir une fois encore mon beau château…

Elle sentait ses jambes flageoler et gardait les yeux fixés sur les sandales de Willy. Elle ne voulait plus rien voir d'autre.

Pour me mirer une fois encore dans le fleuve
Puis j'irai au couvent des vierges et des veuves

— Le sentier se resserre, nous approchons de l'amphithéâtre, annonça le lieutenant. Oh, regardez en bas, comme c'est beau !

Viviane ne regardait rien, elle restait concentrée.

Là-haut le vent tordait ses cheveux déroulés
Les chevaliers criaient Loreley Loreley

— Vous avez vu, par terre ?

Une petite Vénus était posée sur un socle. Au-delà, le chemin n'était plus qu'une piste qui se resserrait et tournait à angle droit.

Tout là-bas sur le Rhin s'en vient une nacelle
Et mon amant s'y tient il m'a vue il m'appelle

Elle s'en fichait, de la Vénus. Ce qui l'inquiétait, c'était la suite du poème.

Mon cœur devient si doux, c'est mon amant qui vient
Elle se penche alors et tombe dans le Rhin

— Continuez sans moi, je me sens mal, Willy.

— Il n'en est pas question : vous ne me lâchez plus, ce sont vos ordres. Prenez ma main.

Il avait dit ça avec un bon sourire, sans perfidie. Elle fit un pas vers lui, accrocha sa main. Elle était chaude et douce.

— Un effort, Viviane : juste après le virage, il y a une rampe de bois vissée sur la paroi. Vous pourrez vous y tenir, et là, nous y serons presque. Regardez-moi bien.

Il se tournait constamment vers elle pour l'encourager. Elle avançait, les yeux dans les yeux du lieutenant. Cela marchait encore mieux que La Loreley. Ils étaient noisette, elle ne l'avait jamais remarqué. Noisette et rassurants. Un peu plus loin, le sentier redevint un chemin, presque un boulevard d'un mètre de large. Ils étaient arrivés sur le plateau.

Le pouls de Viviane battait la chamade. Des vacances lui revenaient en mémoire, celles de son adolescence à Perros-Guirec : un jour, elle avait nagé avec un garçon jusqu'à une barque amarrée au loin, à bord de laquelle ils s'étaient hissés. Cette excitation devant la soudaine solitude après la tension… elle se rendit compte qu'elle avait gardé la main de Willy dans la sienne, et la lâcha en rougissant.

— Quelqu'un est venu ici, remarqua-t-il, les deux chaises longues ont été déplacées. L'autre jour, elles étaient presque cachées par les buissons.

— Vous êtes sûr ?

— On voit même leur marque, dans la terre.

Il déplaça les chaises longues, les remit dans leurs traces. Elle le regardait faire, sentant venir une palpitation familière : une pièce du puzzle allait s'emboîter. Elle ne savait laquelle, elle avait du mal à se concentrer. Sa réflexion était troublée par le souvenir de la main chaude de Willy, l'exaltation de la peur dominée, l'étrangeté de leur situation, la brise douce, presque romantique qui soufflait. Elle se pencha sur la table d'orientation où apparaissait, en couleur ocre, une côte turque que l'on ne voyait pas. De l'autre côté, le sommet de la sinistre potence dominait le mur.

Devant le lieutenant médusé, Viviane se coucha sur la première chaise longue, la plus abritée, et l'essaya dans toutes les positions : la potence restait invisible. Elle changea alors de chaise longue, refit le test, aperçut le bord de la roue métallique qui coiffait la potence.

Willy l'observait sans comprendre.

— C'est beau, hein, Viviane, ce grand panorama…

— Le plus beau, c'est une toute petite pièce de puzzle. Vous ne l'avez pas vue ?

Il scruta le sol. Il était mignon, trop benêt. Elle l'emmena vers la descente et, cette fois, lui prit d'emblée la main.

— Tout ce que nous venons de voir, gardez-le pour vous, enjoignit la commissaire à son lieutenant en arrivant sur la plage.

— Mais… nous n'avons pas vu grand-chose.

— Eh bien, il fallait regarder. Vous dînez avec moi, ce soir ?

— Non, j'ai rendez-vous avec l'équipe de volley, celle du tournoi multisports de mercredi.

Elle haussa les épaules et le planta là. Il faisait affreusement lourd en cette fin d'après-midi, et elle alla se rafraîchir avant de se détendre à la piscine. Au moment où elle entrait dans sa douche, son portable sonna. C'était le Tout-Puissant.

— Je ne vous dérange pas, ma petite Viviane ?

Si. Elle trouvait même gênant de parler, intégralement nue, à son supérieur hiérarchique. À choisir, elle aurait préféré un appel d'Augustin Monot, mais comment le lui dire ?

— Je viens aux nouvelles, notre ministre s'impatiente.

Viviane raconta l'épisode de la sniffeuse noyée et eut droit à quelques grognements satisfaits.

— Bien, ma petite Viviane. Affaire classée sans faire de vagues, c'est essentiel. Et comment ça se passe avec le lieutenant Cruyff ?

Devait-elle raconter que Willy avait fait un tabac au karaoké, qu'il s'amusait, la nuit, à déterrer des cadavres de chats ? Elle lui fit part de l'assassinat du Turc, qu'elle attribua à un rôdeur.

— C'est accessoire, ça. Ne vous dispersez pas. Notre affaire, c'est le pendu. Vous avez un suspect ?

Viviane avoua qu'elle en avait plusieurs, toute une tablée. Comme le Tout-Puissant ne semblait pas s'en satisfaire, elle ajouta qu'il y avait peut-être une piste, un éventuel amant de l'épouse. C'était un peu improvisé, mais mieux que rien.

— Ah, voilà qui me paraît plus sérieux. « Cherchez la femme », on ne le dira jamais assez. Allez-y, investiguez et rappelez-moi samedi matin, mais tôt : ensuite je pars à la chasse avec le ministre, il me faut quelque chose à lui raconter.

Elle le remercia, sans savoir de quoi, et fila à la piscine : elle avait besoin de plonger pour tout oublier.

La plupart des baigneurs étaient déjà rentrés se changer. Dans la piscine, Plouf donnait une leçon de brasse à une grosse bouée bleue qui, vue de plus près, s'avéra être une Chérie.

Allongées sur le ventre, deux jeunes femmes papotaient en observant la scène. Elles n'avaient pas vu Viviane approcher.

— La pauvre Plouf, elle s'amuse moins qu'avec son latin lover.

— Willy ? Celui-là, quand il sort de la piscine, je l'emmènerais bien chez moi pour l'essuyer partout, partout, en faisant ça au sèche-cheveux.

Elles avaient encore baissé la voix : Viviane n'entendit plus qu'un susurrement entrecoupé de petits rires grivois.

— Il est avec qui, tu dis ? La barrique d'huile d'olive ?

— Oui, la petite rondouillarde. Je me demande ce qu'il peut lui trouver.

Il y eut un long silence évocateur, et la seconde ajouta :

— En tout cas, si ça t'intéresse, le soir, en boîte, elle lui laisse quartier libre. Là, je peux te dire qu'il se rattrape.

Viviane fit demi-tour. Inutile de se baigner, elle était assez refroidie. Elle alla frapper à la porte de son adjoint. Willy apparut, souriant, une serviette autour des reins. On aurait dit une publicité pour un déodorant.

— J'avais oublié de vous prévenir : ce soir, je vous emmène en boîte de nuit.

Il fit une grimace d'enfant puni.

— Mais j'ai prévu d'y aller avec quelqu'un d'autre !

— Ça ne me gêne pas. Vous expliquerez à la quelqu'une d'autre que vous chaudbouillerez avec elle un autre jour.

Sa grimace ressemblait maintenant à celle d'un enfant *injustement* puni. La commissaire tourna les talons, elle ne voulait pas avoir pitié de lui.

Elle dîna à une table de Lyonnais fraîchement débarqués qui, tout en se plaignant de la médiocrité de leurs brochettes, confrontaient leurs souvenirs de fractures et d'entorses. Ayant épuisé le sujet, ils se lancèrent dans une comparaison des hôpitaux de la région. Viviane restait muette, et les convives s'en inquiétèrent, tentèrent quelques

« Et vous ? », mais ils eurent beau faire, elle était ailleurs.

Elle se leva, passa et repassa devant la table des cocos, observant attentivement leurs assiettes, puis se dirigea vers le gril.

— Je viens chercher deux brochettes pour Kiki Piqûre.

L'Hétoilà qui officiait au gril jeta un coup d'œil à la table des cocos, cherchant le regard de Piqûre, mais celle-ci lui tournait le dos. Haussant les épaules, il se pencha sous le gril de réserve de la parilla, et sortit deux brochettes en métal.

Viviane repartit les déguster à sa table : rien à voir avec ce qu'on servait aux Chéris. Elles étaient parfumées, juteuses, savoureuses. Mais le plus savoureux, c'était de subodorer le petit commerce de Cuistot.

Elle aurait dû s'en satisfaire, mais elle repensait à cette folle journée, à l'assassinat du Turc, à la profanation de la tombe de Sixiz, aux révélations qu'elle avait recueillies, à sa vertigineuse ascension sur le sentier, à la première pièce du puzzle qui commençait à s'emboîter, et la même question revenait, lancinante : « Comment s'habiller pour aller en boîte dans un club de vacances ? »

CHAPITRE 14

Viviane se posait encore la question deux heures plus tard, face à son miroir. Le sac de voyage avait été déballé, et elle devait se faire une raison : jamais, en partant pour cette enquête, elle n'avait prévu de virée en boîte de nuit. La sonnerie de son portable interrompit sa réflexion : c'était Augustin Monot.

— Désolé pour l'autre jour, commissaire, j'ai dû vous paraître laconique au téléphone, mais j'avais Priscilla Smet en face de moi. Nous préparions l'émission sur M6.

Viviane s'empressa de le rassurer : mais non, pas du tout, elle n'avait rien remarqué de particulier, elle s'était doutée que, tout comme elle, il avait beaucoup de *vrai* travail. Rien d'étonnant à ce qu'il ait besoin de s'accorder des pauses détente avec cette fille du ministère dont elle oubliait toujours le nom, euh, Patricia Spot, c'était ça ?

Monot fit mine de n'avoir rien entendu.

— J'ai enquêté sur votre toxicomane de Niort, j'ai téléphoné à ses deux colocataires et à une copine d'intérim. Ça colle, et ça ne colle pas. Elle était du genre célibataire fantasque. Elle prenait des antidépresseurs et buvait sec à l'occasion, mais ne fumait pas, ne se droguait pas, les trois filles sont formelles. Une ligne de coke, en vacances, un soir de folie, pourquoi pas ? Mais plusieurs doses en réserve dans sa valise, elle n'en avait pas les moyens. Quant à jouer les dealers, elle en aurait été incapable : trop timide, trop trouillarde.

Et voilà ! Non seulement il venait lui parler boulot, mais il gâchait le sien. Elle n'allait quand même pas rouvrir ce dossier alors que le Tout-Puissant l'avait félicitée de sa bonne clôture. Heureusement, Monot avait déjà changé de sujet.

— Vous aviez d'autres questions ? Ça se passe bien avec Cruyff ?

Elle lâcha, en soupirant, un « Oui, très bien, disons aussi bien que possible » plein de subtils sous-entendus. Mais les sous-entendus devaient être trop subtils, Augustin ne les releva pas.

— Tant mieux. À bientôt commissaire.

Il ne pouvait pas s'enfuir si vite, elle avait à peine entendu sa voix. Elle improvisa, presque éperdument :

— Qu'est-ce que vous lisez de beau, en ce moment, Monot ?

— Le manuel de procédure pénale. Je vais d'ailleurs m'y replonger. Bonne soirée !

Il avait raccroché, le goujat. On frappa à la porte : Willy venait la chercher, beau comme un prince des ténèbres. Elle le suivit, telle qu'elle était : à peine maquillée, en saharienne et pantalon assorti, un tee-shirt noir. Elle avait eu un peu plus de choix dans sa trousse à bijoux : elle portait un petit collier de métal gris et des boucles d'oreilles en rappel de couleur de ses escarpins. Le lieutenant allait adorer.

Il osa un petit sifflement admiratif ; c'était décidément un type avec lequel on ne pouvait pas se fâcher bien longtemps.

— Désolé, je vous ai fait attendre : j'étais à la soirée Multi-Clubs, celle où on présente tous les villages L'Esprit Club, pour donner des idées à ceux qui ne les connaîtraient pas.

— Ce n'est pas un peu tard pour la boîte de nuit ?

— Non, c'est encore un peu tôt. Les habitués sont surtout des jeunes, alors ils ont des horaires de jeunes. Rien à voir avec nous.

Elle ignora la remarque, mais son amour-propre en fut égratigné. Elle se contenta de jouer les étonnées.

— Il y a des jeunes, ici ?

— Évidemment, mais vous les voyez rarement. Vous venez toujours à l'ouverture du buffet, vous ne traînez qu'à la piscine, pas à la plage, vous ne participez pas aux tournois sportifs. Et encore, là, c'est pour les jeunes de jour. Je ne vous parle pas des jeunes de nuit, ceux qui commencent leur journée quand la vôtre se termine. Ceux-là, vous ne les croiserez jamais.

— J'en ai quand même croisé une, Willy, celle que vous m'avez présentée à la piscine, à 5 heures du matin. Je la connais même mieux que vous.

Viviane lui raconta les échos recueillis par Monot.

— Alors, qu'est-ce qu'on fait, commissaire ?

— On ne fait pas de vagues, Willy. On oublie, on laisse tomber. La pire faute professionnelle, pour des flics, c'est le zèle.

Le lieutenant s'arrêta, la regarda dans les yeux. Il fallait lui expliquer, à cet innocent, il était là pour apprendre.

— Nous ne sommes pas les forces du bien contre les forces du mal, Willy, pas même les gentils contre les méchants. Nous sommes des oiseaux de proie qui cherchons un animal dans un paysage. Il faut ignorer le paysage si l'on veut trouver l'animal.

Le lieutenant hocha la tête et repartit. Il marchait vite, trop vite, en gravissant la butte d'où provenait la musique, derrière un rideau de citronniers. Elle aurait aimé lui demander de ralentir, mais cela ne faisait pas très jeune.

L'arrivée de Willy fut joyeusement accueillie par des « Voilà Oui-Oui ! », celle de Viviane par un long silence.

La boîte de nuit était une simple dalle de béton entourée de quelques chaises. Un peu en retrait, des tables de bois couvertes d'une plaque de verre étaient installées en cercle. Dans un coin, une cabine de toile faisait office de bar. Picole y régnait, houspillant ses quatre Hétoilàs, qui couraient de table en table, s'arrêtant parfois pour jouer les meneurs ou meneuses dans les danses en groupe. Viviane chercha Kerim, mais il ne semblait pas être de service. Parmi les danseurs, elle reconnut Mireille, celle qui avait été sa femme, le temps de quelques tangos ; en proie au démon de la salsa, la Chérie était affairée à se tortiller devant un quinqua replet se trémoussant en un rythme incertain.

— Ça vous dit, Viviane ?

— Non merci, la salsa et moi, on ne se fréquente pas.

Le lieutenant lui offrit un soupir compatissant et gagna la piste.

La commissaire s'assit pour observer tout cela. Tout cela et Willy : il avait rejoint la grande brune de l'autre soir, la greluche aux seins pointus. Il dansait bien, très bien même. Son arrivée au sein du groupe avait relancé l'animation. Tandis que les autres faisaient cercle autour de lui, Viviane, seule dans son coin, remuait des souvenirs absurdes, vieux de plus de vingt ans : ceux de ses vacances à la campagne, lorsqu'elle allait au bal du 14 juillet avec ses parents, qui prétendaient aimer danser. En réalité, ils collaient leur fille, s'inquiétaient, « ma pauvre, tous ces idiots te laissent faire tapisserie », tentaient de lui trouver des cavaliers, lui désignaient des gars du village esseulés, des moches. « Vas-y, dis-lui que c'est le quart d'heure américain et que ça se fait, en ville. » Ils ne comprenaient rien, les pauvres parents, ils ne devinaient pas qu'elle ne voulait danser qu'avec les beaux, elle n'aimait que ceux-là. Elle finissait par s'immiscer dans les groupes, s'agitait consciencieusement sur du disco ou de la techno qu'elle exécrait, tentait quelques grimaces extatiques, quelques semblants de convulsions lorsque le rythme se faisait plus échevelant, puis revenait tout en sueur. Ses parents étaient heureux, ils buvaient ensemble une bière avant de rentrer. « Finalement, tu t'es bien amusée, hein, tu faisais plaisir à voir. » Elle leur avait fait ce bonheur, elle serait tranquille jusqu'à l'été suivant.

Ce qui la vexait, ce soir, n'était pas cette impression d'abandon, mais une absurde et blessante jalousie : son petit lieutenant l'ignorait. Il jouait les héros de la fête, dansait lascivement avec sa brunasse qui se collait contre lui, cherchant son corps, cherchant sa bouche. Voilà, elle l'avait trouvée. C'était vulgaire et indécent. Obscène. Et Viviane était supposée rester là, indifférente ou amusée, alors qu'elle mourait d'envie de se lever pour courir à son lodge. Willy sembla le deviner, il glissa quelques mots à sa partenaire, et s'approcha de la commissaire, alors qu'une salsa redémarrait.

— Allez, venez, ne restez pas toute seule.

— Merci, j'aime mieux rester assise que de danser comme ça.

Déjà, il était reparti. Viviane sentait venir une montée de colère, et s'efforçait de rester placide. Certes, ils étaient censés être à peine copains, mais comment l'expliquer à ces abrutis ? Elle avait l'impression que Willy la ridiculisait devant tout le monde.

— T'es toute seule, tu veux danser ?

Un des Hétoilàs venait à son secours. Un beau blond frisé, aux yeux bruns et tendres. Elle refusa avec un sourire triste, et il sembla comprendre.

— Tu veux qu'on prenne un verre ? Je t'invite, mais c'est toi qui paies, j'ai de sérieux problèmes de fric en ce moment. Tu connais le papagalo ? C'est la spécialité de Picole : ouzo, menthe, vin mousseux et un peu de gingembre.

D'un geste, il avait désigné une grande coupe transparente qui trônait sur le comptoir. Elle était pleine d'une boisson verte que l'on retrouvait dans la plupart des verres servis à table. Viviane en demanda le prix et l'Hétoilà lui adressa un sourire complice.

— Tu paies comment ? Avec la tablette, c'est 4 euros, mais en liquide, seulement 2. Si t'as pas de monnaie, je fais l'avance, tu me rembourseras plus tard.

— Pourquoi est-ce moins cher en liquide ?

— Il n'y a pas de frais administratifs. Ça te va ?

Viviane ne répondit pas. C'était donc ainsi que Picole arrondissait ses fins de mois, sans doute dès leur début, et le bonus était probablement plus gros que son salaire. Ni vu ni connu : comment mesurer le nombre de verres tirés d'une immense coupe ? Même si Reine comptait ses bouteilles d'ouzo et de menthe, il suffisait à Picole d'acheter discrètement ses propres bouteilles. Il devait reverser une commission à ses Hétoilàs qui poussaient à la consommation, et tout le monde était content, sauf King, Reine et leur comptable. Viviane observa les danseurs qui allaient au bar en ouvrant leur porte-monnaie. Les plus prévoyants s'étaient même armés d'une carte bancaire glissée dans leur pochette de chemise. Et Picole servait, riait, et jouait au disc-jockey entre deux encaissements.

— D'accord pour le papagalo ? relança l'Hétoilà.

— D'accord, mais tu vas me rendre un service : demande à Picole de passer quelques tangos.

— Des tangos ? Ça ne se danse jamais, ici.

— Mais si, puisque je vais le danser.

L'Hétoilà passa voir Picole, apporta les papagalos et s'installa à la table de la commissaire.

— Alors, en vacances ?

Un tel incipit annonçait un dialogue de haute tenue. Viviane sourit mollement. Il la caressa des yeux et elle soupira : il la draguait, ce couillon. Elle tourna la tête vers le bar. Les noctambules y étaient de plus en plus nombreux, dont beaucoup de jeunes – Willy avait raison. Certains ne faisaient que passer, entraînant leur partenaire dans la pénombre où quelques tables étaient disséminées. D'autres commandaient une bière à Picole et allaient la boire plus loin. Ceux qui dansaient saluaient joyeusement Willy lorsque les vagues de la salsa les déposaient près de lui. Son lieutenant s'était donc fait tant d'amis en si peu de temps ? Comment s'y prenait-il ?

La commissaire vida son verre et se leva : la salsa venait de s'achever, le tango commençait. Elle se rua vers Willy, l'arracha à une chipie rousse qui prétendait lui passer un bras autour du cou, et préempta son lieutenant d'un vigoureux :

— Celui-là, il est pour moi !

La fille recula, interloquée : elle allait se demander toute la soirée si Viviane avait parlé du tango ou du danseur.

— Je ne sais pas danser le tango, hasarda Willy.

— Eh bien, il est temps d'apprendre. Ça fera partie de votre formation.

Elle se plaça face à lui, posa les mains sur ses épaules et lui enseigna les pas de l'homme. Il s'efforçait de suivre, le regard désemparé, comme s'il craignait quelque mauvaise plaisanterie.

— Si ça vous paraît trop dur, dites-le, Willy. Je peux faire l'homme et vous la femme. Pour vous guider, ce sera plus commode.

Il se récria :

— Non, non, pas question.

Il ferait l'homme. Il y avait dans sa voix une mâle détermination. Willy était redevenu lui-même.

Picole avait observé la scène, rigolard, avant de relancer le tango *da capo*. Elle l'avait entendu pendant le cours, c'était *A media luz*, au rythme lent et luxurieux. Elle se souvenait même du refrain, qu'elle fredonna négligemment : « Y todo a media luz, ¡ Que brujo es el amor, A media luz los besos, a media luz los dos… ». *Et tout à demi-jour, / Quel sorcier que l'amour, / À demi-jour les baisers, / À demi-jour tous deux*… Elle dansait, les yeux mi-clos, pensant à Augustin Monot, et se laissait emporter par le rythme du bandonéon, tout en l'imprimant à son cavalier.

— Il ne faut pas rester écarté comme ça ! Comment voulez-vous que je puisse prévoir vos changements de direction ? Tenez-moi donc plus serrée, Monot !

Monot ! Elle l'avait dit ! Elle eût voulu ravaler le lapsus, le garder dans la gorge, mais le mal était fait.

— Excusez-moi, Willy. Je suis désolée. Vraiment désolée.

Il lui répondit d'un grand éclat de rire, spontané et juvénile, pas de ces rires qu'on force pour dédramatiser. Il semblait trouver cela très drôle. Ils reprirent le tango : elle sentait contre elle le corps du lieutenant qui glissait avec application. Il dansait de toutes ses forces, le pauvre. Elle le guida en s'efforçant de ne plus penser qu'à lui, et cela marchait aussi. Il se contentait du pas de base, qu'il répétait gravement, et c'était elle qui, autour de lui, improvisait des variantes. Sans doute n'était-ce plus du tango, mais peu lui importait. Elle dansait pour le plaisir de sentir ce torse qui s'imprimait contre le sien, ce visage perlé de sueur qui effleurait le sien, ces jambes qui se pressaient maladroitement contre les siennes. Les autres danseurs s'étaient arrêtés et faisaient cercle autour d'eux. Picole avait relancé *A media luz* une troisième fois, et Viviane était heureuse. Il n'y avait plus d'enquête, plus de pendu, plus de fausse noyée, plus de Turc ensanglanté, plus de chat pourrissant, plus de club ni de cocos. Il n'y avait même plus de lieutenant, juste des vacances qu'elle passait en dansant avec un type à son goût.

Le tango s'arrêta, une salsa commença. Viviane lança à Willy un petit sourire tendre. Elle regagna sa table, il regagna le cercle des danseurs. L'Hétoilà voulut la convaincre de partager un nouveau papagalo, elle le rembarra, préférant observer le manège lent des Chéris qui rentraient et sortaient de la pinède. Elle regarda même Willy sans jalousie, un peu comme une mère, son Willy qui passait de fille en fille. Les vacances étaient terminées.

Elle quitta les lieux en chantonnant le refrain du tango, c'était comment déjà ? Ah oui : « *Y todo a media luz, crepúsculo interior.* » Et comme par hasard, l'éclairage du lodge ne fonctionnait plus.

CHAPITRE 15

Au petit matin, la commissaire sortit renfrognée de sa douche. Ce quatrième jour au club commençait mal, l'éclairage ne fonctionnait toujours pas, alors qu'elle en avait un besoin urgent pour se démaquiller. Elle appela la maintenance. Deux minutes plus tard, elle vit arriver le sauveur attendu : Coco Tournevis portait beau, larges épaules, visage étroit, et un profil d'aigle que soulignait une longue chevelure brune.

Il démonta le lampadaire de Viviane tout en lui lançant des œillades.

— Alors, le cinéma, ça marche ? demanda-t-il avec un délicieux accent italien.

— C'est un peu compliqué, je veux intégrer au scénario une scène comme celle qui s'est passée dans l'amphithéâtre, en un peu plus drôle. Vous y étiez, vous ?

— Oui, mais ce n'était pas drôle du tout. King était de mauvaise humeur, il me cherchait des histoires à cause de la comptabilité. Je suis un technicien, moi, pas un calculateur. Après, il a voulu savoir qui couchait avec sa femme. Je suis sicilien, moi, pas délateur. De toute façon, elle n'a pas de cul, pas de seins, il faudrait être fou pour la draguer, autant faire ça avec un garçon. Moi, je préfère les grosses.

Il eut un sourire ravageur qui mit Viviane mal à l'aise.

— Comment ça s'est fini ?

— Très bien – il suffisait de changer la douille, dit-il en revissant le lampadaire –, j'ai croisé Cuistot en sortant de l'amphi, c'était son tour. Un peu plus tard, il est venu me rejoindre à la piscine, il m'a donné un coup de main pour réparer la pompe.

— Quelle heure était-il ?

— Environ 5 heures. Ensuite, j'ai fait une pétanque avec deux Chéries, et Clown qui n'avait pas le moral, on venait de le virer. On a joué sur la pelouse de la *zona privada*, en bas des marches de l'amphi.

Il sembla surpris par l'intérêt soudain de Viviane. Avait-il vu des Chéris gravir les marches de l'amphithéâtre, ou le Turc, ou le bourreau ? Non, rien de tout ça, pourquoi ? Étaient-ils toujours restés ensemble ? Presque : au milieu de la partie, Tournevis était parti chercher un mètre ruban pour vérifier les distances au cochonnet. Pourquoi les deux Chéries ? Parce qu'il avait des vues sur l'une d'elles. C'était une grosse, il aimait vraiment bien les grosses.

Il avait dit cela en lançant à la commissaire un dernier regard qui tenait de l'invitation. Elle n'y fut pas insensible : Tournevis était tentant. Elle n'aimait que les beaux, lui n'aimait que les grosses. Mais, tout bien pesé, c'était trop facile, chacun ne serait qu'un trophée pour l'autre. Dès ce soir, elle se mettrait au régime. Ou demain, ou bientôt. Pour commencer, elle allait faire un long jogging expiatoire.

L'air matinal était frais, la plage déserte. Tout était beau, tout était calme. Il y eut juste un sifflement aigu, un « Attention ! », et Viviane pila à temps pour voir une lance se planter à ses pieds. Le cher Willy Cruyff arriva en courant, avec le bon sourire qu'il arborait à chacune de ses gaffes.

— Je n'ai pas pu apporter de javelot, on me l'aurait confisqué à l'embarquement. J'ai bricolé ça moi-même.

Il montrait à Viviane la longue branche pointue et sa poignée de corde surliée, comme un garnement fier de son pistolet à eau.

— Imaginez que des jeunes s'amusent avec ça, Willy : vous croyez qu'il n'y a pas assez de morts dans ce club ?

— Rassurez-vous, je ne le laisse pas traîner, je le range dans le bungalow du club de voile.

Viviane haussa les épaules.

— En tout cas, je vais continuer mon jogging ailleurs. Je ne suis pas venue me faire embrocher.

— Vous voulez qu'on coure ensemble ? J'irai doucement, je suis en séquence récupération.

Ils trottèrent le long de la mer. Willy cala sa foulée sur celle de Viviane, mais se rendait-il compte qu'elle était déjà au bord de l'explosion ? Comme il la regardait de biais, elle s'efforça de rentrer son ventre, de cambrer son buste, tout en allongeant sa foulée. Exercice impossible, elle dut renoncer.

— Pourquoi traitez-vous votre corps si durement ? Vous ne l'aimez pas ? demanda-t-il soudain.

— Mon corps et moi, nous allons très bien, Willy. Mêlez-vous de ce qui vous regarde.

— Je dis ça parce que vous le faites travailler tout en contrainte. Je vous vois trotter, poings serrés, mâchoire crispée. Laissez-vous aller, Viviane, votre corps courra bien mieux tout seul.

Elle tenta un sourire miséricordieux, un vague pardon des offenses. Mais il en fallait plus pour calmer l'agresseur.

— Vous savez, Viviane, il faut traiter son corps en ami.

N'allait-il pas se taire ? Combien de clichés allait-il encore aligner ? Et il continuait, pompeux :

— C'est vrai aussi pour l'alimentation. Si on lui inflige n'importe quoi, le corps finit par mal le prendre. Les beignets de banane que je vous vois avaler au dessert, par exemple, vous croyez que ça lui fait plaisir, cette graisse, cette farine, ce sucre ?

Il fallait très vite le remettre à sa place.

— Eh bien oui, ça lui fait plaisir, Willy. Le mien, en tout cas, c'est comme ça. Il a parfois besoin de petites douceurs.

— Ce n'est pas votre corps qui en a besoin, c'est votre tête. Tout est dans votre tête, Viviane. Elle fait ce qu'elle veut, et lui, le pauvre, il essaie de suivre comme il peut.

Il avait raison, cet idiot, et il ne comprenait pas à quel point chacun de ses mots faisait mal à la commissaire. Elle n'avait jamais pleuré en courant, mais elle sentait que ça venait, les larmes montaient. Elle ne savait plus si c'était le corps ou la tête : elle laissa faire et ses yeux s'embuèrent. Willy s'arrêta brusquement.

— Pardonnez-moi, dit-il en lui passant le bras autour du cou. Je vous ai blessée.

Elle se serra légèrement contre lui. Depuis combien de temps n'avait-elle pas pleuré contre l'épaule d'un homme ? C'était doux. Elle pivota, et s'abandonna. Elle sentait l'odeur de vétiver qui se mêlait à celle de la transpiration, les bras qui l'enserraient. Elle sentait l'homme, la délicieuse et irremplaçable maladresse de l'homme.

— Pardon, répéta-t-il. Ne m'en veuillez pas. Je vous aime bien, alors je vous parle parfois comme à une copine.

Elle garda le visage enfoui dans son épaule. Il ne fallait surtout pas bouger. Pas de regards qui se croisent, pas d'émotions, pas de lâcher prise, elle se sentait si vulnérable. Il fallait faire confiance aux mots ; elle les choisit avec précaution.

— Moi aussi, je vous aime bien. Maintenant, asseyons-nous et parlez-moi de l'enquête.

Il la regarda, surpris, et prit place à côté d'elle sur un tronc ; il parla doucement, comme intimidé.

— Je me demande, commissaire, s'il ne faut pas chercher du côté des combines des cocos. Elles paraissent trop dérisoires pour constituer un mobile, mais on ne les a pas toutes repérées.

— Vous, non. Mais moi, si, lieutenant.

Elle passa en revue les petits arrangements des cocos et kikis.

— Vous voyez, moi aussi, je parle aux gens.

Le regard de Willy était passé de l'étonnement à l'admiration.

— Voilà, poursuivit-elle, la galerie marchande du centre commercial est au complet : tous les petits commerces sont là. Mais je ne crois pas que ça vaille une condamnation à mort.

— Pourquoi n'allez-vous pas en discuter avec Reine ? King et elle en avaient certainement parlé avant les passages en amphithéâtre.

— C'est une bonne idée, mais attendez, je n'ai pas fini.

Elle lui relata sa discussion avec Tournevis. Il écoutait, intrigué.

— C'est bizarre, hein, lieutenant, ce trio inséparable qui va toujours deux par deux après la séance en amphithéâtre. Le plus bizarre, c'est ce besoin de faire, chacun leur tour, un saut à leur lodge.

— Non, Cuistot n'y est pas allé. Si je vous suis bien, commissaire, le seul moment où il aurait pu, c'était pendant qu'il réparait la pompe de la piscine avec Tournevis.

— Il y est peut-être allé, je n'ai pas posé la question à Tournevis, mais on pourrait interroger Cuistot. Vous vous en chargerez, Willy.

Le lieutenant hocha la tête.

— Cela dit, même s'il s'est absenté, ça ne prouve rien, ajouta Viviane. Il peut s'agir d'une coïncidence.

Oui, ça ne prouvait rien, mais l'idée tarabustait la commissaire. Elle ne voyait pas comment l'exploiter. Elle avait envie de continuer à parler avec son lieutenant, mais n'avait rien à lui dire.

— Qu'avez-vous prévu pour aujourd'hui, Willy ?

— Cet après-midi, il y a le tournoi de beach soccer et ce matin, dès que j'aurai questionné Cuistot, une séance d'entraînement. Après, je ne sais pas.

— Quand j'aurai vu Reine, ça vous plairait qu'on aille déjeuner à Lindos ? Histoire de s'aérer, de prendre du recul…

Oui, cela plaisait à son lieutenant. À elle aussi. Ils repartirent vers les lodges. Au moment où ils se séparaient, Willy lui lança :

— Ah, j'oubliais, il faudra que je vous donne les coordonnées de la Chérie de Vent-Debout.

— D'accord, je verrai ça avec le lieutenant Monot.

Elle pressa le pas, vaguement honteuse : pourquoi ce besoin d'appeler Monot ? Elle repensa une fois de plus à cette histoire de la femme mariée de Deauville, partagée entre le moniteur de tennis et le mari resté au bureau.

Elle alla faire le tour du lodge où vivaient Clown et Piqûre. Sur la façade arrière, les chambres de Tournevis et Cuistot donnaient sur les barbelés qui clôturaient le village. Elle jeta un coup d'œil par les fenêtres mais ne remarqua rien d'intéressant. Ce lodge était le plus proche de l'amphi, il n'en était séparé que par le grand bâtiment de la réserve. En s'écartant un peu, on pouvait voir le haut de la potence, mais pas le mât. Elle ne savait que chercher.

Maussade, elle alla trouver Reine dans son bureau.

— Cela s'est bien passé, hier, avec la police ?

— Oui et non. Ils acceptent l'hypothèse du

rôdeur. Mais, comme vous, ils ont d'abord soupçonné Kerim. Ils l'ont emmené pour l'interroger.

— Ils l'ont fait parler ?

— Oh, le verbe n'est pas le mieux choisi, commissaire. Si l'on a bien compris ses gesticulations, Kerim aurait quitté son poste dès qu'il a vu, de loin, son père qui arrivait dans l'allée. Et il s'est ensuite rendu au restaurant à l'heure normale, selon son patron. Il n'y a aucune preuve contre lui, on l'a relâché ce matin. Je lui ai annoncé que, désormais, il remplacerait son père à plein temps, à la barrière. Vous avez l'air sceptique, Viviane.

— Je me disais que les sourds-muets ont une chance : on ne sait jamais ce qu'ils ont vraiment dit.

Pendant la discussion, Viviane avait parcouru du regard les murs couverts de Post-it, de notes punaisées, de cartes postales et de photos. Elle s'était arrêtée sur un cliché aux couleurs un peu délavées : la skieuse était tête en bas, jambes en l'air.

— C'est vous, Reine ?

— Oui, dans un *backflip*, une de mes figures favorites. Vous êtes venue me parler de ski nautique ?

La commissaire exposa la raison de sa visite. Elle énuméra les revenus complémentaires des cocos et kikis, tandis que Reine hochait la tête et notait, en souriant de plus en plus.

— Bravo, tout y est. Rassurez-vous, nous savions cela depuis longtemps, sauf dans deux cas récents, les plus graves. C'est seulement au début de l'été que nous avons compris le business de Tournevis : il revendait pour son compte, à un bazar, une partie de ce qui avait été acheté, une lettre anonyme l'a dénoncé. Quant à Cuistot, ça se vaut : il achète de la viande très ordinaire au prix des meilleurs morceaux, et on lui ristourne la différence de la main à la main. Sans les plaintes des Chéris, on n'aurait rien vu, puisque les brochettes qu'il sert aux cocos, kikis et Hétoilàs sont, elles, excellentes. Il les prépare sur des brochettes en métal pour ne pas confondre avec celles des Chéris, faites avec de la bidoche qu'il enfile sur des brochettes en bois et cuit et recuit au fil des jours. Quand la viande est trop bas de gamme, il la sert en capilotade très pimentée pour la faire passer. Et ça finit à la poubelle. Les Chéris se rabattent sur le poisson.

— Pourquoi ne m'avez-vous pas parlé de tout ça ?

Reine se tortilla sur sa chaise.

— Il ne faut pas que cela se sache. Cela me vaudrait des ennuis avec le siège. King et moi, nous étions au courant des petites activités des cocos et kikis : nous les tolérions, parce qu'elles nous permettaient de modérer les salaires, et elles ne portaient pas tort aux résultats financiers du village-club. Les actionnaires n'étaient pas lésés. Sauf par le papagalo de Picole : mais puisqu'il faisait de très bons chiffres durant la journée, on fermait les yeux le soir. Les magouilles de Tournevis et de Cuistot, elles, ont changé la donne. On en a pas mal discuté, King et moi. J'ai proposé de les virer tous les deux et de laisser continuer les autres. Mais lui craignait que, par vengeance, Tournevis et Cuistot dénoncent tout le monde à la direction financière de L'Esprit Club. Alors King a décidé de les garder jusqu'à la fin de la saison, en les surveillant de près. Ensuite, ils auraient été mutés ailleurs.

— Et pour les autres ?

— Leurs petits profits devaient désormais être réintégrés dans les recettes. King a annoncé ça à chacun le 14 juillet. Reste à savoir si c'est pour cette raison qu'on l'a tué.

— Et maintenant, que comptez-vous faire ?

— À la mort de King, j'ai annoncé que toutes ses décisions étaient suspendues. Depuis, je n'ai rien décidé, mais il y a urgence : hier soir, j'ai trouvé un drôle de courrier sous ma porte. Attendez-moi, je vais le chercher.

Viviane passa quelques minutes à regarder de plus près les photos au mur. Celle du ski nautique la perturbait sans qu'elle sache pourquoi. Reine réapparut et tendit à la commissaire une feuille blanche sur laquelle étaient dessinées, de façon très sommaire, une potence et une femme pendue. Pour éviter toute méprise, l'illustrateur avait eu la délicatesse d'y ajouter un accessoire : des boucles d'oreilles. De simples et grands anneaux, comme ceux que portait Reine. La menace était aussi simple et explicite que le dessin.

— C'est gentil, on me prévient.

— Du coup, qu'allez-vous annoncer ?

— Je vais tous les réunir aujourd'hui, à l'heure de la sieste. Je préviendrai séparément Tournevis et Cuistot que je les garde jusqu'à la fin de la saison, à condition qu'ils mettent fin à leurs magouilles.

J'annulerai le licenciement de Clown, et le projet d'antenne médicale. Pour les autres, je leur dirai que je continue à fermer les yeux s'ils restent discrets. Avec ça, je devrais être tranquille, non ?

Viviane ne sut que répondre. Elle ne comprenait pas pourquoi l'on tuait dans ce club. Ni comment. Quant à savoir qui… Elle se contenta d'un soupir peu compromettant.

— Soyez prudente, Reine. Et sachez que nous vous protégerons au maximum, le lieutenant et moi.

— Me protéger, c'est facile à dire. Comment ? Vous avez des gardes du corps ? Une arme ?

Viviane baissa les yeux et ne répondit pas. Ici, elle n'était même pas flic, à peine enquêtrice. Que pouvait-elle promettre ? Reine se tourna vers un coffre mural dont elle sortit un objet enveloppé dans un torchon qu'elle déballa. C'était un vénérable Colt 45 complété d'un silencieux, et d'une boîte de balles.

— Il appartenait à King. Vous saurez vous en servir ?

Viviane sourit : l'arme ne valait pas son Sig Sauer, mais elle la connaissait bien.

— J'en ferai bon usage s'il le faut. Merci.

Sur le chemin de son lodge, la commissaire découvrit que rien n'était plus difficile à porter qu'un pistolet sous un paréo. Elle se résolut à le cacher en haut de son armoire. En cas de besoin, elle le rangerait dans le sac de plage qu'elle portait à l'épaule.

Le lieutenant Cruyff vint la rejoindre, déguisé en

mafioso, pantalon, chemise et lunettes noires. Il lui tendit un Post-it.

— Ce sont les coordonnées de la copine de Vent-Debout.

— Je vais appeler la DPJ pour qu'ils s'en occupent. Revenez dans quelques minutes.

C'était idiot de se cacher derrière cette DPJ, alors qu'elle ne voulait parler qu'à Monot. Elle avait un peu honte de considérer Willy et Augustin comme vaguement rivaux. Au fond, elle le savait bien, ils n'étaient concurrents que dans ses fantasmes.

Le lieutenant Augustin Monot décrocha presque aussitôt.

— Figurez-vous que je suis seul dans l'open space, annonça-t-il.

Elle y vit quelque absurde intimité. Il semblait avoir tout son temps, et c'était elle qui ne l'avait pas : Willy n'allait pas tarder à revenir.

Elle donna très vite à Monot les coordonnées de la jeune femme à appeler, le jour et l'heure de l'alibi à vérifier. Le coup de téléphone était presque fini, il pouvait commencer.

— Vous savez ce que je lis en ce moment, Augustin ? Du Apollinaire.

Du Apollinaire ou *de* l'Apollinaire ? Elle avait une chance sur deux de s'être trompée, or la chance et elle… Vivement, elle corrigea le tir.

— *Alcools* d'Apollinaire. J'aime bien, c'est une œuvre assez variée, pleine de sincérité, de douleur aussi…

— …

Pourquoi gardait-il le silence ? Il aurait pu rebondir, c'était agaçant. Que disait d'autre la préface ? Ah oui !

— C'est parfois dérangeant, cette modernité, n'est-ce pas, Monot ? Mais j'aime bien cette musique, cette gaîté triste.

— *Alcools* n'est pas ce que je préfère chez Apollinaire, lâcha enfin le lieutenant Monot. J'aime mieux les *Poèmes à Lou*. Toutefois, je ne sais pas si ça vous plairait, les vers sont parfois assez audacieux, voire érotisants.

Elle se sentit rougir, son cœur battait bizarrement. De l'autre côté de la fenêtre, elle voyait arriver Willy, en grande conversation avec un Hétoilà, mais cela n'empêchait rien, au contraire. C'en était encore plus drôle.

— Oh, je ne suis plus une oie blanche. Érotisant, c'est quoi, par exemple ? Vous en connaissez un par cœur ?

— C'est un peu gênant, commissaire, ce que vous me demandez là.

Devant le silence insistant de Viviane, il comprit qu'il n'avait guère le choix.

— Il y a celui que je récitais souvent à une copine. Je me souviens de quelques vers, attendez, voilà :

Corps délicieusement élastique je t'aime
Vulve qui serre comme un casse-noisettes je t'aime
Sein gauche si rose et si insolent je t'aime
Sein droit si tendrement rosé je t'aime

Monot reprit son souffle et conclut, sur un ton léger :

— Ensuite, il y avait des histoires de mamelon couleur de champagne, de fesses et de toison, vous voyez…

Viviane affirma gaiement qu'elle voyait. Elle ne voyait rien du tout, elle voyait trouble, elle ne voyait plus que Willy qui passait innocemment la tête par la porte pour l'arracher aux moiteurs de la chose littéraire.

— Je vous laisse, Monot, on m'attend. Elle est très jolie, votre poésie. Quand la mémoire vous sera revenue, vous me réciterez la fin.

Elle marchait, rêveuse. À son côté, Willy ne disait plus un mot. Il semblait deviner qu'on venait de livrer à la commissaire un élément nouveau, dérangeant.

Oui, c'était une révélation importante qu'elle ressassait en son for intérieur : il y avait eu un poète qui, un siècle plus tôt, avait pu écrire de tels vers à la femme qu'il aimait. Il y avait eu un lieutenant de police qui avait pu les réciter à sa copine. Et à elle, pourquoi ne disait-on jamais rien ?

CHAPITRE 16

Cinq minutes plus tard, le taxi les déposait à l'entrée de Lindos. Tout paraissait petit, charmant, et trop étroit pour les hordes de touristes. Ils traversèrent le square et rencontrèrent leur premier bouchon dans la ruelle qui serpentait entre les maisons blanches.

— C'est le départ des ânes, annonça le lieutenant. Ici, on circule à dos d'âne, ça vous dit ?

— Et puis quoi, encore ? Ne comptez pas sur moi !

— Allons, commissaire, ne recommencez pas à jouer les rabat-joie. Moi, en tout cas, j'y vais.

C'était comme le karaoké : tous les pièges à touristes exerçaient sur son lieutenant une fascination attendrissante. Elle le suivit. Les bêtes étaient enfermées dans un corral de pierre. Un jeune ânier en sortit deux et vint à leur rencontre. Rangeant ses ânes contre un muret, il invita les deux policiers à y prendre appui pour monter. Sans écouter les protestations de Viviane, Willy enfourcha le plus grand.

Celui de la commissaire était si fluet qu'elle recula.

— Je ne vais pas monter, c'est un ânon. Je suis trop…

Il fallait un adjectif, et Viviane ne le trouvait pas. Celui qui lui venait sur le bout de la langue était trop simple. Elle finit par lâcher :

— Je suis trop charpentée.

Willy n'avait pas les mêmes délicatesses de vocabulaire.

— Mais non, vous n'êtes pas trop grosse, c'est costaud, ces bêtes-là. Allez, montez, commissaire !

Elle passa la jambe au-dessus du garrot et s'installa. Mais la selle tourna légèrement de côté, et elle aussi. Elle tenta de s'accrocher au pommeau. La selle glissa encore plus.

— Willy, dites à l'ânier de m'aider. Je vais tomber.

Le gamin avait compris : il la poussait pour la remettre d'aplomb, mais fléchissait lui aussi sous le poids de la commissaire qui se sentait basculer dans le ridicule. Willy riait, l'ânier riait, tous les hommes installés à la terrasse du café voisin riaient, c'était tragique. Le lieutenant mit pied à terre et vint au secours du jeune Grec.

— Ne vous inquiétez pas, commissaire, personne n'en saura rien.

Elle reconnut alors à la terrasse du café un petit barbu qui riait plus fort que les autres : Picole, seul à une table, buvait une menthe à l'eau. C'était la première fois qu'elle le voyait hilare. Finalement, il était moins laid quand il était désagréable.

Leur convoi se mit lentement en route. L'âne de Viviane semblait avoir du mal à suivre. Parfois, le jeune guide et Willy se tournaient vers la commissaire, lui adressaient de bons sourires, comme si c'était elle qu'il fallait encourager. Elle jetait des coups d'œil à l'acropole qui dominait le village : comment pouvait-on avoir eu l'idée de construire un temple à des hauteurs pareilles ? Il leur fallut dix interminables minutes pour atteindre la fin du chemin. Le lieutenant l'aida à mettre pied à terre.

— C'était amusant, hein ? Et les boutiques, c'était chouette, non ? J'ai repéré des restaurants qui avaient l'air sympas. On va grimper là-haut, il paraît que c'est superbe.

Ce brave Willy faisait pitié, à force de ponctuer ses phrases de « C'est amusant », « C'est chouette », « C'est superbe ». Au retour, il devait classer ses souvenirs en trois colonnes, les amusants, les chouettes et les superbes. Peut-être une quatrième, « C'est sympa ». Et elle ? Elle avait l'impression de passer son temps libre à en refuser les petits bonheurs, exactement comme elle le faisait dans son travail. Elle ne se sentait pas meilleure pour autant.

— Oui, ce sera superbe, Willy.

Ils gravirent le chemin pierreux, ignorant les vendeuses de nappes brodées, escaladèrent le dernier escalier, et se plantèrent devant l'acropole. Oui, c'était superbe. Mais avec le lieutenant Monot, c'eût été beau. Willy, lui, s'approchait déjà de l'à-pic pour contempler la vieille ville.

— C'est drôle, commenta-t-il gravement, d'ici il n'y a pas une rue de Lindos qui nous échappe, mais de Lindos, on ne devine même pas l'acropole. C'est toujours comme ça : vu du bas, on ne voit rien.

Redoutant un chapelet de platitudes, Viviane donna le signal de la descente. Toutes les rues se ressemblaient : étroites, sinueuses, pentues. Tous les commerces avaient les mêmes devantures. Ils se perdirent. Soudain, Willy s'arrêta devant un petit porche masqué par une profusion de jasmin.

— Ah, voilà Captain's House : c'est le bar le plus célèbre de Lindos.

Dans sa vision du monde, puisque l'endroit était célèbre, il fallait sans faute y entrer. Une succession de pièces semblait d'ailleurs les y inviter. Ils s'arrêtèrent dans la première, dont l'ombre fraîche était accueillante, et trouvèrent une place isolée sur un banc de pierre, devant des tonnelets qui jouaient les tables.

— Il serait peut-être temps de parler de l'enquête, commissaire. J'ai interrogé Cuistot, et j'ai en prime un témoignage tout neuf, très intéressant, concernant Reine.

— Moi aussi, Willy. Je vous propose un pari : celui qui aura l'information la plus intéressante se fera offrir l'apéritif par l'autre. Et comme je vais gagner, je vais prendre un truc cher.

Elle appela le garçon, demanda la composition du cocktail maison, ah tiens, curaçao, triple sec, jus d'ananas, kiwi, grenadine, miel et soda, ce sera parfait. Willy afficha une mine réprobatrice et commanda une eau gazeuse avec une rondelle de citron.

— Qui commence ? Allez, Willy, vous êtes le plus jeune.

Le lieutenant attendit que les boissons aient été

servies, se cala contre le mur et déclara d'une voix basse :

— Cuistot m'a confirmé le récit de Clown : le 14 juillet, il l'a effectivement aidé à trouver des gags, tellement de gags que son copain a dû aller chercher un carnet pour les noter. Avant cela, quand Cuistot aidait Tournevis à réparer la pompe, ils ont eu besoin d'une clé droite à six pans. Cuistot est parti la chercher à la réserve, mais comme il ne la trouvait pas, Tournevis y est allé. En fait, il l'avait laissée dans sa chambre.

Viviane se frotta doucement le menton. Cela commençait à faire beaucoup pour une coïncidence.

— C'est intéressant, mais que peut-on en faire ? Quel but pouvaient avoir ces allées et venues ? Vous avez une idée, Willy ?

— Quand on vient toutes les heures au même endroit, c'est souvent pour vérifier quelque chose, commissaire. Ou pour voir si quelqu'un est arrivé.

— Il faudra y réfléchir. C'est peut-être tout bonnement parce qu'on a besoin d'un carnet, d'un mètre ruban, ou d'une clé droite à six pans. Vous aviez aussi un témoignage ?

— Oui, celui de l'Hétoilà avec qui je discutais pendant que vous téléphoniez. Il m'a parlé du sentier menant au belvédère. Les Hétoilàs le connaissent tous : c'est là qu'ils conduisent leurs conquêtes d'un jour. Il faut dire qu'à trois par chambre, ils n'ont pas beaucoup d'intimité. Alors, ils les emmènent là-haut. La partenaire est impressionnée par le passage étroit, ça la met en effervescence…

Viviane haussa les épaules, et goûta une gorgée de son cocktail.

— Et pourquoi pas en ébullition, ou prête à cuire, pendant que vous y êtes ? Vous ne pourriez pas faire un effort de vocabulaire, quand vous parlez des femmes ?

Le lieutenant baissa la tête et poursuivit :

— Excusez-moi. Alors, je disais, là, avec les deux chaises longues, le soleil, le ciel, la vue, et il n'y a plus qu'à…

Il faisait l'effort, mais n'avait pas le vocabulaire. Viviane vint à son aide :

— Il n'y a plus qu'à, voilà, très bien, Willy. Et ensuite ?

— Ils appellent cet endroit « l'alcôve ». La petite statue de Vénus qu'on a remarquée en chemin, c'est un code. Si elle est couchée, cela veut dire « ne pas déranger ». Quand ils s'en vont, ils la remettent debout pour les suivants.

— Et s'ils ont l'idée d'admirer le paysage avant de se rhabiller, ils se font surprendre par l'adjoint au maire qui croise au large et c'est le scandale. Amusante, votre histoire, mais sans intérêt pour l'enquête.

Willy but lentement son verre d'eau citronnée et s'essuya les lèvres.

— Attendez, je n'ai pas fini. L'après-midi du 14 juillet, l'Hétoilà est parti pour l'alcôve avec une Hollandaise, qui…

Il cherchait un verbe, il faisait pitié. Il bredouilla :

— … qui ne demandait qu'à. Comme la Vénus était debout, ils sont passés. Mais, en arrivant sur le plateau, ils sont tombés sur Reine. Elle avait oublié de coucher la Vénus.

— Et que faisait-elle ?

— Ce qu'on peut faire quand on est toute nue avec un homme.

Il marqua une pause, comme pour se régaler de la stupéfaction de la commissaire, avant de préciser :

— L'Hétoilà dit avoir tout de suite reconnu Reine, allongée, à poil : elle ne portait que ses lunettes de soleil. Il n'a pas pu voir l'homme, dont la chaise longue était cachée par le buisson, mais il a remarqué ses grandes baskets rouges. Ça lui a suffi. Il s'est empressé de faire demi-tour avec sa Hollandaise.

— Et après ?

— Ils ont attendu leur tour, lui et sa Hollandaise, en bas du sentier, en… en s'occupant comme ils pouvaient. Plus tard, vers 5 heures, ils ont vu descendre Reine, toute seule. L'Hétoilà a hésité à retourner à l'alcôve, à cause du type aux baskets rouges. La Hollandaise a fini par s'énerver, elle est partie. L'Hétoilà est alors remonté, curieux de savoir qui jouait les prolongations : il n'y avait plus personne.

Viviane appela le garçon.

— Remettez-nous deux eaux gazeuses. Et ne vous inquiétez pas, Willy : c'est moi, bien sûr, qui vais tout payer.

Il la regardait, content. Pas triomphant, mais vainqueur. Le regard du type qui a lancé le disque deux mètres plus loin.

— Et les baskets, elles étaient encore là, Willy ?

— Même pas. Le lendemain, l'Hétoilà a regardé tout le monde au club, de la tête aux pieds. Savoir avec qui couchait la reine, ça le passionnait. Mais personne ne portait de baskets rouges. Même pas chez les Chéris.

Viviane sortit son carnet et dessina un vague plan : un carré pour le belvédère, dans lequel s'inscrivait un rond pour l'amphithéâtre. Et, en dessous, un grand rectangle pour la *zona privada*, avec quelques traits parallèles figurant l'escalier planté de cyclamens.

— C'était une histoire compliquée, mais là, elle devient impossible. Récapitulons : à 5 h 30, L'Anime quitte l'amphithéâtre pour chercher Reine. Il la croise à l'entrée de la plage, et l'accompagne auprès de King, ils discutent avec lui puis repartent chercher Clown. C'est probablement à ce moment-là que Monsieur Baskets Rouges s'introduit dans l'amphithéâtre, on ne sait comment. Quand Reine et L'Anime reviennent avec Clown, ils ne trouvent que le brigadier et personne d'autre : ni King, ni Baskets Rouges. Ces deux-là ne sont pas sortis avant 18 heures, le Turc les aurait vus. Ils ne sont pas non plus sortis *après*, les joueurs de pétanque les auraient vus. Sans oublier le bourreau qui a dû, lui aussi, rester à l'intérieur.

Ensuite, en fin de journée il y a une période de flottement. C'est l'heure où beaucoup de cocos, de kikis et d'Hétoilàs passent par la *zona privada* pour se rafraîchir ou se changer avant le repas. Il aurait été difficile à ce moment-là d'emprunter l'escalier qui mène à l'amphithéâtre sans se faire remarquer. Tout cela nous amène à 20 h 30, quand L'Anime voit King pendu au grand mât et le prend pour le mannequin. Fin du vaudeville. Moi, je donne ma langue au chat.

— À propos de chat, j'ai appelé le taxidermiste ce matin…

Willy croisa le regard de la commissaire et sembla comprendre qu'il partait sur un terrain verglacé. Il se pencha sur le croquis que Viviane avait esquissé. Elle y avait ajouté des flèches, des points d'interrogation, et quelques gribouillis. Le lieutenant contempla l'œuvre avec la mine grave et pieuse du badaud visitant la Foire internationale d'art contemporain : il devait forcément y avoir quelque chose à comprendre. Le plus étonnant, ce fut qu'il trouva.

— En regardant votre dessin, commissaire, il me vient une idée. Au théâtre, quand il y a trop de personnages, on se dit que le même comédien jouera plusieurs rôles. Ici, King, Monsieur Baskets Rouges et le bourreau n'étaient peut-être qu'un seul homme. Imaginons que King soit allé, je ne sais comment, retrouver sa femme sur le belvédère pour un petit câlin. Il y aurait laissé ses baskets rouges et serait retourné dans l'amphithéâtre. En revenant les chercher plus tard, il aurait enfilé la tenue de bourreau pour rentrer incognito. Et là, l'assassin qui l'attendait le tue. Je sais que ça paraît idiot, mais ça marche.

— Ça ne marche pas du tout, Willy. Expliquez-moi vos *je ne sais comment* : vous voyez

King et ses cent vingt kilos faire des entrées et des sorties comme dans un vaudeville ? Avec l'échelle de guingois ? Même vous, vous trouviez ça très risqué.

Willy se renfrogna, mais sans s'avouer battu.

— J'ai une autre idée, peut-être plus simple : si King, en montant sur le mât pour dévisser le projecteur, avait aperçu Reine toute nue en compagnie de Monsieur Baskets Rouges ?

Viviane ne répondit pas. Elle se croisa les bras et se cala contre le mur : il y avait là une idée qui ne résolvait rien, elle compliquait même le problème, mais elle lui semblait prometteuse.

— Allez-y, continuez, Willy. Elle m'intéresse, votre histoire.

Le lieutenant secoua la tête, penaud. Il ne connaissait pas la suite. Viviane le consola : on la trouverait, on retournerait à l'amphithéâtre l'après-midi même. Elle lui raconta alors sa discussion avec Reine, et il ouvrit de grands yeux étonnés :

— Un pendu avec des boucles d'oreilles ? C'est une idée de femme : aucun homme ne penserait à dessiner ça.

— Ne me dites quand même pas que vous n'avez pas remarqué celles que je portais, hier soir en boîte.

— Vous aviez des boucles d'oreilles ?

Viviane demanda la note, paya les quatre consommations – non seulement le cocktail était cher mais il lui restait sur l'estomac – et emmena son lieutenant déjeuner. Ils suivirent le troupeau des touristes qui descendaient vers la place. Tous les restaurants affichaient les mêmes menus. Ils en choisirent un au hasard, s'assirent en terrasse, et commandèrent des moussakas et de l'eau. Viviane aurait aimé s'enfermer dans une pièce et réfléchir tranquille. Mais Willy la regardait avec des yeux candides et semblait attendre d'elle des réflexions, des questions subtiles. Elle ne trouva que :

— Alors, le décathlon, ça progresse ?

Il était lancé, elle pouvait réfléchir. Il lui suffisait de sourire à son lieutenant en prenant l'air intéressé.

— Pour les sauts, j'ai la puissance musculaire, mais pas assez de détente. C'est complexe, la détente…

Le Turc était la clef de cette histoire d'amphithéâtre. Elle l'avait trop vite interrogé, de façon mécanique. Elle se souvenait avoir enregistré une aspérité dans sa déposition parlée et mimée, mais laquelle ? Toujours pareil, les indices passaient trop vite. Ils allaient s'enfouir dans une zone sombre du cerveau, et n'en ressortaient que si on les associait entre eux.

— Le javelot, j'aime bien, s'exaltait Willy, c'est mon point fort. Mon secret, c'est que je ne le *lance* pas : *je vise*, je vise un point le plus éloigné possible et le mouvement suit.

Dans le meurtre du Turc aussi, elle avait noté un élément. Non, elle avait noté *l'absence* d'un élément, maintenant ça lui revenait. Pas seulement l'absence de la bouteille. Elle avait inconsciemment cherché une deuxième chose, puis une autre. Que pouvait-il manquer dans cette baraque où il n'y avait rien ? Elle se revoyait fouiller, accompagnée de Reine qui la suivait, éplorée, inutile. Quand avait-elle commencé à fouiller ? Pourquoi ? Tout cela était resté dans la zone sombre.

Willy avait fait le tour des dix épreuves du décathlon. Il semblait attendre la question suivante.

— Et maintenant, qu'est-ce qu'on fait, Willy ? On prend un taxi et on retourne dans l'amphithéâtre. Il faut aller au bout de votre idée.

Leur taxi dut patienter à l'entrée du village-club. Viviane en descendit et tomba sur des policiers qui apportaient à Kerim les pauvres effets de son père : un couteau de jardinier, un tire-bouchon pliable, un portefeuille. Ils voulaient lui faire signer un reçu, le fils ne comprenait rien.

— Ce gars-là, dit-elle à Willy en remontant dans le taxi, je ne saurai jamais s'il est un peu simplet ou très intelligent.

— Il se pose peut-être la même question sur nous. S'il est très intelligent, qu'est-ce que ça changerait dans notre enquête ?

Cela changeait tout, mais Viviane ne voyait pas précisément quoi. Elle préféra ne pas répondre.

Un peu plus tard, ils arrivèrent à l'accueil. Tous les cocos et kikis sortaient d'une salle de réunion, détendus. Seule Reine paraissait soucieuse. Elle appela Viviane d'un petit geste.

— La réunion s'est bien passée, mais j'ai une mauvaise nouvelle pour vous, Viviane : ils savent tous que vous êtes de la police. Ce matin, au corral des ânes, Picole a entendu Willy vous appeler *commissaire*.

— Et Willy ?

— J'ai maintenu la version du copain rencontré dans l'avion.

Un peu à l'écart, l'intéressé ne perdait pas une miette de la conversation. Viviane se tourna vers lui, furibarde. Reine la retint.

— Ne vous fâchez pas. Vous avez fait la même gaffe l'autre jour, quand vous téléphoniez à l'accueil. Heureusement, l'Hétoilà qui vous a entendue n'en a parlé qu'à moi, c'est une fille de confiance.

Viviane ignora le petit gloussement de Willy : elle allait avoir besoin de lui.

— Eh bien, puisque je suis commissaire, je n'ai plus de permission à demander pour aller à l'amphithéâtre. Venez, lieutenant.

Mais ce fut vers la plage qu'elle se dirigea.

— Conduisez-moi d'abord au belvédère : toute seule, j'ai peur.

Elle n'avait pas osé dire « conduisez-moi à l'alcôve », mais elle aurait aimé. Ils montèrent très vite. Le vide lui parut moins périlleux que la première fois. Ce qui l'inquiétait, c'était la suite.

L'alcôve avait servi depuis leur récent passage : ils remirent les chaises longues à leurs places, à l'abri des buissons.

— Nous allons maintenant reconstituer la scène. Moi, je m'allonge ici, à la place qu'occupait Reine, et vous, vous filez à l'amphithéâtre pour poser l'échelle et grimper sur le mât. Si vous pouvez me voir du bord de la roue, faites-moi signe.

Il était temps qu'il s'en aille : elle se sentait vaguement effervescente, prête à cuire. C'était absurde. Elle le regarda partir, soulagée, puis se coucha sur la chaise longue. Elle ne pensait plus à l'enquête, mais au poème d'Apollinaire. Elle se demandait si ses seins pouvaient être considérés comme *tendrement rosés*. Ah, se mettre nue, faire à Willy la surprise de son corps *délicieusement élastique*. Une position défendable, qui pouvait entrer dans le cadre de la reconstitution. Non, absurde. Toute cette ambiance de corps et de chair qu'on croisait partout, toute cette enquête lui montait à la tête comme un muscat de Samos. Il fallait en finir au plus vite.

Elle attendit, les yeux fixés sur l'extrémité de la roue qui surmontait le mât. Elle y vit apparaître la tête de Willy, puis ses bras qui lui faisaient signe. Mais c'était plus qu'un signe, il moulinait toujours, c'était une convocation.

Elle descendit si vite le sentier qu'elle n'eut pas le temps d'avoir peur. Son lieutenant l'attendait dans l'amphithéâtre : il brandissait une paire de grosses lunettes en écaille, que Viviane avait remarquées sur les photos, et lui aussi.

— Vous les reconnaissez, Viviane ?

— Oui, dit une voix derrière eux, c'étaient ses lunettes de vision rapprochée : King était presbyte.

L'Anime descendait les marches de l'amphithéâtre, l'air soucieux.

— Où les avez-vous trouvées ?

— Là-haut, sur le rebord de la roue, répondit Willy.

— Et vous avez une idée de ce qu'il regardait de là-haut ? ajouta Viviane.

L'Anime fit une étrange grimace. Il semblait ennuyé.

— Si vous me posez la question, c'est que vous connaissez la réponse. Comment en avez-vous été informés ?

— Par un Hétoilà qui ce jour-là avait besoin de l'alcôve et qui l'a trouvée occupée.

La voix de L'Anime avait changé, elle déraillait légèrement.

— Et il a vu l'homme qui était avec Reine ?

— Non, seulement ses baskets rouges.

L'Anime s'assit sur un gradin et, accablé, se prit la tête dans les mains. Il finit par se redresser.

— Nous sommes donc tous à égalité : vous deux, l'Hétoilà, King et moi. J'aurais préféré ne jamais vous en parler.

CHAPITRE 17

Viviane et Willy s'assirent sur le gradin inférieur et se tournèrent vers L'Anime. Le petit homme roux soupira longuement, comme pour se libérer d'un secret trop lourd.

— Mon rôle dans l'histoire n'est pas glorieux, dit-il. Le 14 juillet, quand j'étais là-haut, sur la roue, j'ai appelé King, mais ce n'était pas pour dévisser le projecteur. Je venais de découvrir Reine dans l'alcôve, nue sur sa chaise longue, avec un homme dont je n'ai vu que les grandes baskets rouges. Et un bras bronzé posé sur le sein de Reine. J'ai peut-être eu tort en prévenant King. Il m'a fait descendre, est monté sur l'échelle, et s'est avancé jusqu'à l'extrême bord de la roue pour observer la scène. C'est là qu'il a dû retirer ses lunettes. Il bavait de fureur, ça faisait peur. Il ne pouvait pas voir le type qui avait retiré son bras, ça le rendait fou. À un moment, il a grogné : « Elle a relevé la tête, je crois qu'elle m'a reconnu, je n'en suis pas sûr. » Il est descendu pour aller la surprendre, puis s'est ravisé et m'a envoyé les chercher tous les deux : « Vas-y vite, dis-leur de venir, mais sans leur donner la moindre explication. »

— Et vous y êtes allé ? demanda Willy.

— Oui, mais j'ai volontairement traîné ; sentant qu'on allait vers un drame, je ne voulais pas y être mêlé. À l'entrée de la plage, j'ai croisé Reine, qui arrivait seule, affolée. Je lui ai dit que son mari l'attendait. Quand nous sommes arrivés, King avait un regard halluciné. Je lui ai chuchoté à l'oreille que je n'avais pas vu l'homme aux baskets rouges. Ensuite ça s'est passé comme je vous l'ai dit : il nous a envoyés chercher la couronne mortuaire et Clown.

Viviane imaginait la séquence. Tout collait avec les témoignages.

— Pourquoi ne m'en avez-vous pas parlé plus tôt ?

— Je n'avais aucune raison de le faire : je ne savais pas que vous étiez commissaire, je viens de l'apprendre. Vous ne croyez pas que j'aurais dû en être informé, moi qui suis chef de village ?

Ce fut à Viviane de se sentir accusée, presque coupable. Elle se leva, esquissa un geste embarrassé et quitta l'amphithéâtre. Willy la suivait, à quelques pas de distance, il allait sûrement lui demander « Qu'est-ce qu'on fait ? ». Elle n'en avait aucune idée.

— Qu'est-ce qu'on fait, Viviane ?

— Réfléchissez une seconde : sans moi, que feriez-vous ?

— Ce qui est sûr, c'est que je n'interrogerais pas Reine. Il faut la laisser en confiance, peut-être qu'elle se trahira.

— Elle se trahira encore mieux si on l'interroge. Allons-y.

— Ne faites pas ça, commissaire. Ce serait une grosse erreur.

— Très bien, je vais la commettre sans vous.

Elle le planta là, rageuse.

C'était l'heure où la plupart des cocos terminaient leur sieste. Reine n'était pas encore à l'accueil. Viviane frappa à la porte du lodge royal, et ouvrit sans attendre la réponse ; elle recommençait à se sentir commissaire, tout lui était permis.

Le séjour était vide, à peine meublé, et si peu décoré qu'une boîte de médicaments sur la table basse paraissait l'égayer. Reine sortit de la chambre, en short et tee-shirt. Elle parut surprise de l'intrusion, mais ne fit aucune remarque.

— Nous savons tout, annonça Viviane : ce que vous faisiez l'après-midi du 14 juillet, et avec qui vous étiez sur le belvédère. Nous connaissons même la couleur des baskets que votre amant portait ce jour-là. Vous voyez, les secrets d'alcôve ne peuvent se garder longtemps.

Reine resta imperturbable. Ce petit bout de femme en short semblait se draper dans une dignité, une majesté impressionnantes. Elle adressa à la commissaire un regard méprisant.

— Et alors ? Est-il interdit d'avoir un amant ? Est-on supposé le confesser au premier policier venu ? En quoi êtes-vous concernée ?

Viviane se sentit perdre pied, il lui fallait vite rebondir.

— Où est-il allé après votre départ de l'alcôve, cet amant pas interdit ?

— Je n'en ai aucune idée. Demandez-le-lui, ce

sera plus simple. Vous avez d'autres questions ? Allez-y, ne vous gênez pas, au point où nous en sommes.

Comme Viviane restait coite, Reine ajouta :

— Puisque cette déplaisante conversation est terminée, je ne vais pas vous retenir. Je tiens à vous dire que vous m'avez déçue. Le premier jour, vous m'aviez demandé si j'avais des copines ici, je vous avais répondu non. Aujourd'hui, voyez-vous, j'ai l'impression d'avoir perdu une amie.

Avant de sortir, la commissaire montra la boîte sur la table basse.

— Stilnox, c'est un somnifère. Vous en consommez ?

— Cette nuit, oui. Quand on est menacée de mort, on dort mal. Je devais vous demander la permission ?

La commissaire haussa les épaules et regagna son lodge, de très méchante humeur. Elle venait de se brouiller bêtement avec Reine. Elle était d'autant plus en fureur qu'elle ne pouvait compter sur les expédients auxquels elle avait habituellement recours dans ces cas-là : la boutique à l'accueil ne vendait pas la moindre barre chocolatée.

Puisque plus personne n'ignorait qu'elle était commissaire, il lui restait à faire ce qu'aurait fait tout bon flic : elle allait interroger, un à un, les suspects. Qui avait pu revenir dans l'amphithéâtre après son passage devant King ? Elle commença par Picole.

Seul à seule, il se montra moins désagréable qu'à l'habitude : à chaque question de Viviane, il balançait les épaules et fourrageait longuement dans sa barbe comme pour en sortir une réponse définitive. Le 14 juillet, dès sa sortie de l'amphi, il avait rejoint le bar. C'était un jour où l'on faisait un gros chiffre, il avait d'ailleurs dû retourner deux fois à la réserve pour y chercher des bières. Heureusement, Valseuse avait eu la gentillesse de lui donner un coup de main au zinc.

— Je vous propose quelque chose ? demanda-t-il.

Viviane refusa poliment : elle se considérait désormais en service. Picole se servit une bière, tranquillement. Il ôta ses lunettes noires. Son regard se fit charmeur, il semblait avoir envie de parler.

— Vous êtes commissaire, vous faites votre travail, c'est normal : il y a eu crime. Mais attention, allez-y doucement. Votre enquête risque de faire plus de dégâts que la pendaison. Nous, les cocos et les kikis, nous formons une petite famille très fragile.

Comme Viviane esquissait une moue sceptique, il poursuivit :

— Si, si, je dis bien une famille. Nous n'en avons pas d'autre, nous sommes des exilés plutôt heureux ici, même si nous travaillons très dur. Heureux parce que nous avons enfin trouvé notre place au sein d'une communauté. Nous vivons ensemble nuit et jour, avec nos arrangements, nos usages. King a voulu casser tout ça. Vous avez vu le résultat ? Restez à l'écart de ces histoires, ce sera plus prudent.

Il avait dit cela d'une voix très douce, sans menace. Il remit ses lunettes noires et Viviane le quitta, mal à l'aise. Elle venait de voir débarquer Plouf et Muscule dans le coin des transats. Les jeunes femmes répondirent ensemble aux questions de la commissaire. Elles étaient d'ailleurs toujours ensemble, comme le précisa Plouf avec un petit rire innocent. Le 14 juillet, après sa séance avec King, Muscule avait filé donner son cours de gym douce aux seniors. Ensuite, elle avait attendu Plouf. Elles avaient eu une longue discussion à la piscine : elles voulaient quitter L'Esprit Club, mais ne savaient pas où aller.

— Entre les spectacles et leur préparation, on a des journées de quinze heures, et on ne touche même pas le SMIC grec, conclut Plouf. En plus, il faut toujours sourire à des Chéris qui croient que notre amitié fait partie du forfait. Ce n'est pas une vie mais nous n'en avons pas d'autre. Vous, vous avez un métier qui vous rend heureuse, vous ne vous posez pas ce genre de questions.

Oui, Viviane avait un métier, mais elle l'exerçait trop mal pour être heureuse. Les questions qu'elle se posait étaient rarement les bonnes.

— Êtes-vous tout le temps restées ensemble ? risqua la commissaire.

— Je suis peut-être allée chercher un paquet de cigarettes à ma chambre, répondit Muscule. Tu te souviens, Plouf ?

La blonde ne s'en souvenait pas. De toute façon, ajouta-t-elle, Muscule allait toujours chercher des cigarettes, elle fumait trop.

— Vous vous demandez parfois qui a pu tuer King ?

Muscule regarda Viviane avec candeur.

— Il y a des choses dont tout le monde rêve, mais sans aller plus loin. Et un soir, commissaire, on découvre que c'est fait. Alors, chacun se sent un peu responsable, un peu faraud, et on ne veut surtout pas savoir qui est le coupable : on se sentirait tous plus bêtes.

La commissaire eut droit à un dernier petit rire à deux voix, puis elle s'en alla, pensive, interroger Valseuse.

Celle-ci confirma l'alibi de Picole qui certifiait le sien. D'ailleurs, il y avait eu suffisamment de Chéris au bar pour en témoigner. Valseuse n'avait jamais été très souriante. Là, elle ne l'était plus du tout : elle semblait s'en vouloir d'avoir appris le tango à une commissaire. Non, précisa-t-elle, elle n'avait pas quitté le bar. Elle abandonna Viviane avec brusquerie, des chéries l'attendaient pour une séance de jazz-dance.

Viviane alla trouver Piqûre à son officine. Celle-ci se souvenait avoir passé l'après-midi du 14 juillet à Lindos, où elle avait acheté des médicaments. Rentrée en taxi peu après 18 heures, donc en retard, elle avait filé assurer la permanence médicale du soir, jusqu'au dîner, sans même passer par son lodge.

— Qu'est-ce qu'on pourrait cacher près de votre lodge ?

Piqûre fit répéter la question et écarquilla les yeux.

— Qu'est-ce que j'en sais ? En tout cas, ça doit être bien caché, car je n'ai jamais rien trouvé.

Viviane menait ses interrogatoires sans conviction. Tout cela ne servait à rien. Elle alla s'allonger dans un transat et relut ses notes en soupirant. À quoi bon chercher un suspect, puisqu'il n'avait pas pu entrer dans l'amphithéâtre ? Et même s'il y était parvenu, comment aurait-il pu en sortir ?

— Alors, vous les passez au gril ? Lequel va craquer le premier ?

L'Anime était venu s'asseoir dans le transat voisin du sien. Le ton de la question était léger, mais il semblait grave, triste.

— Maintenant que vous êtes commissaire, j'aimerais vraiment vous aider. Demandez-moi tout ce que vous voulez, il y a peut-être des détails auxquels je penserai en vous répondant.

— Je sais juste que c'est un coco ou une kiki qui a tué King, lâcha Viviane. Ou le Turc. Ou Reine.

— Ou moi, pendant que vous y êtes ! Heureusement, à partir du moment où j'ai quitté King, il y a toujours eu du monde pour me tenir compagnie : Reine, puis Clown et le flic. Ensuite, tous les Chéris m'ont vu au bar. Le Turc, lui, n'a plus quitté son poste de garde, les livreurs l'auraient signalé. Quant à Reine, désolé, elle est restée dans les bureaux. Elle a des témoins.

Il semblait navré. Il aurait tant aimé que la chef de village soit coupable qu'il ne cherchait même pas à s'en cacher.

— Je sais tout cela, le rassura Viviane. King n'a jamais fait état de menaces, de comptes à régler avec un coco ou une kiki ?

— Non. S'il s'était senti menacé, il me l'aurait certainement dit.

— Vous les connaissez depuis longtemps, Tournevis, Clown et Cuistot ?

— Oui, depuis trois ans : ils ont été recrutés la même année. King ne les aimait guère, moi non plus. Vous avez des soupçons ?

Viviane lui parla des alibis qui lui avaient été fournis par les trois cocos. Ce n'était pas la réparation de la pompe, la partie de pétanque ou la recherche de gags, qui lui paraissaient bizarres, c'étaient les allées et venues vers leur lodge.

L'Anime fronça les sourcils.

— Pris isolément, ces déplacements n'auraient rien d'anormal, mais là, ça fait beaucoup. Vous êtes sûre que c'est à leur lodge qu'ils allaient ? C'était peut-être à la réserve, juste à côté, vous y avez pensé ? Reste à savoir ce qu'ils pouvaient y chercher.

— Vous les voyez en tueurs, ces trois-là ?

Il haussa ses maigres épaules.

— *Voir en tueur*, ça n'a de sens que pour un policier, qui passe sa vie à croiser des assassins. King, je ne le voyais pas non plus *en tué*. Quand je les regarde tous à la grande table, je ne comprends pas. Bien sûr, King s'était montré maladroit en voulant confisquer les petits revenus, mais il était plus aimé que vous ne le pensez. Vous voulez mon avis ? Ne vous embêtez pas à chercher un tueur, cherchez simplement quelqu'un qui l'aimait moins que les autres.

Un Hétoilà vint prévenir L'Anime qu'on avait besoin de lui au bar pour le grand quiz disco.

Toutes ces discussions n'avaient servi qu'à fatiguer Viviane. Restée seule, elle se laissa aller à somnoler dans le transat. Les personnages entraient et sortaient dans son rêve comme dans un amphithéâtre, échangeant leurs tuniques, leurs baskets et leurs cagoules rouges, s'évanouissant, revenant. Sa songerie était à peine plus biscornue que la réalité. Ce fut Willy qui la réveilla. Elle l'avait oublié, celui-là.

— Je suis allé en taxi chercher mon chat, à Rhodes.

Les ennuis recommençaient. Ils étaient trop absurdes, ils devaient faire partie du rêve. Mais non, c'était bien la voix virile et triomphante du lieutenant Willy Cruyff.

— Vous savez ce que le taxidermiste a trouvé en l'empaillant ? Une brochette métallique cassée, qui avait transpercé le cœur.

Elle se redressa, ébahie : cette pièce-là allait compliquer tout le puzzle. Willy tenait déjà son explication.

— Il n'est donc pas mort pendu, mais poignardé puis pendu. Comme King. La mort de Sixiz était une répétition.

— Et qu'avez-vous fait du corps, Willy ?

— Je l'ai gardé dans ma chambre, au frigo. Venez voir.

Elle le suivit, méfiante. Décidément, elle n'avait pas de chance avec ses lieutenants et les pièces à conviction : le précédent les mangeait, le nouveau les gardait au frigo.

Ils traversèrent tout le village pour gagner les lodges des Chéris. Celui de son lieutenant était parmi les plus éloignés, près de la boîte de nuit. Willy la fit entrer, ouvrit la porte du petit frigo-bar, et resta pétrifié.

— Le chat n'est plus là. On me l'a volé ! Je l'avais laissé bien au frais.

Avec Viviane, il inspecta son armoire, celle de son co-occupant, la salle de bains. Aucune trace du chat empaillé.

— Qui vous a vu le déposer ?

— Personne. Mon coloc était absent quand j'ai ouvert le carton en rentrant. Je suis allé au bar prendre un café, puis je suis passé à votre lodge. Je vous ai cherchée partout jusqu'à ce que je croise L'Anime qui m'a dit où vous trouver.

— Le voleur est un Chéri qui aura fait ça pour s'amuser. Je suis sûre qu'on vous le rapportera discrètement.

Elle n'en croyait pas un mot, mais le lieutenant semblait si triste qu'il méritait quelques mots de réconfort. Elle le fit asseoir à côté d'elle et lui raconta les désastreux interrogatoires de l'après-midi. Elle eut un petit serrement de cœur en concluant :

— Désormais, Willy, affichez-vous le moins possible avec moi. On sait qui je suis. Quand j'interroge, on se méfie de moi. Vous, vous avez plus de marge de manœuvre. Continuez à bavarder, vous êtes notre meilleure chance.

Elle avait l'impression de donner son congé à un amant trop jeune pour elle : c'était un peu d'elle-même qu'elle abandonnait.

CHAPITRE 18

Un peu plus tard, quand elle s'installa pour dîner à une table de deux, le cher Fredo vint l'y rejoindre. Il avait compris que Viviane était une femme délicate qu'on ne cueillait pas comme ça, et s'était mis en peine : faux bob Lacoste argenté, faux tee-shirt Hugo Boss orange citrouille, et baskets assorties d'une grande discrétion. Il était fier d'avoir trouvé à Lindos une telle panoplie. Tout paraissait faux chez lui, même son dentier. Il passa son temps à raconter les désopilantes anecdotes de sa vie au tri postal de Lisieux. Viviane souriait poliment, riait à contretemps. Elle observait Willy qui, un peu plus loin, jouait les boute-en-train à une table de jeunes.

Lorsque le lieutenant partit avec son groupe vers l'amphithéâtre, pour le spectacle de danses folkloriques, elle le suivit comme une mère triste, et s'assit deux gradins au-dessus de lui.

La « grande troupe de ballets » promise ne comptait qu'un couple de danseurs, un joueur de bouzouki, un flûtiste et une chanteuse au clavier. La première danse fut interminable. L'argument était toujours le même : après trois entrechats, le couple faisait semblant de se disputer devant le public et les musiciens. Il partait en dansant derrière l'orchestre et, là, se réconciliait à bouche que veux-tu. Un regard du joueur de bouzouki le faisait revenir, la danse reprenait, la dispute aussi, puis le couple retournait se réconcilier. C'était lourd, joué et dansé sans grâce. Willy et son groupe s'éclipsèrent au bout de cinq minutes. Viviane resta, morose, jusqu'à la fin. La danse lui plaisait, sans qu'elle sache pourquoi.

De retour à son lodge, elle trouva un message sur son portable qu'elle avait oublié de prendre : Augustin Monot corroborait les dires de Vent-Debout. Sa conquête et lui avaient bien passé la soirée et la nuit ensemble.

Pourquoi Viviane était-elle restée à ce stupide spectacle ? Elle aurait pu parler à Monot, entendre sa voix. Vu l'heure à laquelle il avait téléphoné, il devait être chez lui. Elle aurait même pu lui demander de déclamer le torride poème à Lou, dans sa version intégrale. C'était trop injuste. Elle composa son numéro et tomba sur le répondeur : après lui avoir annoncé que son message était inaudible, elle demanda qu'il la rappelle. Cette nuit fut triste et froide comme une nuit sans amour. Comme toutes ses nuits.

Réveillée tard, elle prit un petit déjeuner très léger : les pilules coupe-faim commençaient à produire leur effet. Elle se contenta d'une pomme, d'un yaourt et d'une tranche de pain. Voulant se donner meilleure mine, elle partit bronzer à la piscine. Elle y retrouverait peut-être Willy.

Elle n'y trouva pas le lieutenant, mais son chat empaillé.

Sixiz flottait, impérial, sur un matelas pneumatique. Le taxidermiste avait bien travaillé : l'animal était cambré, le dos arqué, menaçant, comme prêt au combat.

Il n'y avait pas encore grand monde sur les chaises longues, seulement quelques Chéris qui, médusés, regardaient le spectacle. Certains, croyant Sixiz encore vivant, craignaient qu'il ne fût enragé. D'autres affirmaient qu'il devait s'agir d'un gag de Clown, ha, ha, un gag très drôle, il avait retrouvé son humour, celui-là, on allait enfin bien se marrer. Tous se turent à l'arrivée de Reine qui paraissait dans un état second. Elle hurla :

— Enlevez ça, enlevez cette bête ! Allez la chercher !

Nul ne bougea : cette intervention faisait peut-être partie du spectacle. Puis un Hétoilà plongea, s'empara du matou et vint l'apporter aux pieds de Reine qui recula, dégoûtée.

— Mets-le dans un sac-poubelle, imbécile, et jette-moi cette horreur à la décharge !

Viviane hésita à réclamer la pièce à conviction mais elle se voyait mal expliquer qui avait fait empailler Sixiz. Elle laissa le cadavre finir ses jours aux ordures.

Ce fut le seul événement de la journée. Le soir, elle se rendit avec le troupeau dans l'amphithéâtre, où l'on allait célébrer la fête nationale belge avec un jour d'avance, puisque Flamands et Wallons repartaient le lendemain. Un concours de buveurs de bière était au programme et Clown avait promis un one man show, un festival d'histoires belges. On allait *rigoler*, disaient les Chéris. Au club, on ne s'amusait pas, on ne riait pas, on rigolait. Elle détestait ce verbe.

On ne rigola pas.

En entrant dans l'amphi, elle découvrit, comme tout le monde, une chose pendue au mât : un cadavre d'animal que la brise du soir faisait doucement osciller. C'était celui de Sixiz. Le spectacle était sinistre. La posture dans laquelle il avait été empaillé lui donnait, au bout de la corde, un mouvement presque diabolique. Une créature revenue des enfers.

Le public était pétrifié. On attendait les cocos, on espérait quelque consigne, quelque mot d'ordre, on n'était plus habitué à réagir tout seul. On ne savait quoi penser, on ne savait plus penser.

Willy, lui, ne s'était pas posé de questions : ayant posé l'échelle contre le mât, il l'escaladait prestement. Il décrocha le cadavre empaillé, le prit sous le bras pour redescendre, traversa la piste et remonta les gradins, Viviane sur ses talons, en ignorant les appels de quelques cocos qui arrivaient.

— Et maintenant, que fait-on, commissaire ?

C'était décidément une manie. Mais, pour une fois, Viviane y voyait très clair.

— C'est votre dossier, mon petit Willy, pas le mien. Rangez-moi ça où vous voulez, mais dans un endroit où personne n'ira le chercher pour le ressusciter.

Son lieutenant s'en alla, la dépouille sur les bras.

Elle eut brièvement pitié de lui. Bien sûr, il avait mérité ce qui lui arrivait, mais il aurait aussi mérité un peu de sympathie. Viviane ne savait comment la lui manifester, elle se sentait si maladroite. Et surtout si lasse : cette cinquième journée ne lui avait pas apporté le moindre indice, pas procuré le moindre soupçon, elle en était déprimée. Elle partit se coucher. Les Belges célébreraient sans elle leur fête nationale.

La commissaire venait de s'endormir quand on gratta à sa porte. Willy, souriant, tenait les mains derrière le dos, comme s'il allait lui offrir une surprise.

— Je ne sais pas si ce que je vous apporte va vous plaire.

C'était une bouteille de muscat de Samos, une bouteille pleine, maculée de terre. Viviane l'examina : le haut de la capsule métallique avait été découpé, et le bouchon semblait avoir été percé.

— Où avez-vous trouvé ça ?

— Dans la fosse mortuaire. Je m'étais dit que la meilleure cachette pour me débarrasser de Sixiz, c'était l'endroit d'où je l'avais sorti. Alors, j'ai pris la bêche dans la cour et j'ai rouvert le trou. J'y ai trouvé la bouteille, je l'ai remplacée par le chat.

Viviane comprit qu'elle n'allait guère dormir cette nuit-là.

— Allez vous coucher, Willy. Moi, je vais réfléchir. Revenez m'aider vers 7 heures du matin, avec du café.

Elle s'assit devant sa table, qu'elle parsema, peu à peu, de feuilles de papier criblées de remarques et d'idées. La découverte de cette bouteille avait sorti de la zone sombre de son cerveau une multitude de petits faits. Elle allait permettre de réorganiser le puzzle. Il fallait déplacer toutes les pièces.

Pour mieux profiter de la fraîcheur stimulante de la nuit, Viviane avait ouvert la fenêtre. Les moustiques venaient lui tenir compagnie, c'était très bien, ils l'empêcheraient de dormir. Elle finit par voir une vague lumière grise se mêler à l'épaisseur de la nuit : ce jour de fête nationale belge serait celui de son triomphe.

Une main la secoua : c'était Willy, venu lui apporter une tasse de café noir. Il était 7 heures du matin, elle s'était endormie, la tête plongée dans ses notes.

— Merci, lieutenant. Et bravo pour votre travail sur le dossier chat. Brave bête, ce Sixiz, il nous a apporté la solution du meurtre du Turc.

Willy s'assit sur le bord du lit, avec de grands yeux émerveillés, ceux d'un enfant qu'on emmène voir Guignol au jardin du Luxembourg. Aujourd'hui, le gendarme allait être plus malin que Guignol.

— En mettant la main sur cette bouteille, vous avez exhumé la pièce autour de laquelle vont s'accrocher toutes les autres. Cette bouteille, j'aurais bien voulu la trouver dans le cabanon du Turc. Tandis que je la cherchais, je m'étais mise à chercher aussi autre chose, sans vraiment y penser, par association d'idées : un tire-bouchon, et des bouchons. Il n'y avait ni l'un ni l'autre, ce qui est curieux dans le logement d'un ivrogne. Qui avait offert cette bouteille, Willy ?

— Reine, au déjeuner : c'est vous qui me l'avez raconté.

— Oui, exactement. Elle a donné au Turc les deux bouteilles qu'on a retrouvées, la vide et celle-ci. Je dis bien *elle, et pas Picole*. Celles apportées par Picole ont dû rester dans le sac de plage de Reine. Ce qu'elle a offert au gardien, ce sont deux bouteilles identiques qu'elle avait dû prendre dans la réserve un peu plus tôt. Elle avait découpé le haut de leur capsule et retiré le bouchon : je suis prête à parier que c'était pour y ajouter une forte dose de somnifère, le Stilnox que j'ai vu chez elle. Cela se vérifiera à l'analyse. Puis elle les a soigneusement rebouchées et rangées dans le même sac de plage. Il lui a suffi de les sortir quand le Turc est passé. Celles de Picole ont dû être remises telles quelles dans la réserve un peu plus tard.

Willy avait suivi le raisonnement, concentré et admiratif. Il demanda, comme un enfant auquel on raconte une histoire :

— Et après, qu'est-ce qui se passe ?

— Reine attend que le Turc ait déjeuné et bu : la dose est si forte qu'il va sombrer dans un sommeil profond. Elle attend surtout que tous les cocos et kikis aient achevé leur repas ; L'Anime me tient la jambe pour que j'en sois témoin et afin que je puisse suspecter chacun d'eux. Ils savent tous que le Turc va être interrogé avec l'aide d'un nouvel interprète, vraiment bilingue. Ensuite, Reine quitte le restaurant la dernière, pour aller, prétend-elle, prendre les dimensions du cabanon.

Elle trouve le Turc affalé sur la table. Le temps lui est compté : elle lave la bouteille consommée, histoire de faire disparaître les traces de Stilnox en cas d'analyse. Ce lavage n'étonnera personne : avant de revendre les bouteilles usagées, le Turc avait la même habitude. Mais l'analyse pourrait aussi porter sur le bouchon. Lequel est-ce ? Il y en a plusieurs au fond du tiroir de la table. Dans le doute, Reine les fourre tous dans son sac. Elle tue alors, de deux coups de hache, le Turc endormi, puis m'appelle en hâte.

Reste la seconde bouteille, qui n'a pas été bue. Il suffit de la vider dans l'évier et de la laver pour éviter toute analyse. Mais là, mauvaise surprise, le tire-bouchon est introuvable. Reine ignore que le Turc le gardait sur lui. M'entendant arriver, elle panique et a juste le temps de cacher la bouteille à quelques mètres du cabanon. Je commence la fouille sous son regard sourcilleux. Pour me débarrasser d'elle, j'ai la mauvaise idée de l'envoyer fouiner… dans le bois autour de la cahute. Reine ne se le fait pas dire deux fois : ce sera l'occasion de mieux dissimuler la bouteille. Mais voilà qu'elle tombe sur la sépulture profanée de Sixiz. Elle ne comprend plus, s'affole, puis elle reprend ses esprits et m'éloigne, en prétextant avoir entendu un bruit. Dès que j'ai le dos tourné, elle en profite pour enterrer son muscat de Samos dans la fosse de Sixiz. Elle oriente les soupçons sur Kerim, le sourd-muet, pour être plus tranquille. Et le muscat reposera en paix pour l'éternité. Il a malheureusement fallu que vous veniez procéder cette nuit à une nouvelle inhumation. Voilà, le meurtre du Turc est résolu. Vous n'applaudissez pas, Willy ?

— Mais quel est le mobile ? Elle l'aimait bien, son jardinier.

— Oui, mais moins que son amant. Il fallait donc le sacrifier avant qu'il ne parle en présence de l'interprète. Je ne sais pas ce qu'il risquait de révéler, mais ce devait être une précision capitale.

— Et pour le meurtre de King ?

— C'est une autre histoire. Je ne pense pas que Reine en soit l'auteur. Elle n'aurait pas eu la force de le porter ni de le pendre. De plus, le témoignage de L'Anime est clair : elle n'a jamais disposé du temps nécessaire. Le coupable, c'est plus probablement son amant. On trouvera, vous verrez.

Le lieutenant esquissa une moue dubitative.

— Mais si, Willy ! Il faut simplement l'identifier. Et comprendre comment il s'y est pris. Et trouver le mobile. Pff, pour une équipe telle que la nôtre, c'est une affaire quasiment résolue.

— Et maintenant, qu'est-ce qu'on fait ?

Elle attendait la question, et sa réponse était prête.

— Venez me retrouver ici, fraîche et dispose, à 10 heures. Pour la première fois depuis notre arrivée, je vais bien dormir.

CHAPITRE 19

Viviane se réveilla peu après, d'humeur joyeuse, et remarqua que le Tout-Puissant avait laissé un message sur son répondeur, demandant à être rappelé au plus vite.

Elle obtint aussitôt la communication et exposa longuement le grand pas en avant dans l'enquête. Il y eut un lugubre silence.

— Samedi, je vais voir le ministre à l'occasion d'une chasse à courre. Vous arrive-t-il de courre le cerf, commissaire ?

La question était absurde. Elle n'y répondit pas. D'ailleurs, elle ne connaissait même pas ce verbe *courre*. Elle devina que le Tout-Puissant allait l'écraser de son mépris.

— Non ? C'est dommage, vous auriez compris le propos que je vais lui tenir s'il me demande des nouvelles de l'enquête. Je lui répondrai que vous la menez comme un braque. Vous voyez ce que j'entends par là ?

Il fallait bien sûr se taire, se préparer à recevoir les coups.

— Les braques, commissaire, sont de braves

chiens. Ils pourchassent la bête avec enthousiasme et courage. L'ennui, c'est qu'ils se trompent vite de gibier : ils sont derrière un dix-cors, mais pour peu qu'ils croisent un lapin, ils s'élancent à sa poursuite. Vous êtes comme eux. Qui vous a mandatée pour vous occuper de l'assassinat de ce jardinier turc ? Cherchez le meurtrier de son chat, pendant que vous y êtes ! Une chef de village libanaise a tué un jardinier turc en territoire grec. Et alors ? En quoi cela concerne-t-il la police française ? Pourquoi devrions-nous la convoquer à Paris ? Que voulez-vous que nous foutrions d'une telle coupable ?

Le Tout-Puissant s'arrêta brusquement ; Viviane le sentait chiffonné par ce verbe au subjonctif douteux. Il avait dû l'utiliser pour faire peuple, sans bien le maîtriser. Mais il en connaissait d'autres.

— Vous m'entendez, commissaire, qu'auriez-vous voulu que nous en fichassions ?

— Et moi, que dois-je en faire ? La livrer à la police locale ?

— Surtout pas, malheureuse : ce serait le prétexte dont rêve le propriétaire pour mettre fin au bail. Vous pensez que le coupable est son amant ? Eh bien, trouvez l'amant. Ce n'est pas sorcier, dans un espace clos. Pistez cette femme comme un bon braque, dormez devant sa porte ou sous son lit, et aboyez quand vous tiendrez le meurtrier.

Il y eut un nouveau silence, puis le Tout-Puissant changea de ton. Il jouait maintenant les gentils. Viviane resta sur ses gardes. C'était généralement là qu'il faisait le plus mal.

— Votre lieutenant Cruyff ne fait peut-être pas le poids ? Cela vous ferait plaisir que je vous envoie Monot ?

Bien sûr que cela lui ferait plaisir. Elle imaginait déjà son arrivée dans l'enquête, en archange glorieux. Dans l'enquête et dans le lodge. La tentation était grande, mais elle ne pouvait pas faire cela à Willy. Une si belle vocation ne méritait pas d'être brisée.

— C'est inutile, monsieur le directeur. Le lieutenant Cruyff me donne… toute satisfaction. Dans quelques jours, l'affaire sera réglée.

— Trois, commissaire ! Je vous donne trois jours. Vous en êtes déjà à six jours de vacances à l'œil, ça commence à bien faire.

Dès qu'il eut raccroché, Viviane s'effondra sur son lit : le Tout-Puissant avait raison, ça commençait à bien faire.

« Cela vous ferait plaisir que je vous envoie Monot ? » La question la tarauda toute la matinée. Elle avait peut-être eu tort de refuser. Elle commençait à bien aimer son Willy, mais à quoi était-il bon ? Il n'excellait que dans le n'importe quoi : danser la salsa avec la première pouffiasse venue, ou tenter de sauter les murs à la perche.

Voulant quand même lui donner sa chance, Viviane alla lui expliquer qu'elle comptait sur lui.

— Nous n'avons plus que trois jours pour résoudre l'affaire. Vous êtes mon meilleur atout, faites ce qu'il vous plaira.

— Je vais essayer de comprendre comment

l'homme aux baskets rouges a quitté la falaise, ça vous va ?

Elle lui donna sa bénédiction et le vit partir vers un groupe d'Hétoilàs. Il réapparut vingt minutes plus tard, tenant à la main un petit sac en plastique :

— L'Hétoilà des sports m'a prêté ça. Regardez, c'est de la corde de randonneur. J'en ai trente mètres, ça ne pèse pas plus d'un kilo, ça ne prend pas plus de place qu'un bouquin.

— Elle est très jolie, Willy, mais qu'allez-vous en faire ?

— Je vais descendre la falaise. Tout bien réfléchi, c'est la seule voie qu'avait monsieur Baskets Rouges pour quitter le belvédère.

— Pas question, vous allez vous rompre le cou. Qu'est-ce que vous connaissez à l'alpinisme ?

— Rien, mais Baskets Rouges non plus. J'ai pris mes renseignements : aucun coco ne pratique l'escalade. N'ayez pas peur, je vais attacher ça au pilier de la table d'orientation et descendre en rappel, l'Hétoilà des sports m'aidera.

Atterrée, elle le vit s'éloigner en sifflotant. Elle tenta de lire, mais Apollinaire ne pouvait dissiper son malaise. Viviane savait qu'elle venait de poser sur Willy un regard de mère. Elle savait aussi que tout homme normal finit par quitter sa mère.

Il revint une heure plus tard. Ses mains saignaient, et leur couleur se confondait avec celle du cadeau qu'il apportait à la commissaire : une paire de baskets rouges.

— N'importe qui peut monter et descendre la

falaise, puisque je l'ai fait. Mais ne vous réjouissez pas trop vite, rien n'est résolu.

Il posa les baskets sur les genoux de Viviane.

— Je les ai trouvées en bas, dans l'éboulis. Regardez-les : qu'en pensez-vous ?

Ce petit ton professoral était exaspérant. Elle faillit le remettre à sa place mais se contint. Il avait fait du très bon travail, même Monot n'aurait pas fait mieux. Elle examina les chaussures comme si elle s'apprêtait à les acheter dans un dépôt-vente. Le cuir était éraflé, mais les coutures impeccables. Et les semelles ne portaient aucune trace d'usure.

— Elles sont comme neuves.

— Non, elles *sont* neuves, Viviane. Personne ne les a jamais portées, ni pour monter un sentier caillouteux, ni pour descendre une paroi rocheuse en rappel. Vous imaginez un type assez frapadingue pour marcher pieds nus, en s'écorchant, de peur d'user ses chaussures neuves ? Un type qui tient tellement à ses baskets et qui, pourtant, les a jetées, vous entendez, *jetées*, du haut de la falaise, mais pas assez loin pour que la mer les emporte ? Jetées, pas déposées, pas oubliées : elles étaient à plusieurs mètres l'une de l'autre. Une histoire de fous, ou un type tordu.

La commissaire l'écoutait, amusée : son lieutenant apprenait vite, il apprenait même à parler comme elle. Mais il n'allait pas encore au bout de ses idées.

— Oui, il est tordu, votre type. Trop tordu pour exister.

Tout était tellement simple, tellement bête ! Les

pièces du puzzle bougeaient à nouveau. Il suffisait de retirer la mauvaise pièce, celle avec les baskets rouges, et tout s'emboîtait.

— C'est une histoire très féminine, Willy. Reine a simplement voulu se venger de King. Elle est venue, seule, s'exposer sur le belvédère avec cette paire de chaussures, qu'elle a mises bien en évidence. Elle a caché la chaise longue de son amant imaginaire dans les broussailles, et a décalé la sienne. Elle savait que L'Anime devait installer le projecteur. Connaissant sa soumission à King, elle était sûre qu'il ferait monter le chef sur le mât pour qu'il contemple son infortune. Derrière ses lunettes noires, elle a vu que King l'avait vue. Elle s'est alors rhabillée, a jeté les baskets rouges aussi loin qu'elle a pu, et est allée le retrouver. C'est la bonne vieille histoire de la femme qui veut faire croire à son mari qu'elle a un amant, pour le rendre fou. Nous étions sur une fausse piste, il va falloir chercher ailleurs.

— Et le bras d'homme que L'Anime a cru voir sur son sein ?

— Un foulard brun posé sur sa poitrine pour la protéger du soleil, une illusion. On repart de zéro, Willy.

Le lieutenant ne répondit pas. Il regardait tristement son cordage, ses baskets rouges. La commissaire lui avait gâché son heure de gloire. Il était midi, le restaurant ouvrait. Viviane s'y rendit d'un pas allègre, tandis que Willy partait ranger le matériel dans la réserve.

L'irremplaçable Fredo occupait seul une table

de deux : en la voyant, il brama un long appel. Tout le monde se retourna, certains riaient. Un soupirant aussi assidu méritait un peu de considération : elle vint s'asseoir face à lui.

Fredo lui annonça que ses vacances se terminaient. Elle sentait son angoisse de conclure avant son départ et voyait sa difficulté à l'exprimer. Il lui parla des bibelots et souvenirs qu'il avait achetés la veille à Lindos, pour ses collègues du bureau de tri. Il n'était pas sûr d'avoir bien choisi : ne voulait-elle pas venir les voir à son lodge ? Son coloc avait justement repris l'avion le matin même. Ils ne dérangeraient personne et personne ne les dérangerait. Viviane ne dit ni oui ni non, elle demanda des précisions. Un tee-shirt décoré de petits ânes, quelle belle idée ! Et que faisaient les petits ânes ? Oh, les coquins ! Une amphore ornée d'un satyre priapique, ah, comme c'était drôle ! Fredo s'échauffait, rougissait, il avait ferré le poisson.

Comme Reine, Viviane aimait rendre les hommes jaloux. Elle observait la réaction de Willy, deux tables plus loin, et s'en amusait. En allant au buffet, il était passé devant eux sans les regarder, les yeux rivés au sol. Il observait maintenant Fredo d'un air soucieux, attentif. La situation devenait délicieuse. Viviane avait terminé son yaourt de brebis, et Fredo s'était élégamment essuyé la bouche sur laquelle coulait le miel de ses loukoumades. Il se leva et proposa :

— Alors, je vous montre *ça* ?

Elle lui sourit, se leva et le suivit ; elle l'arrêterait le plus tard possible, le temps d'affoler son petit lieutenant. Celui-ci s'était levé et se dirigeait d'un pas farouche vers Fredo. Il n'allait quand même pas le provoquer en duel ?

Willy se contenta de poser la main sur l'épaule du Don Juan, et de lui demander d'un ton inquisiteur, en désignant ses baskets orange :

— Où les avez-vous achetées ?

— À Lindos, dans une boutique turque qui en a de toutes les marques, de toutes les couleurs.

— Et ce modèle, il existait en rouge ?

— Aucune idée, mais allez voir : en arrivant au square, prenez la rue à droite, tournez à gauche, et c'est juste avant le virage.

— Venez, Viviane, lança Willy.

Pour la première fois, il lui avait donné un ordre. Et ce fut ainsi que le lieutenant Cruyff priva la commissaire des tentations de la chair.

Dans le taxi, la commissaire ne dit rien : elle s'en voulait de ne pas avoir remarqué la similitude entre les baskets rouges et celles de son séducteur. Même dessin, mêmes décorations. Le lieutenant se taisait également. On sentait chez lui une étrange détermination.

— Vous êtes un bon flic, Willy, fit-elle pour détendre l'atmosphère. Vous vérifiez tout, même quand ça ne débouche sur rien.

— Je suis simplement un mauvais perdant. Je me suis donné assez de mal pour récupérer ces baskets, je veux qu'elles servent à quelque chose.

La boutique était tenue par un commerçant âgé. Assis sur une chaise en bois, il somnolait en agitant un éventail. On ne voyait pas beaucoup de chaussures en rayon. L'homme examina, étonné, les baskets que Willy lui tendait. Son anglais était très mauvais, celui du lieutenant aussi. Ils dialoguaient donc aisément :

— C'est vous qui vendez ça ?

— Oui, et je suis le seul de toute l'île. Je les fais venir d'Izmir. Mais des rouges comme ça, je n'en ai plus. J'en ai d'autres, de toutes les couleurs. Je les stocke là-haut.

Il désigna des piles de boîtes rangées au-dessus des armoires. Viviane leva la tête et afficha un curieux sourire : bien sûr, elle ne les avait pas remarquées.

— Merci, monsieur, mais ce qui m'intéresse, ce sont les rouges.

— Désolé, j'ai vendu la dernière paire il y a une dizaine de jours.

Le vieil homme regarda l'intérieur de la chaussure et ajouta :

— La pointure était la même, du 46. Je les ai soldées parce que les grandes tailles, ça ne part pas. Si ça se trouve, ce sont celles-là.

— Vous les avez vendues à une jeune femme ? demanda Willy.

— Non, à un monsieur français. Je lui ai fait remarquer qu'elles seraient trop grandes pour lui, mais il les a achetées sans même les essayer.

Viviane regardait son lieutenant : il exultait. Elle le voyait se métamorphoser, devenir flic. C'était beau à voir, plus beau que toutes les épreuves du décathlon. Il avait sorti de sa poche son petit Fuji, et faisait défiler sous les yeux du commerçant les photos qu'il avait prises depuis son arrivée : de banales photos de groupe, de tablées, de spectacles, des portraits de cocos et kikis.

— Stop. C'est celui-là, avec les cheveux rouges.

Willy tendit l'appareil à Viviane : vêtu d'un costume blanc, un micro à la main, L'Anime paradait dans toute sa splendeur et sa turpitude.

— Le salaud, il nous a bien eus, soupira Viviane. Venez, Willy, je vous offre le café au Captain's House.

Ils avaient trouvé place à la même table que la dernière fois, il y régnait la même fraîcheur, la même ambiance, presque les mêmes touristes, mais tout avait changé. La dernière fois, ils avaient cru comprendre, cette fois-ci ils ne comprenaient plus. Leur discussion partait dans tous les sens, on avait à nouveau chamboulé les pièces du puzzle.

— L'Anime a acheté les baskets rouges pour Reine, ils sont donc de mèche, résuma Viviane. Et s'il était aussi l'amant ?

— Cela ne me paraît guère imaginable, commissaire. Tout le monde sait qu'ils se détestent. Et franchement, ajouta-t-il avec une grimace sceptique, lui, comme séducteur…

Elle demanda un verre d'eau. Elle n'avait pas soif, c'était pour mieux se concentrer, en buvant doucement, tout doucement.

— Vous vous souvenez de ce désastreux spectacle folklorique ? Ce couple de danseurs qui se chamaillait devant les musiciens et qui se bécotait derrière leur dos ?

Willy hocha doucement la tête, il comprenait. Viviane expliqua, sans savoir encore où elle allait :

— Si on accepte l'idée d'une liaison entre Reine et L'Anime, tout devient plus facile : chacun valide l'alibi de l'autre. L'Anime peut avoir tranquillement tué et caché King, *avant* l'arrivée du flic, *avant* leur retour dans l'amphithéâtre, et je crois savoir comment. Il n'y a plus d'entrées et sorties qui tiennent, fini le vaudeville.

— Et le bourreau ?

— Il est très important, ce bourreau, mais je ne vois pas quoi en faire. Il n'a pas sa place dans le puzzle.

Elle ferma les yeux, se prit la tête dans les mains. Ce n'était pas par comédie, elle avait besoin de plonger dans ses souvenirs, de revoir une scène, puis un décor.

— Et si nous rentrions, Willy ?

En chemin, elle s'arrêta dans une librairie et feuilleta un dictionnaire franco-grec, puis un gréco-turc. Elle nota un mot et son écriture phonétique. Willy l'avait attendue devant la porte. En sortant, elle lui lança :

— Je cherchais un mot, je l'ai trouvé. *Kukuleta*, c'est joli, non ? Kukuleta, vous l'avez déjà entendu, ce mot-là ? Non ? Moi non plus, je vous rassure. Et pourtant, ça se remarque, ça se retient, kukuleta.

Le regard désemparé du lieutenant Cruyff la rendait heureuse : elle redevenait la commissaire Lancier qui résout les enquêtes.

Dix minutes plus tard, le taxi les déposa à l'entrée

du village-club. Willy ne posait plus de questions, il se contentait de suivre Viviane, de l'admirer. Il assistait en direct au bouclage d'une affaire.

Elle gravit les marches de l'amphithéâtre et ouvrit le portail.

— Restons en haut, Willy. Êtes-vous sûr d'avoir exploré *toutes les cachettes* ? Regardez droit devant vous.

— L'estrade, commissaire ? Mais je l'ai déjà entièrement fouillée, dessus, en dessous, et derrière la cloison.

— Non, vous baissez les yeux, Willy. J'ai dit *droit devant vous*. Je vais vous aider, vous y êtes déjà passé, pas moi.

— Il n'y a que la potence et la roue qui… oh, merde !

— Oui, Willy. Quand on cherche, on ne pense jamais à regarder en l'air. Comme chez le marchand de chaussures. Ou comme vous le disiez si bien en haut de l'acropole : *vu du bas, on ne voit rien*.

Ils fixaient tous deux le sommet du pylône, enfin devenu mât de cocagne. Sur la roue s'amoncelaient les projecteurs. Certains étaient emballés dans des bâches, d'autres pas. Certaines bâches étaient pliées, maintenues par des sandows.

— Un beau désordre, Willy. C'est là qu'était planqué King quand le brigadier Vermeulen, Clown, L'Anime et Reine le cherchaient. Mais L'Anime et Reine faisaient semblant. Ils n'ont pas eu de mal à cacher le corps sous une bâche : King était gros, mais pas plus que deux ou trois projecteurs.

— Le cacher, d'accord. Mais comment ont-ils pu le hisser ?

— Il est monté tout seul, de son vivant. Il a forcément été *tué là-haut*. C'est la seule explication. Aucun assassin n'aurait pu l'y transporter.

— Bon, supposons qu'on l'ait tué là-haut et caché sous une bâche. Et ensuite, pour pendre le cadavre ? Ça demande du temps. Si je vous suis, il n'y a que deux solutions : soit le corps de King a été pendu par le bourreau, peu après 18 heures, soit il a été pendu par L'Anime à 20 h 30, lorsque celui-ci a fait un saut dans l'amphithéâtre, laissant Piqûre en bas de l'escalier. La seconde solution, on peut la tester. Le passage de L'Anime a duré le temps d'une chanson, vous vous souvenez ?

Willy posa l'échelle contre la potence, alla chercher le mannequin de paille sous l'estrade, le hissa et le posa, non sans mal, en haut de la roue. Il lui passa la corde autour du cou, en attacha l'autre bout sur la roue, redescendit, puis reposa l'échelle contre le gradin.

— Nous allons procéder à une reconstitution, peut-être même en musique.

Il entra en cabine régie, farfouilla dans la boîte à CD.

— Ils ont *Zorba le Grec*. Le contraire m'aurait étonné dans un club de vacances à Rhodes. Bon, moi je regagne la *zona privada*, en bas de l'escalier et vous, vous lancez *Zorba* pour me donner le départ. Mettez le son à fond. Je vais attendre quelques notes, pour démarrer comme l'a fait L'Anime.

Viviane lui sourit : il était en train de devenir flic,

mais il restait tellement enfant ! C'était charmant. Elle le vit repartir, lança la musique puis s'installa en haut de l'amphi pour suivre l'exercice.

Willy était déjà en train d'ouvrir le portail puis de débouler dans les gradins. Il fit coulisser l'échelle, la bloqua en position allongée, et la posa contre la potence. Le rythme du bouzouki s'accélérait. Il grimpa sur la roue, dégagea le mannequin, le fit basculer, redescendit, refit coulisser l'échelle, la rangea, remonta les gradins comme il eût avalé un cent dix mètres haies, referma le portail. On entrait dans la partie finale du sirtaki, le rythme était effréné, celui de Willy aussi. Il se jeta avec un cassé du corps sur la dernière marche.

— Ayé !

Zorba avait duré trois minutes et quarante-deux secondes. La dernière note avait retenti depuis dix secondes. Raté.

— Vous voyez, Viviane ? Je crois être un peu plus athlétique que L'Anime, King était deux fois plus lourd que le mannequin, et pourtant, je n'ai pas réussi. Ce qui a pris le plus de temps, c'est la manipulation de l'échelle. En tout cas, comme coupable, il ne reste que le bourreau.

Légèrement en sueur, essoufflé, triomphant, il faisait plaisir à voir. Viviane rétorqua :

— Non, ce ne peut pas être le bourreau. *Kukuleta*, je vous dis, *kukuleta*, n'insistez pas, Willy. Le bourreau ne compte pas, il *faut* que ce soit L'Anime, même si, après votre démonstration *a contrario*, je ne sais plus comment il s'y est pris. Venez, nous allons voir un témoin important.

La commissaire l'entraîna à la plage, vers le club de voile.

— Où est Vent-Debout ? demanda-t-elle à un Hétoilà qui réparait les barres de flèche d'un dériveur.

— En mer. Il va revenir dans un quart d'heure. Entrez, installez-vous.

Ils pénétrèrent dans le bungalow où était rangé le matériel. La pièce sentait le linge humide qui n'en finirait jamais de sécher, l'urine de chat, et une odeur plus suave que Viviane huma, amusée. Willy s'assit sur un sac à voile et la commissaire resta debout. Elle s'intéressait à un grand tableau où différents nœuds étaient présentés. Elle se pencha longuement vers l'un d'eux, et en lut la légende.

— C'est bien, ce « nœud d'évadé », dit-elle à l'Hétoilà.

— Oui, il est facile à faire et très pratique. Si vous tirez progressivement sur un des brins, le nœud se resserre. Mais si vous tirez d'un coup sec sur l'autre, il se défait.

La haute silhouette de Vent-Debout apparut dans l'encadrement de la porte, en contre-jour.

— Vous m'attendiez ? Vous avez eu de la chance, le moteur du dinghy a encore calé, j'ai cru qu'il ne repartirait jamais. Que vouliez-vous savoir, commissaire ?

— Je me demandais si Reine avait repris le ski nautique, maintenant que King n'est plus là pour l'interdire.

Vent-Debout se frotta le menton : il faisait semblant de chercher. C'en était ridicule, il connaissait la réponse.

— En fait, non. Il faut la comprendre, avec toutes ces histoires. Elle va sûrement s'y remettre bientôt.

— Oh, ça… répliqua Viviane.

Au moment de sortir, elle ramassa un mouchoir en papier maculé, l'examina, le flaira et se retourna vers Vent-Debout en lui demandant « C'est ici que ça se passe, hein ? ». Puis elle s'en fut sans attendre la réponse : le regard interloqué du coco lui avait suffi.

Elle emmena Willy au bar et lui proposa un cocktail, un vrai cocktail mais sans alcool. Elle l'invita à le boire un peu plus loin, à l'ombre d'un aliboufier. L'air était doux, le vent frais. Le climat idéal pour un jour de triomphe.

— Cette fois-ci, la partie est finie, Willy. J'ai toutes les cartes en main. Et maintenant, je vais faire le bonheur d'un homme.

— Fredo ?

— Enfin, qu'allez-vous chercher là ! Je parlais du Tout-Puissant.

CHAPITRE 20

À l'autre bout du fil, le directeur de la police judiciaire roucoulait de bonheur.

— Vous voyez, ma petite Viviane, je vous l'avais dit dès le début, *cherchez la femme*. Vous ne vouliez pas me croire. Peu importe, c'est réglé : vous allez pouvoir mettre fin à ces vacances. Transmettez mes félicitations au lieutenant Cruyff.

Elle aurait aimé en avoir sa petite part, mais n'osa pas réclamer.

— Et maintenant, comment faire, monsieur le directeur ? Il était prévu que le coupable soit convoqué au siège et arrêté dès son arrivée. Reine ne se laissera pas piéger : la direction de L'Esprit Club l'a informée de la procédure.

— Aïe, fit le Tout-Puissant.

Il s'offrit un long silence de chef, épais, plein de hautes pensées.

— Je vais en parler au ministre. Je vous rappelle.

Willy attendait derrière la porte. Elle le fit entrer et lui expliqua la situation. Ébahi, il ne voyait pas pourquoi l'on ne pouvait livrer les coupables à la police grecque.

— Vous acceptez souvent des manœuvres de ce genre, vous qui êtes commissaire ?

— Je les accepte parce que je suis commissaire, Willy.

Elle ne précisa pas « Je suis commissaire parce que je les accepte », c'était inutile, le lieutenant avait compris. Il partit nager.

Le Tout-Puissant rappela un peu plus tard.

— Vous nous mettez dans de beaux draps, avec votre affaire. Mais nous avons trouvé une solution pour exfiltrer les individus. Vous avez une arme, je suppose ?

Il était merveilleux : il supposait toujours ce qui l'arrangeait.

— On m'a prêté un Colt 45.

— Bien. Vous arrêterez les deux coupables demain soir, discrètement, après le spectacle. Vous emprunterez le dinghy du club pour les conduire à la limite des eaux territoriales, cap plein est. Là, une vedette de la Marine nationale viendra les récupérer. Vous resterez en contact téléphonique. Et bien sûr, pas de vagues d'ici demain soir, les oiseaux risqueraient de s'envoler. Un nouveau chef de village arrivera le lendemain matin et vous vous arrangerez avec lui pour rentrer par l'avion du dimanche. Pas d'autres questions ?

C'était une question qui, dans son langage, signifiait qu'il était exclu d'en poser. Viviane remercia le Tout-Puissant, car il fallait toujours, à tout hasard, remercier son supérieur avant qu'il ne raccroche.

Elle n'aimait pas trop l'épilogue de cette histoire : du film policier, on basculait dans un film d'espionnage.

Elle avait quand même une question : qu'était-elle supposée faire en attendant l'arrestation ? Le lieutenant, lui, n'avait pas d'états d'âme. Quand elle lui eut notifié le changement de planning, il alla consulter le panneau des activités.

— L'important, c'est qu'on nous ait laissé la soirée de samedi, pour le karaoké. Cela vous plairait qu'on chante en duo ?

— Oui, cela me plairait beaucoup, Willy.

Sa décision était prise : puisqu'elle était condamnée à passer trente-six heures de plus au club, elle allait devenir une authentique Chérie. Elle apprendrait à déposer sa sortie de bain dès le matin à la piscine pour réserver sa chaise longue jusqu'au soir, à tutoyer tout le monde en tapant sur les épaules ou sur les ventres. Elle découvrirait les amitiés éphémères qui se nouent devant le bac à glaces, oh, c'est drôle, tu as pris comme moi, citron et mangue, je suis sûre qu'on a le même signe astrologique. Elle participerait avec enthousiasme aux jeux, aux parodies d'émissions de télévision, oh oui, on prend *Questions pour un champion*, tu fais les questions et moi le champion, elle poserait pour les photos avec des cocos éméchés en se laissant embrasser, arrête tu me chatouilles, elle boirait à volonté le vin grec pour dormir d'un sommeil hypnotique pendant la sieste. Elle exulterait en finissant cinquième du tournoi de pétanque en triplette, hein, dire que personne ne voulait de moi dans son équipe… Elle choisirait n'importe quoi dans les boutiques du club, bon, d'accord, ce n'est pas de très bon goût, mais c'est couleur locale. Elle allait peut-être même suivre Fredo dans son lodge, ah non ce n'est pas à moi d'aller acheter les capotes à l'accueil.

Elle allait faire comme tout le monde pour être sûre d'être comme tout le monde. Et elle fit tout ce qu'elle avait imaginé, à l'exception de l'option Fredo qui s'était déjà rabattu sur un plan B.

Quand prirent fin ces heures noires, elle sut qu'elle garderait à vie l'impression d'avoir découvert l'horrible bon côté de l'existence. Des heures qui ne devaient pas gâcher l'un des meilleurs moments de la carrière d'un flic : celui du dénouement d'une enquête. Elle vint le soir à la table des tee-shirts jaunes qui achevaient le repas, et se pencha entre Reine et L'Anime.

— Il faut que je vous parle à tous les deux après le spectacle, c'est très important. On peut se voir chez vous, Reine ?

Celle-ci accepta sans cacher son étonnement.

Deux heures plus tard, la commissaire et son lieutenant vinrent frapper à la porte. L'Anime et Reine reçurent Viviane et Willy avec la mine polie et inquiète du proviseur qui voit arriver des délégués de parents d'élèves.

— J'ai un service à vous demander : pouvez-vous prier Picole de ne pas utiliser le dinghy cette nuit ? Nous en aurons besoin.

Et, comme Reine semblait surprise, la commissaire ajouta :

— C'est une question de sécurité, impossible

de vous en dire plus. Appelez-le vite : il va fermer son portable dès que les Chéris arriveront à la boîte.

Reine haussa les épaules, et s'exécuta.

— Picole ? Je ne veux pas de sortie de nuit avec le dinghy… C'est comme ça… Non, je ne t'explique pas… on verra, plus tard, plus tard.

Elle raccrocha. Elle ne souriait pas. On avait ébranlé son autorité, il fallait qu'elle la retrouve.

— C'est pour cela que vous vouliez nous voir, commissaire ?

— Je voulais également vous adresser nos félicitations.

Viviane avait prononcé ces mots en fixant le ventre de Reine, et elle ajouta très gentiment : « C'est pour quand ? » Il fallait maintenant accélérer l'interrogatoire, ne pas lui laisser le temps de se ressaisir. La jeune femme leva un regard interloqué.

— Dans six mois. Comment l'avez-vous deviné ?

— D'abord vos nausées, le jour de la mort du Turc. Ensuite, en voyant une photo dans votre bureau : je me suis demandé pourquoi une femme qui fait de si beaux backflips se privait de ski nautique depuis deux mois. Je n'arrivais pas à croire que King vous interdise un quart d'heure de dinghy, alors qu'il tolérait l'heure de balade sous la lune de Picole. Et maintenant, qu'est-ce qui vous empêche de reprendre votre entraînement ? Personne, sinon une petite graine qui ne supporterait pas les secousses dans le ventre de sa maman. Une petite graine déposée par votre amant, puisque King ne pouvait pas avoir d'enfant.

— Et alors ? En quoi est-ce que ça vous regarde ? Une femme a le droit d'être enceinte de son amant !

— Oui, mais les maris sont rarement de cet avis. Je crois que c'était le vrai sujet de la violente dispute que tous les cocos ont entendue. Il avait fini par comprendre que vous étiez enceinte, et voulait savoir qui était le père pour le chasser du club, c'est ça ?

Reine jeta un regard désemparé à L'Anime qui le lui rendit. Viviane sut qu'ils allaient parler.

— Il voulait que j'avorte, ce salaud, soupira Reine. Si je refusais, il m'aurait rendu la vie impossible. Je savais aussi qu'il ferait tout pour faire obstacle au divorce, il aurait préféré me voir morte plutôt que de me laisser vivre avec un autre homme.

Viviane hocha la tête : il suffisait parfois de bien lancer l'interrogatoire pour que les suspects vident leur sac. Elle résolut de l'aider :

— Difficile de l'identifier, cet autre homme. J'ai longtemps cru qu'il s'agissait de Vent-Debout : quand King partait à l'aventure, vous alliez vous consoler au bord de la mer, dans le bungalow du club de voile.

— Qu'en savez-vous ?

— L'autre jour, à l'aube, votre parfum y flottait encore : Shalimar de Guerlain. Vent-Debout faisait un amant crédible, il avait la clé du bungalow, il parlait de vous avec tendresse. Hélas, les emplois du temps ne collaient pas, ceux du cœur non plus : j'ai appris qu'il avait sa très chère. Mais hier, quand je suis repassée là-bas, il y avait encore ce parfum, et aussi un mouchoir en papier, tout crasseux. Il avait servi à essuyer un cure-pipe qui gardait l'odeur très particulière du tabac grec parfumé à l'encens. Et j'ai fini par faire le rapprochement : L'Anime avait procédé à son petit nettoyage en attendant votre arrivée. Ça se passait avec la complicité de Vent-Debout, n'est-ce pas ? Les cours de méditation panthéiste qu'il donnait sur la plage lui permettaient de faire le guet, d'envoyer un Hétoilà vous prévenir en cas de danger. Jusqu'ici, ça va ?

— Très bien, commissaire, répondit Reine. Mais je ne vois là rien qui justifie cette réunion nocturne. Est-ce un cours de morale ?

Viviane ne se laissa pas distraire et poursuivit sur sa lancée :

— Vous décidez alors de tuer King. Vous n'avez rien à perdre, pas même le gros héritage : il n'y a pas de grand-oncle mourant au Maroc. Bel alibi, belle invention impossible à vérifier.

— Impossible à vérifier, donc impossible à démonter, corrigea L'Anime.

Viviane comprit que la suite serait difficile : les deux amants l'écoutaient calmement. Elle ne pouvait pas bluffer, elle devait se contenter d'affirmer. Lequel était le plus fragile ? Elle se tourna vers L'Anime.

— Pour tuer King, vous profitez de sa décision de confisquer les petits profits des cocos. Cela va tous les mettre en fureur, ils deviendront tous suspects. Vous allez donc vous débarrasser de lui, mais pas n'importe comment. Il vous a suffisamment humiliés l'un et l'autre, de saison en saison, vous traitant l'un comme un larbin, l'autre comme une bonniche. Vous voulez qu'il meure en découvrant sa femme nue, en cherchant à voir enfin son amant, alors que l'amant est là, juste en dessous de lui, prêt à le tuer… Quelle jouissance ! Vous étiez sur l'échelle, n'est-ce pas, L'Anime, et King juste au-dessus, sur le bout de la roue. Et vous l'avez assassiné avec le long cure-pipe que nécessite votre bouffarde. Je me trompe ?

L'Anime ne dit rien, mais ne put réprimer un bref sourire de fierté. Viviane était sur la bonne voie. Elle arrivait aux passages les plus difficiles.

— Vous l'aviez aiguisé, et vous en avez vérifié l'efficacité sur Sixiz. Vous avez cassé une brochette dans la plaie pour détourner les soupçons, puis vous l'avez pendu pour brouiller les pistes. Le Turc, enragé, accuserait King, ce qui ferait de lui le premier suspect, mais on pourrait prouver son innocence. Très important, le Turc, j'y reviendrai. Vous avez volontairement compliqué les choses : la mort de King ne vous suffit pas, il faut tuer le personnage, la fonction, le roi. Le livrer à la populace, comme un chien qu'on achève à coups de bâton. Pour cela, vous le persuadez de donner ses audiences en tenue royale, ce qui vous évitera de devoir l'habiller après l'avoir poignardé. Une mort magnifiquement mise en scène, un travail d'artiste qui a failli être gâché par un bug, celui du brigadier Vermeulen, exact ?

Elle souriait à L'Anime qui lui souriait. Il ne fallait surtout pas perdre ce regard : s'il se tournait vers Reine, il retomberait sous son emprise. Viviane sourit encore plus fort, encourageante, amicale.

— Oui, soupira L'Anime. Après avoir tué King, j'ai découvert sur son trône une feuille manuscrite. Il y avait indiqué les horaires des convocations, et ajouté un invité de la dernière heure : le flic. Je n'ai jamais su pourquoi il voulait le voir. Cela chamboulait tous nos plans. Nous avions prévu de laisser King pendu dès ce moment-là, et de fermer l'amphithéâtre en attendant la fête. Mais le flic risquait de s'affoler en découvrant ce pendu. Ignorant le rituel du mannequin, il le ferait décrocher. Ç'aurait été tellement dommage : nous y tenions, à cette bastonnade.

— Vous ne craigniez pas d'être suspectés ? demanda Willy.

— Nous avions prévu un alibi : le Turc devait certifier que King était encore là, avec Reine, pour annoncer l'annulation du licenciement, au moment où nous étions sortis.

— Alors, reprit Viviane, face à ce bug, vous faites preuve d'un bel esprit d'improvisation. Vous décidez de cacher le cadavre sous les bâches jusqu'au dîner. Tout d'abord, vous préparez sa pendaison. Une fois le nœud coulant fixé autour du cou, comment faire pour basculer ensuite le corps, vite et discrètement, sans devoir installer l'échelle ? Vous passez autour de sa cheville une fine cordelette que vous fixez avec un nœud d'évadé, avant de l'amarrer discrètement le long du poteau. Vous le connaissiez, ce nœud, depuis le temps que vous l'aviez sous les yeux en attendant Reine dans la cahute ! On tire ensuite un bout pour faire tomber le corps, on tire l'autre bout pour décrocher la cordelette, car la cheville se trouve quand même à quelques mètres de hauteur. Vous faites venir Clown, de telle sorte qu'ils constatent, lui et le brigadier Vermeulen, la disparition de King. Puis après le dîner, vous passez près de l'amphi avec Piqûre. Elle ne va certainement pas monter les marches, mais attestera que vous n'êtes resté que trois minutes.

Reine et L'Anime écoutaient avec intérêt le récit de leurs exploits. Se sentaient-ils coupables ? Viviane reprit son souffle : la suite serait moins glorieuse.

— Ces alibis, vous les aviez préparés « au cas où ». Normalement, tout le monde aurait dû croire à un suicide. Bien vous en a pris, car le brigadier, lui, n'y a pas cru. À mon arrivée, quand j'interroge le Turc, vous commencez à vous inquiéter sérieusement : et si j'avais des doutes, moi aussi ? Là, heureusement, le bourreau arrive avec sa haute cagoule, et vient vous disculper. Dites-moi, Reine, comment dit-on cagoule en turc ?

— Je ne sais pas, il a dû prononcer le mot sans que je le comprenne, il mimait plus qu'il ne parlait.

— Non, il n'a rien mimé qui évoque une cagoule, je l'ai bien observé. Alors, savez-vous comment on dit cagoule en turc ?

Reine pinça les lèvres et se tut. Viviane lui sourit.

— *Kukuleta*, un mot qu'on n'oublie pas, non ?

Il n'y a jamais eu de *kukuleta*, jamais de bourreau. Vous avez inventé ce figurant pour nous embrouiller. Dieu sait si vous avez réussi. Au fait, quelle était la vraie question que vous avez posée au Turc à ce moment-là ? Comment lui avez-vous arraché cette description du bourreau ?

— Je lui ai demandé de désigner ma robe blanche, mon foulard rouge et le chambranle de la porte, tout simplement.

— Et vous avez cru que l'affaire était réglée. Mais il a fallu que je convoque un vrai interprète. Votre invention du bourreau allait vous exploser à la figure. Vous avez dû improviser.

Viviane décrivit alors l'assassinat du Turc comme elle l'avait fait pour Willy, mais en entrant dans les détails, en multipliant les effets. Ce n'était plus aux accusés qu'elle s'adressait, c'était à son lieutenant. Il l'écoutait, les yeux émerveillés. Reine approuvait, hochait la tête, la baissait. Oui, c'était vrai, elle avait paniqué avec cette seconde bouteille. Oui, ce chat déterré l'avait complètement déstabilisée.

— C'est là que j'ai eu des doutes, précisa Viviane. Je vous ai vue beaucoup plus affolée par le chat disparu que par le Turc assassiné. Je me suis demandé à quel moment vous jouiez la comédie.

— J'étais paniquée : je suis *vraiment* terrifiée par les histoires de surnaturel. Mais qui a fait disparaître et réapparaître le chat, dans la piscine et dans l'amphithéâtre ? C'était vous ?

Willy, piteux, confessa sa visite chez le taxidermiste.

— Mais la piscine et la pendaison, conclut-il, ce n'est pas moi. Mon coloc m'a tout avoué : une bande de copains à lui, des poivrots, toujours à moitié défoncés, sont passés à notre lodge. Ils ont trouvé Sixiz en prenant des glaçons dans le frigo, et l'ont fauché. Ils l'ont ensuite repris à la décharge, histoire de rigoler.

Reine et L'Anime écoutaient, hochant la tête.

— Ah, ajouta Viviane, j'allais oublier votre dernière manœuvre, celle du dessin de Reine pendue. Vous avez improvisé ça avant la réunion avec les cocos, pour me faire croire qu'il s'agissait d'une menace de l'un d'eux, soucieux de protéger son petit commerce. Vous aviez d'ailleurs insidieusement orienté mes recherches du côté de Clown, Cuistot et Tournevis qui faisaient de beaux suspects. Mais le lieutenant a senti le coup fourré : un homme normal ne regarde pas les boucles d'oreille d'une femme.

Elle reprit son souffle. Son exposé avait été long, il était temps de conclure.

— Voilà, l'affaire est close. Bravo : jamais dans une enquête je n'ai été autant baladée de fausse piste en fausse piste.

Reine haussa les épaules et déclara à la commissaire :

— Vous n'avez ni la moindre preuve, ni aveux. Ce n'est qu'une belle histoire. Nous vous avons un peu aidée à l'imaginer, rien de plus.

— C'est ce que vous expliquerez à la justice.

L'Anime l'arrêta d'un geste.

— Reine a raison, votre version est brillante,

mais où sont les preuves ? Avec un bon avocat, nous serons acquittés au bénéfice du doute. Au bout du compte, nous aurons perdu notre job. Et vous, on vous reprochera une enquête bâclée, fondée sur de seules présomptions. Mauvais point pour votre carrière. Acquittez-nous tout de suite, ce sera plus simple, et nous saurons vous remercier.

Il était étonnamment calme, comme s'il négociait un contrat. C'était maintenant lui qui voulait accrocher le regard de Viviane.

— L'assassinat du Turc, c'est un crime, d'accord. Mais qui ça dérange, à part son fils ? Nous sommes prêts à lui verser une rente pour le *pretium doloris*. En revanche, la mort de King, qui va-t-elle faire pleurer ? Mettez ça sur le dos du Turc. Tout le monde sera content, y compris au siège. Pas de vagues, et la vie continue. Elle sera même bien plus confortable pour vous deux.

Viviane savait qu'il fallait l'interrompre, mais la curiosité l'emporta et elle écouta la suite.

— Nous sommes prêts à vous verser chaque mois, à vie, l'équivalent de votre paie. À vous et à votre lieutenant.

— Très bien. Un moment, s'il vous plaît.

Elle attira Willy devant la porte. Glacial, il lui lança tout bas :

— Corruption de fonctionnaire. Vous ne pouvez pas accepter, Viviane. En tout cas, ne comptez pas sur moi.

— Je compte sur vous, dit-elle à mi-voix, mais pour les garder deux minutes. J'ai oublié mon arme chez moi. Je vous les confie.

Elle courut jusqu'à son lodge, passa la main au-dessus de son armoire, la repassa, au fond, à droite, à gauche, n'y trouva que de la poussière. Elle monta sur une chaise et dut se rendre à l'évidence : on lui avait volé le Colt 45.

Au fond de son tiroir, elle trouva les balles, ce qui ne la consola guère. On ne lui avait volé *que* le Colt avec le silencieux, mais son chargeur était presque plein : il contenait six balles.

Elle empocha le téléphone portable, qui serait utile pour la livraison en mer. Un message vocal était annoncé sur l'écran. Elle l'écouta, le réécouta, anéantie : c'était le Tout-Puissant.

Il expliquait qu'en raison *d'impedimenta*, toute l'opération était reportée de vingt-quatre heures.

Viviane n'avait jamais entendu parler des impedimenta. Ce devait être une sorte de maladie rare et noble, réservée aux niveaux supérieurs de la hiérarchie. Elle les trouva terriblement douloureux.

CHAPITRE 21

Pendant vingt-quatre heures, elle allait donc devoir discrètement garder Reine et L'Anime prisonniers dans un petit univers où ils ne pouvaient s'absenter vingt minutes sans créer de drames. Qu'allait-elle dire aux cocos et kikis ? Qui assurerait la direction du village ? Elle tenta de joindre le Tout-Puissant, malgré l'heure tardive, mais tomba sur son répondeur.

Tout lui paraissait soudain trop compliqué. Il fallait une intelligence simple et robuste : Willy était l'homme de la situation.

Le lieutenant écouta les explications qu'elle lui donna à voix basse devant la porte et réagit calmement. Bien sûr, ils n'étaient pas armés, mais qui le savait, à part le voleur ? Et puis rien ne les empêchait d'utiliser d'autres armes disponibles dans le club : des armes de pauvres, une hache, une fourche, une faux. Et même un javelot. Certes, vingt-quatre heures d'attente, c'était long. Mais ce n'était jamais qu'une nuit et un jour. On allait déjà gérer la nuit : quand le jour se lèverait, la commissaire appellerait le Tout-Puissant pour obtenir des instructions.

Willy suggéra à Viviane de passer au club de voile pour prendre son javelot et de la cordelette, afin d'entraver les prisonniers, puis d'aller dans l'abri de jardinage pour y choisir, parmi les outils, l'arme qui lui plairait. Elle pouvait prendre son temps, il monterait la garde.

Tout alla très vite.

Elle jeta son dévolu sur une hache, et dénicha, dans le bungalow de la voile, le javelot et un ruban adhésif extra-fort. Willy la félicita comme s'il eût été commissaire et elle stagiaire. Il ligota ses prisonniers par les poignets et par les chevilles puis les bâillonna avec le ruban adhésif, et elle le regarda faire, admirative. Ce type finirait divisionnaire, c'était évident. La situation était étrange, le rapport de forces anormal, mais cela lui convenait. Pour le moment.

— Je prends le premier quart, jusqu'à 4 heures. Ensuite vous me relayez. Cela vous va ?

— Oui, merci, Willy. Mon lodge est à cinquante mètres : s'il y a un pépin, vous m'appelez et j'arrive.

Viviane se coucha, mais ne trouva pas le sommeil. Elle était dans un état de surexcitation qu'elle pouvait difficilement apaiser. Même une barre de Bounty n'aurait pu y remédier. Il y avait mieux : elle appela Monot chez lui.

Il articula un allô si ennuyé qu'elle craignit de l'avoir dérangé en galante compagnie. Mais non, elle l'avait simplement réveillé en sursaut. Il le répéta en insistant sur le verbe : elle l'avait *réveillé*.

— Excusez-moi Monot : j'ai reçu un message

du Tout-Puissant que je ne comprends pas. Des *impedimenta*, qu'est-ce que c'est ?

— Des empêchements, commissaire, des complications. Du latin *impedire*, entraver. C'est tout ?

— Eh bien, pendant que j'y suis, j'ai un service à vous demander, un peu incongru. Pourriez-vous me lire le poème que vous citiez l'autre jour, celui d'Apollinaire ?

Il lui suggéra de le chercher sur internet, ou de se le faire envoyer par mail. Il ne comprenait rien, ce balourd, il ne savait pas jouer, elle allait lui apprendre. Comme elle insistait, il se leva en ronchonnant, revint deux minutes plus tard, et commença de sa voix suave :

Mon très cher petit Lou je t'aime
Ma chère petite étoile palpitante je t'aime
Corps délicieusement élastique…

— Le début, Monot, je connais. Vous vous étiez arrêté aux mamelons, ou juste après…

— Aux nymphes, c'est ça, commissaire ?

Son cœur partait en chamade, elle l'encouragea d'un soupir.

— Oui, il me semble. Allez-y, je vous en prie.

Nymphes hypertrophiées par tes attouchements fréquents, je vous aime
Fesses exquisément agiles qui se rejettent bien en arrière, je vous aime

Elle entendait du vacarme à proximité du lodge.

Aucune importance, elle vivait le meilleur moment de son enquête.

Toison claire comme une forêt en hiver je t'aime
Aisselles duvetées comme un cygne naissant…

C'était Augustin qui lui disait cela. Augustin ! Un coup violent à sa porte vint perturber le quart d'heure poétique. Willy apparut.

— Il y a au moins deux minutes que je vous appelle, vous n'avez pas entendu ? Venez vite.

Dans l'entrebâillement, son javelot à la main, il avait quelque chose d'une statue romaine : le dieu Mars, peut-être ? Elle aurait tant aimé le demander à Monot, mais Willy semblait pressé de l'entraîner au lodge des prisonniers. Vraiment pressé.

Il y avait de quoi. L'Anime et Reine étaient étendus, côte à côte. Ils ne dormaient pas, ils gisaient : chacun avait reçu une balle dans le front. Le lieutenant secoua la tête, incrédule.

— Je montais la garde quand j'ai entendu « Au secours » près de la réserve. J'ai couru voir : c'étaient deux Hétoilàs de Picole, un gars et une fille, en train de faire les idiots. Picole les avait envoyés chercher des bières dans la réserve, le type avait trouvé une araignée qu'il s'était amusé à coller dans le décolleté de la fille. Bref, des jeux de gamins. En revenant, j'ai découvert les deux cadavres. Je n'ai pas entendu de coups de feu, l'assassin s'est sûrement servi du silencieux. Je n'aurais jamais dû bouger.

Elle attendait le rituel « Alors, qu'est-ce qu'on fait ? » mais il ne vint pas : Willy, accablé, contemplait les corps. Elle lui posa la main sur l'épaule.

— Ne vous sentez pas coupable, tout bon flic aurait commis la même erreur. Moi aussi. Maintenant, laissez, je prends le volant.

Le Tout-Puissant était toujours sur répondeur. Elle appela le ministère, demanda la cellule d'urgence, expliqua la situation. On promit de la rappeler. Deux heures plus tard, son téléphone vibra : c'était le patron. Sa voix était si glaciale qu'elle en eut la chair de poule.

— On m'a fait part de vos derniers exploits, commissaire. Racontez-moi ça, en détail. Je n'arrive pas à croire que vous ayez pu commettre une telle faute professionnelle.

Elle relata tout, y compris le vol du pistolet. Elle n'avait pas l'image, seulement le son, mais elle savait qu'il grimaçait, dégoûté, qu'il grattait sa belle chevelure, qu'il levait les yeux au ciel. Il édicta enfin sa loi :

— Dans l'immédiat, enlevez les bâillons des deux morts et posez-les, détachés, sur le même lit. Les volets sont clos ? Bien. Laissez une clé dans la serrure, à l'intérieur, fermez la porte de l'extérieur et allez dormir quelques heures. N'appelez pas la police grecque, laissez flotter la panique. Un nouveau chef de village arrive dans la matinée. Il s'occupera de tout.

— Et nous, monsieur le directeur, que devons-nous faire ?

— Plus rien, par pitié. Vous avez causé assez de

dégâts, vous êtes déchargée du dossier. Si on vous interroge, évoquez la possibilité d'un double suicide. Pendant la journée, vous jouerez ou vous bronzerez, le soir vous danserez, et la nuit vous dormirez. Même punition pour Cruyff. Je fais partir en urgence quelqu'un de plus fiable, il arrivera dans vingt-quatre heures.

Elle le sentit aspirer une grande bouffée de vachardise pour ajouter, avant de raccrocher :

— Et maintenant, bonne fin de vacances, commissaire.

Elle avait oublié de lui dire merci. Willy accueillit les volontés du Tout-Puissant, d'un « Eh bien, obéissons ». Ils détachèrent les morts et les disposèrent comme deux gisants. Le lieutenant plongea la main dans la poche de L'Anime, en sortit un trousseau dont il détacha le porte-clés auquel étaient accrochés un minuscule cylindre ainsi qu'une clé plate et dorée.

— Ce porte-clés, je l'avais repéré, il fait lampe de poche. Pas très puissante, mais suffisante pour trouver une serrure dans le noir. Et je prends le passe-partout pour fermer derrière nous.

Il la raccompagna jusqu'à son lodge et lui déclara sur le pas de la porte :

— Si je comprends bien, notre enquête s'arrête ici. Je voudrais simplement vous dire que j'ai été très content de la mener avec vous.

— Moi aussi, Willy. Demain, vous pourrez me retrouver dans un transat, vers les 10 heures. Le patron ne l'a pas précisé, mais je crois qu'on a droit aux chaises longues.

Cette fois-ci, elle s'endormit très vite. À son réveil, tout se passa comme prévu : le Tout-Puissant l'était vraiment.

Un peu plus tard, alors qu'elle se dirigeait vers le coin lecture, Viviane vit arriver le nouveau chef de village, fier de sa tête d'ancien militaire, de son regard aussi vigoureux que sa poignée de main. Il sembla déçu de ne pas la voir se mettre au garde-à-vous quand il se présenta :

— Je m'appelle Jean-Patrick. Je viens remettre de l'ordre ici. C'est vous, la…

Il semblait chercher ses mots, il devait avoir entendu trop de méchants qualificatifs à l'égard de Viviane. Jetant un œil sur la couverture du recueil qu'elle lisait, il écarquilla les yeux sans aucun commentaire.

— Affirmatif, Jean-Patrick, c'est moi *la.* Mais rassurez-vous, je suis ici pour ne rien faire.

Le nouveau chef de village haussa les épaules et fit demi-tour. Viviane partit, en compagnie d'Apollinaire, se réfugier au coin lecture où elle trouva Willy. Il lisait !

— C'est quoi, ce livre, Willy ?

Il lui montra la couverture de *L'Année du football*, elle lui montra celle *d'Alcools*, et ils replongèrent tous deux dans leurs ouvrages. Mais ni l'un ni l'autre n'avait l'esprit à la lecture et chacun le savait. Ce fut Willy qui rompit le silence :

— Rien ne vous a gênée, hier soir, durant l'interrogatoire ?

Gênée ? Non, elle s'était trouvée excellente, mais n'osa pas l'avouer. Willy continua, tout à son idée :

— Reine n'a pas semblé surprise quand j'ai dit que les copains de mon coloc étaient toujours à moitié défoncés, comme si elle trouvait cela normal.

— Enfin, Willy, soyez moderne : allez n'importe où en Europe, vous trouverez de quoi vous droguer à moins de cinq kilomètres, même dans l'Allier.

Il sembla peiné par l'objection, mais poursuivit :

— Autre chose : je suis peut-être naïf, mais ce ne doit pas être si fréquent, qu'un suspect propose un pot-de-vin pour qu'on le laisse tranquille. Et là, ce ne sont pas des grosses fortunes, mais de simples cadres d'un club de vacances. On ne gagne rien, dans ces métiers.

— Ils avaient peut-être des économies.

— Dans ce cas, ils auraient proposé le gros paquet tout de suite. Là, ils étaient prêts à nous verser chaque mois l'équivalent de notre traitement. *Chaque mois*, vous avez bien noté ? Même chose pour le fils du Turc, ils imaginaient de lui verser une rente pour le *pretium doloris*. Une *rente*, pas une indemnité.

— Où voulez-vous en venir ?

— Pour proposer ça, ils devaient avoir un business ici. Un business qui leur rapportait pas mal *chaque mois*. Et quel est le business où l'argent tombe régulièrement ?

— La drogue, Willy. On revient à notre point de départ.

— Et quel est l'endroit où l'on trouve le plus facilement de la drogue, à cinq kilomètres de n'importe où ?

— Les boîtes de nuit. Vous êtes un bon flic, Willy. Un sacré bon flic. Puisqu'il faut obéir aux ordres du patron, je crois que nous irons danser ce soir. Vous m'apprendrez la salsa.

Il lui lança un clin d'œil, et s'absorba dans *L'Année du football.* Viviane tenta de l'imiter, mais sans succès.

— Vous vous êtes demandé, Willy, pourquoi King voulait voir le brigadier Vermeulen ?

— Oui, mais le brigadier lui-même n'en avait aucune idée.

— Il travaille au commissariat central de Tourcoing. C'est un des plus gros points de passage de drogue en provenance des Pays-Bas. King devait avoir des soupçons sur un trafic dans le club, il avait probablement pensé que le brigadier était expert en ce domaine et pourrait lui donner des conseils.

Sur leur lancée, ils passèrent la matinée à s'envoyer des balles. Le trafic devait se passer au bar, auprès de L'Anime, et la consommation sur les petites tables éparpillées dans les bois. Oui, c'était sans doute pour cette raison qu'elles étaient recouvertes de plaques de verre.

— Quand nous sommes allés voir Kerim à Lindos, nous n'avions rien compris ! s'esclaffa Willy. Il ne nous montrait pas le soleil, il nous montrait la direction du club, plein sud-ouest : c'était là-bas qu'il m'envoyait me fournir. Vous voyez que je ne mimais pas si mal !

— Et c'est là aussi que Liliane Gadret s'est fournie le soir de son anniversaire : elle a sniffé le rail du siècle sans prendre garde à ses antidépresseurs. On n'a pas tous les jours trente ans !

— Picole a dû la planquer dans un bosquet quand il a constaté l'overdose, puis la faire porter à la piscine pour simuler la noyade. Ce que je ne comprends pas, ce sont les doses dans la valise.

— On trouvera, Willy, on y est presque.

Les pièces du puzzle arrivaient sur le plan de travail, s'emboîtaient sans qu'il soit besoin de réfléchir, c'était la fin, le moment où tout devient facile. Et les approvisionnements ? Bien sûr, ils se faisaient par mer, venant probablement de la côte turque. Les fameuses promenades sous la lune, voilà l'alibi qui permettait à Picole de passer pour un romantique, et de sortir tranquillement le dinghy la nuit. L'Anime et Reine, cachés dans le bungalow de la voile, avaient dû le voir décharger ses livraisons. Et passer un deal avec lui : leur silence et leur couverture contre un gros pourcentage.

Ils continuèrent leurs échanges, tout se mettait en place. Ce qui avait coûté la vie à L'Anime et à Reine, c'était l'interdiction de sortir le dinghy. Ayant besoin d'aller chercher une livraison en mer, Picole n'avait pas dû admettre ce veto. Il était sûrement venu protester chez Reine, avait aperçu le couple et, devant la fenêtre, Willy qui montait la garde. Il avait décidé de les liquider, pour se débarrasser à la fois d'associés trop gourmands et de témoins qui risquaient de le dénoncer après leur arrestation.

— Et l'histoire des Hétoilàs et de l'araignée devient limpide, Willy ; c'est Picole qui les a envoyés jouer leur comédie pour vous attirer et pouvoir tranquillement liquider Reine et L'Anime.

— Dommage, soupira-t-il. Au moment où l'on nous retire l'enquête, nous sommes en mesure de la boucler. Pour l'instant, ce ne sont que des suppositions sans preuves. Si nous étions habilités, nous les trouverions très vite.

— Nous sommes habilités à danser, Willy. Tout n'est pas perdu.

Vue du transat, l'affaire devenait évidente, presque trop facile. Le seul point sur lequel achoppait Viviane, c'était le pas de la salsa.

CHAPITRE 22

Pour sa dernière sortie, la commissaire avait bien fait les choses : elle avait osé le paréo et le tee-shirt blanc très moulant, complétés d'un maquillage ravageur. Elle sentit quelques regards surpris se poser sur elle quand elle arriva en boîte, mais les ignora. Le seul qui importait, c'était celui de son adjoint. Il débarqua un peu plus tard et la contempla, médusé, tandis qu'elle l'attirait à sa table d'un geste impérieux.

— Je ne vous avais jamais vue comme ça, Viviane.

— Moi non plus, Willy. Regardez bien, ce sera la seule fois.

On se bousculait déjà sur la piste et plusieurs filles avaient lancé à Willy des clins d'œil appuyés auxquels le lieutenant répondait par des clins d'œil paisibles. Comment pouvait-il exprimer des sentiments aussi précis d'un simple plissement de paupière ? En tout cas, le message était clair : *je suis en mains, ne pas déranger*.

La commissaire et son lieutenant observaient les clients, en tentant de faire le tri entre ceux de la salsa et ceux de la coke. Certains semblaient venir pour les deux.

— C'est amusant, hein, Viviane : tout ressemble à ce qu'on disait ce matin, un peu comme si on voyait le film après avoir lu le scénario.

— Oui, certains ont déjà leur carte de crédit, prête pour les rails, dans la pochette de leur chemise, alors qu'il n'y a même pas de lecteur de carte au bar. On aurait dû le remarquer.

Tout ce qu'ils observaient les faisait rire. Un drôle de rire, empreint de nostalgie. Ils regardaient les Hétoilàs qui draguaient, les Chéris qui se succédaient au bar avec des mines de conspirateurs et s'en allaient dans le sous-bois. C'était charmant.

— Vous voyez, Willy, le recrutement des clients, ce sont les Hétoilàs de Picole qui s'en chargent. Un piège classique, on a tenté de vous y prendre le premier soir. On commence à draguer le client, on lui quémande de l'argent, juste de quoi se payer une ligne, on lui propose de partager ça. Le pigeon accepte, juste pour voir. C'est de la bonne, il y prend goût. Et c'est parti.

Le lieutenant souriait. Ce soir-là, tout semblait l'amuser.

— Ce village doit avoir une sacrée réputation chez les connaisseurs. *Lindos-la-blanche* : un nom pareil, quelle publicité ! La blanche, Viviane, la blanche ! Comme un affichage néon qui clignote…

La commissaire ne répondit pas. Elle observait les échanges devant le bar. On n'y servait que des bières.

— C'est bizarre, Willy. Quand ils achètent des

canettes de bière au bar, certains partent avec un sous-bock, mais sans verre. Et d'autres avec un verre, mais sans sous-bock. Allez donc danser la salsa tout seul près du bar, Willy. Je crois deviner.

Viviane regarda Willy onduler en se rapprochant doucement du bar. Il dansait si bien tout seul, pourquoi fallait-il qu'elle lui tienne compagnie ? Il revint deux minutes plus tard, ravi.

— Bien vu, commissaire : les doses de coke sont collées sous les sous-bocks. Picole les prend dans le grand carton bleu posé à ses pieds. C'était ce que voulait nous expliquer le sourd-muet.

— Bon, de toute façon, ce n'est plus notre enquête. On la danse, cette salsa ?

Viviane se leva. Toutes les filles la regardaient, narquoises – y compris la grande brune aux seins en obus. Elle allait se ridiculiser.

Elle le dit tout bas à Willy qui trouva cela très drôle.

— Allons, allons, il faut rigoler, Viviane, c'est notre dernière soirée de vacances !

Il lui décomposa les petits pas de base, les déplacements latéraux, les appuis du pied, le mambo avant, arrière, de côté. La salsa paraissait plus simple que le tango. La seule difficulté, c'était de la danser : elle n'arrivait pas à se caler sur la musique. Une main dans la sienne, l'autre sur son épaule, Willy s'efforçait de l'aider.

— C'est comme la course à pied, Viviane : laissez aller votre corps, laissez-le danser tout seul.

Elle avait beau essayer, elle se sentait toujours déphasée : ces temps et demi-temps la perturbaient.

— Calez-vous sur moi, regardez-moi dans les yeux, prenez mon rythme, laissez-vous aller. Vous ne sentez rien ?

Depuis combien de temps un homme ne lui avait-il pas dit de si troublantes paroles ? Elle laissa son corps prendre le rythme de son partenaire. Il était si gentil.

— Vous voyez, ça vient, Viviane, ça vient, allez, ensemble !

Il était adorable. Dans quelques heures, ils reprendraient l'avion pour Paris. L'aventure serait finie.

Il lui restait ces quelques heures de Willy, elle ne les gaspillerait pas. Elle dansa avec lui la salsa, toutes les salsas, jusqu'à la fermeture. Elle n'oublierait jamais cette nuit de la salsa.

La boîte ferma et Picole laissa ses Hétoilàs remettre les lieux en ordre. Ils le virent partir, son grand carton bleu dans les bras.

— Vite, lui lança Willy. Suivez-moi.

Elle courut avec lui, sans comprendre. Son lieutenant lui fit faire un petit tour dans le bois, en passant par les lodges des Chéris. Où voulait-il en venir ? Il cessa la course quand ils retrouvèrent le chemin, et là, elle comprit : sous le clair de lune, Picole marchait maintenant à une vingtaine de mètres derrière eux.

— J'ai appris ça à l'école de police, commissaire. La façon la plus discrète de faire une filature, c'est de partir devant. Je veux voir où il range son carton bleu.

Le lieutenant lui avait passé un bras sur l'épaule.

Elle s'était un peu plus serrée contre lui, mais c'était bien sûr pour donner le change à Picole. Ouvrant la porte de son lodge, elle fit entrer Willy, lui lança un bref « ne regardez pas le désordre ». Ils avaient mieux à regarder : ils filèrent dans la salle de bains, la laissant dans l'obscurité pour observer Picole par la petite fenêtre latérale. Deux lodges plus loin, il regagnait ses pénates.

— Bien, il garde tout ça à la maison, et maintenant il va dormir. Et nous, qu'est-ce qu'on fait ? murmura Willy.

La question fit frissonner Viviane. Il ne fallait surtout pas allumer la lumière, le lieutenant l'aurait vue rougir. Elle se tut. Il respirait très fort, et ça ne la dérangeait plus. L'attente dura plusieurs secondes, avant que le lieutenant ne la rompe d'un « Vous avez entendu ? ». Il la reprit par l'épaule, et ils se serrèrent devant la fenêtre. Picole repartait. Avant qu'il n'éteigne la lumière extérieure, ils eurent le temps de voir qu'il avait enfilé un gros chandail et tenait un ciré sous le bras. Décidément, ce barbu gâcherait toujours leurs meilleurs moments. Elle ne savait plus que dire, que faire. Qu'est-ce que Willy attendait ? Elle frémit lorsqu'il déclara :

— Il part en mer chercher la livraison qui n'a pu se faire hier, faute de dinghy. Nous avons tout notre temps.

Oui, ils avaient tout leur temps, il le disait si bien, de sa belle voix chaude. Viviane le prit par la main et l'entraîna vers la chambre.

— Vous savez par quoi on va commencer ? lui demanda son lieutenant sur un ton déterminé.

Elle ne savait pas, tout lui plaisait. Elle ne répondit rien, mais lui jeta un regard coquin assez éloquent.

— Nous allons faire une visite approfondie chez lui. Je suis sûr qu'il nous réserve de bonnes surprises.

— Mais, Willy, répondit-elle d'une voix blanche, nous ne sommes plus habilités à mener l'enquête. Les consignes du Tout-Puissant sont claires : nous devons dormir. *Dormir…*

Il secoua la tête, comme un enfant obstiné. Leur affaire, ce n'était plus l'enquête, mais seulement le Colt 45 qu'on leur avait volé. Ce vol, proclama-t-il, l'empêchait de dormir. Trois minutes plus tard, ils étaient devant la porte de Picole. Willy sortit le passe-partout et la précéda dans la place.

— N'allumez pas la lumière, ordonna Viviane, on pourrait nous voir de l'extérieur.

La petite torche du porte-clés n'émettait qu'une lueur, mais cela leur suffisait. La pièce était pauvrement meublée. Ils explorèrent une commode qui ne contenait que de la littérature pornographique, une armoire qui cachait un peu de linge — surtout du linge sale aux odeurs douteuses de célibataire qui se néglige. Willy referma le battant avec une grimace, Viviane le rouvrit et prit un torchon graisseux en haut de la pile.

— C'est celui dans lequel était emballé le Colt 45. Nous avions vu juste, Willy. Continuons.

Ils ne trouvèrent pas le pistolet, mais finirent par dénicher le carton bleu à l'intérieur d'une grande valise. À l'intérieur, quantité de gros billets et de petits sachets blancs.

— La vraie fortune, commenta sobrement Viviane, la voilà : 100 euros le gramme ! Les billets, à côté, c'est de l'argent de poche.

Willy contemplait les doses, les billets de 100 euros. Viviane devinait ce qu'il pensait, elle attendait ses mots.

— Vous savez, commissaire, que nous ne sommes pas en mission ? Pas question de toucher à « la vraie fortune », sa détention serait un crime. Mais l'argent de poche ? Qui le saurait ? Vous imaginez Picole porter plainte ? Pourquoi se gêner ? C'est vous qui le disiez : nous ne sommes pas les forces du bien, nous ne sommes même pas les gentils.

La petite torche n'éclairait que les billets, et Viviane en était soulagée, il ne fallait pas que Willy la voie. Elle tremblait de désir, d'excitation. Elle s'était toujours considérée comme honnête, n'avait jamais accepté le moindre cadeau, pas le moindre repas à l'œil, elle n'avait jamais annulé de contravention. Et soudain elle se demandait jusqu'où il était raisonnable d'être honnête. Willy continuait, tentateur ingénu :

— Cette enquête est finie, on en a bavé, mais ce n'est rien à côté de ce qui nous attend au retour : pas un merci, pas un bravo. Des engueulades, sans doute un blâme. On fait un métier où il n'y a jamais de primes. C'est dur, hein ? Surtout devant tout ce fric.

Des sommes pareilles, dans le camp d'en face, celui des malfrats, des racketteurs, on en brassait tous les jours ; et dans le camp d'au-dessus ? Avec ses langoustes, ses limousines, ses impedimenta ? Ceux qui la traitaient en brave soldat, en pauvre conne ? Jusqu'où fallait-il monter dans l'appareil d'État pour trouver de grandes âmes qui se contentaient d'ouvrir les valises, de recompter, dignement, sans se salir les mains ? Elle ne savait pas, elle n'avait jamais voulu savoir.

— Nous ne sommes plus habilités à mener l'enquête, Viviane, nous ne sommes plus que des touristes. Moi, je n'ai pas l'habitude : qu'est-ce qu'on fait dans ces cas-là ?

— Enfin, Willy…

Elle avait dit cela avec une intonation absurde, qui ne donnait pas de sens aux mots. Qu'allait-il comprendre ? Sa seule crainte, c'était de décevoir son lieutenant. Mais le décevrait-elle en disant oui, ou en disant non ? Ce type avait trop d'emprise sur elle, s'en rendait-il compte ? Il fallait sortir du piège, vite. Proposer autre chose, n'importe quoi. De l'action.

— Non, Willy, cette enquête n'est pas finie. On ne peut rien décider maintenant. Je vous rappelle que Picole est parti faire ses courses. Interceptons-le au retour, nous aurons une meilleure appréciation du business.

Il referma le carton avec un grand sourire. L'idée lui plaisait. De l'action ! Viviane s'en mordait déjà les doigts. Pourquoi ne lui avait-elle pas proposé d'attendre dans son lodge ? Comment avait-elle pu gâcher une telle occasion ? Trop tard : il avait rangé le trésor dans la valise pour repartir au combat.

— Moi, j'ai laissé mon javelot au club de voile. Et vous ?

Elle alla chercher chez elle la hache de l'autre soir, et le suivit, toute désolée. Où partait-elle ainsi ? À supposer que l'interception de Picole réussisse, comment la justifier devant le Tout-Puissant ? Elle posa la question à Willy qui la balaya d'un revers de main.

— Nous dirons que nous avions passé la nuit sur la plage en amoureux et que nous avons été tout surpris de le voir arriver.

La nuit sur la plage en amoureux... Comment pouvait-il être aussi cruel ? Était-il en train de baliser le terrain, de la mettre en condition ? Certes, ce serait plus romantique que dans le lodge...

Le pouls de Viviane accéléra quand ils arrivèrent au bungalow du club de voile. La petite lampe, restée allumée, projetait sur le mur leur ombre déformée : ils étaient comme deux figurants d'un péplum, face à face, avec leurs armes. Elle attendait le « Et maintenant, qu'est-ce qu'on fait ? » et cherchait la réponse qui le ferait chavirer.

Willy se contenta d'un « On va piquer un somme. À son retour, le bruit du moteur nous réveillera. » Il se coucha sur les sacs à voiles et s'endormit aussitôt.

Elle ne pouvait le quitter des yeux : il était beau, émouvant. Ce type aux joies simples, courir, lancer, sauter, aimer aussi, sans doute, n'était plus qu'un corps qui respirait puissamment, un corps qui reprenait des forces. Un corps d'homme. Elle l'avait vu presque nu durant tout le séjour, elle avait senti son étreinte, respiré l'odeur de sa peau quand ils dansaient. Il était maintenant immobile, tranquille, banalement vêtu. Lointain. Et jamais il ne lui avait semblé si désirable. Elle le regardait fascinée, sans espoir, comme un enfant pauvre devant une vitrine de Noël. Un cadeau trop beau pour elle. Elle éteignit la lumière pour le voir disparaître, mais le souffle du lieutenant paraissait encore plus présent dans l'obscurité sensuelle.

Deux heures passèrent ; Viviane entendit enfin le moteur. Elle réveilla Willy et l'entraîna sur la plage, derrière l'un des dériveurs. Il lui tenait la main. Une image d'adolescence lui revint, troublante, celle de la barque de Perros-Guirec où elle s'était jadis réfugiée avec un garçon. Elle frissonna, mais c'était de froid : elle n'avait pas prévu qu'il ferait si frais au bord de l'eau.

Sous la clarté de la pleine lune, le dinghy entrait dans la baie et approchait. On distinguait la silhouette de Picole à la barre. Il changea soudain de cap et se dirigea vers l'autre falaise, celle de l'amphithéâtre.

— Aïe, nous avons commis une erreur en éteignant la lumière du bungalow, chuchota Willy. À la fin de la sortie *La Mer sous la lune*, il m'avait expliqué que, la nuit, cette lumière lui servait de repère pour se diriger dans la baie. Il a dû trouver ça bizarre.

— Tant pis. Couchez-vous, lui soufflaViviane. De là où il est, il peut nous voir.

Picole avait relevé le moteur et débarqué. Il tirait le dinghy sur le sable. La main de son lieutenant se fit plus ferme.

— N'ayez pas peur, ne tremblez pas, je suis là.

— Ce n'est pas la peur, Willy, c'est le froid.

Et comme pour confirmer ses dires, elle laissa échapper une toux sèche et brève.

« Il y a quelqu'un ? » cria Picole, en s'avançant dans leur direction. Il était à moins de cent mètres : ils le voyaient sous la lune, tenant le pistolet à bout de bras.

— Il faut passer maintenant de l'autre côté du bungalow, chuchota Willy. Il est trop loin pour nous atteindre : ensuite, il pourra nous tirer comme des lapins.

Ils se levèrent mais pas assez vite : Picole s'était approché. Il tendit le bras et tira deux fois, bien audessus d'eux. Il se rapprocha encore et tira deux autres coups : les balles sifflèrent à leurs oreilles tandis qu'ils plongeaient derrière le bungalow. Le silence revint.

— Il restait six balles dans le chargeur, dit Viviane. Deux pour Reine et L'Anime, plus quatre pour nous, Willy. Normalement, nous pouvons sortir, il n'a plus de munitions. S'il en a acheté, nous sommes mal partis. Mais nous n'avons pas le choix.

Picole n'avait pas rechargé son arme, il cavalait déjà vers le dinghy. Willy s'élança à sa poursuite. Viviane l'observait, fascinée : on pouvait donc courir aussi vite ! Elle faisait de son mieux, loin derrière, en appliquant le conseil de Willy « Laissez-vous aller, votre corps courra mieux tout seul », mais son corps ne suivait pas.

Picole poussa le dinghy, monta à bord, et lança le moteur qui démarra du premier coup. Quand Willy arriva à sa hauteur, l'embarcation prenait déjà le large. Viviane vit son lieutenant qui reculait, armait son javelot en tendant le bras en arrière, prenait sa course d'élan, fléchissait à demi le coude pour effectuer un rapide fouetté, et propulsait le javelot de toute sa puissance. C'était grandiose.

Comme elle, Willy suivait des yeux la trajectoire de l'engin. La tentative était désespérée, absurde, le dinghy était déjà trop loin. Non, le javelot planait vers lui et commençait son piqué. Picole leva la tête, inquiet. Quand il vit arriver l'arme, il décéléra. Le javelot plongea devant sa cible.

Le moteur avait calé, et Picole tentait de le relancer. Willy nageait dans sa direction.

Viviane ôta son paréo et commença à courir dans les vagues, la hache à la main. Elle avançait à peine. Comment fallait-il faire ? Que disait Kiki Plouf, déjà ? Ah oui, *essayer d'onduler, avec les épaules, avec les hanches, attaquer l'eau de trois quarts*... Là, ça allait beaucoup mieux. Elle avait de l'eau jusqu'à la poitrine, il était temps de nager. Devant elle, Willy tentait de monter à bord. Le combat des gladiateurs s'engageait.

Picole saisit une rame pour l'asséner sur la tête du lieutenant qui parvint à l'esquiver, plongea sous le bateau et tenta de monter par l'autre bord. C'était une erreur, Picole avait, évidemment, prévu l'attaque et l'attendait. Il frappa de toutes ses forces. Viviane entendit l'affreux bruit du bois sur le crâne, le cri de Willy. Elle vit le coco prêt à porter le coup fatal.

Il n'y eut pas de coup fatal : la commissaire, parvenue suffisamment près, lança sa hache avec l'énergie du désespoir. C'était idiot, grotesque comme dans un péplum, elle n'avait jamais su marquer un point à la pétanque. Mais, comme par miracle, l'arme tournoya jusqu'à venir heurter la tête de Picole qui s'écroula.

Viviane saisit Willy qui, inanimé, avait lâché le boudin. Elle le hissa tant bien que mal à bord, ramassa le javelot qui flottait à la proue, puis embarqua à son tour pour conduire le bateau jusqu'au sable.

Le jour commençait à se lever. La commissaire observa la plaie de Picole qui semblait superficielle, puis se pencha sur Willy. Il ne saignait pas, mais ne bougeait plus. Elle alla chercher de la garcette au bungalow, immobilisa les bras et les jambes de Picole, puis, ne sachant à qui s'en remettre, hurla un pitoyable « Au secours ! ».

Elle entendit un « J'arrive », et une longue silhouette apparut en contre-jour à l'entrée de la plage.

C'était le lieutenant Augustin Monot.

CHAPITRE 23

— Alors, maintenant, qu'est-ce qu'on fait ?

Le visage de Viviane s'illumina : Willy avait parlé ! Elle attendait cela depuis trente heures. Elle referma les *Poèmes à Lou* que lui avait apportés Augustin Monot, et lui prit la main.

— Ne vous fatiguez pas. Vous avez eu une commotion cérébrale. Nous sommes à l'hôpital de Rhodes, au service des soins intensifs.

— Et notre enquête, comment va-t-elle ?

— Elle est bouclée. Le lieutenant Monot est là, il a tout arrangé. Il n'y aura pas de vagues. L'affaire a déjà été présentée aux médias locaux, tout va bien.

— Mais… la mort de L'Anime et de Reine…

— Un double suicide. Le meilleur ami et la veuve éplorée, vous imaginez leur chagrin après la disparition de leur cher King ? Désespérés, ils l'ont suivi dans l'au-delà. Monot a retrouvé le Colt 45 : nous ne l'avions pas vu, il avait glissé sous le lit. Il a aussi trouvé dans la table de nuit une lettre qu'ils ont signée tous les deux, et où ils expliquent leur geste. C'est magnifiquement écrit.

On y lit même, c'est curieux, quelques vers de *La Mort des amants*, de Baudelaire. Je vous le récite ?

Un soir fait de rose et de bleu mystique,
Nous échangerons un éclair unique,
Comme un long sanglot, tout chargé d'adieux...

— Plutôt joli. Et pour King, comment vous en êtes-vous sortis ?

— Figurez-vous que, vérification faite, il s'était bel et bien suicidé, lui aussi : il avait pris au tragique la plaisanterie de Reine quand, pour le rendre jaloux, elle s'était offerte à son regard, nue sur le belvédère tandis qu'il installait un projecteur. Un absurde malentendu. Il s'est pendu après s'être caché tout l'après-midi sur le mât de cocagne. Le médecin légiste s'est trompé. La marque dans le cœur était due à la très grosse épingle anglaise qui fermait sa tunique : elle s'est ouverte et plantée dans la chair quand on a dépendu le corps.

— Et notre affaire sur la plage ?

— Allons, Willy, ne faites pas l'innocent. Rappelez-vous : nous avons, vous et moi, passé la nuit sous une barque en amoureux et nous avons été surpris par Picole. Vous savez bien qu'il était follement épris de moi ! Dans un accès de fureur, il a tiré quatre balles de pistolet, nous a ratés, puis a tenté de vous tuer à coups de rame. Heureusement, oh mon chéri, je vous ai défendu comme j'ai pu. Il s'est enfui, on ne sait où, on ne le reverra plus.

— Vous parlez sérieusement, là ?

— Tout à fait. Pendant que Monot s'occupait de vous, je m'occupais de Picole : il avait du mal à s'exprimer le pauvre. Mais quand je lui posais votre javelot sur la gorge, il allait mieux, il était prêt à répondre à toutes mes questions.

— Qu'est-ce qu'il vous a raconté ?

— Nous avions deviné beaucoup de choses mais pas tout : il craignait depuis quelque temps que son business ait été découvert. L'amitié que King manifestait au brigadier Vermeulen l'inquiétait, il soupçonnait le flic d'être en mission. Plus tard, quand Liliane Gadret est morte d'overdose, il a maquillé sa mort pour détourner les soupçons, puis il a paniqué en la retrouvant sur la plage, juste au pied de la boîte de nuit, comme si on l'y avait ramenée pour mieux l'accuser. Se croyant dans le collimateur, il a déposé quelques doses dans les bagages de la morte, pour faire croire à un approvisionnement extérieur. Ensuite, apprenant que j'étais de la police, il a fouillé mon lodge un soir, pour y chercher des documents sur notre enquête. Il n'a trouvé que le Colt 45 et l'a emporté pour protéger sa fuite ou sa cargaison, si nécessaire. Bref, ce petit monsieur s'est donné beaucoup d'importance.

— Où est-il, maintenant, le petit monsieur ?

— Puisque ses livraisons par mer venaient de Turquie, nous les avons renvoyées à l'expéditeur, avec le destinataire. Le dinghy a été remorqué cette nuit jusqu'au port de Fethiye. Picole s'est endormi à bord après avoir avalé par mégarde une triple dose de somnifère. Il a été déposé devant le bureau des douanes, en même temps que le carton bleu.

— Tout le carton ? Même l'argent liquide, l'argent de poche ?

— Non, l'argent de poche a été remis au sourd-muet par un mystérieux donateur, à titre de *pretium doloris*. Il a fallu que je traduise en langage mimé, ce n'a pas été facile. Surtout pour le latin.

— Et le Tout-Puissant a avalé une histoire pareille ?

— Non, bien sûr. Mais puisqu'il n'y a pas de vagues, ce n'est pas lui qui va en faire. Sa chasse à courre s'est très bien passée.

— Alors tout le monde est content ?

— Presque : le grand patron de L'Esprit Club sera chagriné. Une partie de sa clientèle risque de lui faire défaut, désormais. Mais il lui restera les amateurs de tango et de salsa.

L'infirmière entra : le malade devait se reposer. Il était encore fragile. Viviane déposa un baiser sur son front avant de sortir.

Le lieutenant Augustin l'attendait dans l'entrée. Beau, droit, impeccable, souriant.

— Alors, commissaire, on me dit qu'il va mieux ?

Viviane se jeta dans ses bras, et, tout émue, versa quelques larmes de joie.

— Oh, je suis tellement contente de vous avoir avec moi, Willy !

Découvrez les enquêtes de la commissaire Viviane Lancier dans la collection Folio Policier

Un sosie de Victor Hugo, assassiné devant l'Académie française ; un sonnet érotique attribué à Baudelaire... Comme si la commissaire Lancier n'avait pas assez de problèmes, sans devoir en plus se soucier de littérature ! Heureusement, son nouveau lieutenant, Augustin Monot, aussi ahuri et gaffeur que séduisant et cultivé, finira par motiver la commissaire dans une enquête pleine de meurtres et de rebondissements...

La commissaire n'aime point les vers

DU MÊME AUTEUR

Aux Éditions de La Table Ronde

LA COMMISSAIRE N'A POINT L'ESPRIT CLUB, 2011, Folio Policier n° 697.

LA COMMISSAIRE N'AIME POINT LES VERS, 2010, Folio Policier n° 661.

Chez d'autres éditeurs

TOUS ENSEMBLE, MAIS SANS PLUS, Anne Carrière, 2012.

LE FILM VA FAIRE UN MALHEUR, Le Castor Astral, 2009.

QUI COMME ULYSSE, Anne Carrière, 2008.

LE VERTIGE DES AUTEURS, Le Castor Astral, 2007.

L'ÉTAGE DE DIEU, co-édition par Le Furet du Nord et Les Éditions Jordan, 2006

LA DIABLADA, Anne Carrière, 2004.

COLLECTION FOLIO POLICIER

Dernières parutions

834. Patrick Pécherot	*Une plaie ouverte*
835. Harry Crews	*Le faucon va mourir*
836. DOA	*Pukhtu. Primo*
837. DOA	*Pukhtu. Secundo*
838. Joe R. Lansdale	*Les enfants de l'eau noire*
839. Gunnar Staalesen	*Cœurs glacés*
840. Jo Nesbø	*Le fils*
841. Luke McCallin	*La maison pâle*
842. Caryl Férey	*Les nuits de San Francisco*
843. Graham Hurley	*Le paradis n'est pas pour nous*
844. Boileau-Narcejac	*Champ clos*
845. Lawrence Block	*Balade entre les tombes*
846. Sandrine Roy	*Lynwood Miller*
847. Massimo Carlotto	*La vérité de l'Alligator*
848. Benoît Philippon	*Cabossé*
849. Grégoire Courtois	*Les lois du ciel*
850. Caryl Férey	*Condor*
851. Antonio Manzini	*Maudit printemps*
852. Jørn Lier Horst	*Fermé pour l'hiver*
853. Sonja Delzongle	*Récidive*
854. Noah Hawley	*Le bon père*
855. Akimitsu Takagi	*Irezumi*
856. Pierric Guittaut	*La fille de la Pluie*
857. Marcus Sakey	*Les Brillants III En lettres de feu*
858. Matilde Asensi	*Le retour du Caton*
859. Chan Ho-kei	*Hong Kong Noir*
860. Harry Crews	*Des savons pour la vie*
861. Mons Kallentoft, Markus Lutteman	*Zack II Leon*
862. Elsa Marpeau	*Black Blocs*

863. Jo Nesbø — *Du sang sur la glace II Soleil de nuit*
864. Brigitte Gauthier — *Personne ne le saura*
865. Ingrid Astier — *Haute Voltige*
866. Luca D'Andrea — *L'essence du mal*
867. DOA — *Le cycle clandestin, tome II*
868. Gunnar Staalesen — *Le vent l'emportera*
869. Rebecca Lighieri — *Husbands*
870. Patrick Delperdange — *Si tous les dieux nous abandonnent*
871. Neely Tucker — *La voie des morts*
872. Nan Aurousseau — *Des coccinelles dans des noyaux de cerise*
873. Thomas Bronnec — *En pays conquis*
874. Lawrence Block — *Le voleur qui comptait les cuillères*
875. Steven Price — *L'homme aux deux ombres*
876. Jean-Bernard Pouy — *Ma ZAD*
877. Antonio Manzini — *Un homme seul*
878. Jørn Lier Horst — *Les chiens de chasse*
879. Jérôme Leroy — *La Petite Gauloise*
880. Elsa Marpeau — *Les corps brisés*
881. Sonja Delzongle — *Boréal*
882. Patrick Pécherot — *Hével*
883. Attica Locke — *Pleasantville*
884. Harry Crews — *Car*
885. Caryl Férey — *Plus jamais seul*
886. Guy-Philippe Goldstein — *Sept jours avant la nuit*
887. Tonino Benacquista — *Quatre romans noirs*
888. Melba Escobar — *Le salon de beauté*
889. Noah Hawley — *Avant la chute*
890. Tom Piccirilli — *Les derniers mots*
891. Jo Nesbø — *La soif*
892. Dominique Manotti — *Racket*
893. Joe R. Lansdale — *Honky Tonk Samouraï*
894. Antoine Chainas — *Empire des chimères*
895. Jean-François Paillard — *Le Parisien*

896. Luca d'Andrea — *Au cœur de la folie*
897. Sonja Delzongle — *Le hameau des Purs*
898. Gunnar Staalesen — *Où les roses ne meurent jamais*
899. Mons Kallentoft, Markus Lutteman — *Bambi*
900. Kent Anderson — *Un soleil sans espoir*
901. Nick Stone — *Le verdict*
902. Lawrence Block — *Tue-moi*
903. Jørn Lier Horst — *L'usurpateur*
904. Paul Howarth — *Le diable dans la peau*
905. Frédéric Paulin — *La guerre est une ruse*
906. Paul Colize — *Un jour comme les autres*
907. Sébastien Gendron — *Révolution*
908. Chantal Pelletier — *Tirez sur le caviste*
909. Sonja Delzongle — *Cataractes*
910. Elsa Marpeau — *Son autre mort*
911. Joe Ide — *Gangs of L.A.*
912. Francesco Dimitri — *Le livre des choses cachées*
913. Jo Nesbø — *Macbeth*
914. Dov Alfon — *Unité 8200*
915. Jérôme Leroy — *Un peu tard dans la saison*
916. Pasquale Ruju — *Une affaire comme les autres*
917. Jean-Bernard Pouy — *Trilogie spinoziste*
918. Abir Mukherjee — *L'attaque du Calcutta-Darjeeling*
919. Richard Morgiève — *Le Cherokee*
920. Antonio Manzini — *La course des hamsters*
921. Gunnar Staalesen — *Piège à loup*
922. Christian White — *Le mystère Sammy Went*
923. Yûko Yuzuki — *Le loup d'Hiroshima*
924. Caryl Férey — *Paz*
925. Vlad Eisinger — *Du rififi à Wall Street*
926. Parker Bilal — *La cité des chacals*
927. Emily Koch — *Il était une fois mon meurtre*
928. Frédéric Paulin — *Prémices de la chute*
929. Sonja Delzongle — *L'homme de la plaine du nord*
930. Sébastien Rutés — *Mictlán*

Impression Maury Imprimeur
45330 Malesherbes
le 21 septembre 2021.
Dépôt légal : septembre 2021.
Numéro d'imprimeur : 257128.

ISBN 978-2-07-295659-1. / Imprimé en France.

399107